INK文學叢書
335

飢餓的女兒

虹影◎著

獻給

我的母親　唐淑輝

飢餓的女兒新版說明

十五年前第一次在台灣出版《飢餓的女兒》，扉頁上寫著獻給我的母親唐淑輝。

二〇〇九年末，我出版了續篇《好兒女花》，寫母親和我自己內心那些長年堆積的黑暗和愛。扉頁上寫著給我的女兒。

其實寫給母親的書，何嘗不也是給我的女兒。

幼年時我從未有過坐在母親或父親的懷裡或膝上好光景，聽他們講一個長江裡金竹寺神祕故事或大禹治水三過家門的神話——妻子每日在江邊一個石頭上等待他，天長日久化成一塊呼歸石。這自家門前的故事，是從街坊鄰里道聽塗說而來。那時我不到五歲。

現在我喜歡抱著女兒，讓她坐在膝上，給她講故鄉的從前，我的從前，我母親的從前，有的出現在《飢餓的女兒》裡，有的出現在《好兒女花》裡。女兒還不到五歲，聽完會有不少問題，有時會說她也在那兒，會幫助大禹戰勝龍王。她說她夢見了外婆，外婆搖著一艘船，帶她在長江玩。

重慶老家六號院子那一帶馬上要拆了，成爲市建規劃的一部分。曾回去辦理相關手續，去拆遷辦的路，全是亂石碎瓦和戴著安全帽的工人。我對三哥說，我想回家再看看。三哥說，沒鑰匙，進不了門，再說什麼東西也沒有，也沒路可去。

我看看手錶，時間不夠，只能作罷。

心頭卻一直不鬆開。

那些長江邊半山腰的老院子，那些建在老院子邊上的舊樓房，那些拐七拐八的陡峭的街巷，連著那些樹草都不在了，說不定在我寫這文章時可能就不存在了，從地圖上消失殆盡。

我的根再也尋不見了。

奧德修斯離鄉二十年，經歷磨難後重返，沒人能一下子把他認出來。我呢，如書中所言一九八〇年離家出走，渡過長江，離開重慶，越走越遠，最後到了英國。二〇〇〇年返回中國。恰好也是二十年。我的經歷沒有奧德修斯那樣的奇險，少有輝煌耀眼的瞬間，多有失敗和痛苦的歲月。這二十年，閱讀人間，最後渡回長江，歸於自己的故土，歸於出生之地。

我經常做一個夢，在老家的閣樓看到一個白色的身影，她是一個冤死的鬼，她飄出我的視線後，我要去追她。正在閣樓養鴿子的三哥卻把我推下梯子。我呢，總會爬起來，再爬上梯子。他會再推我下去。我再往上爬。

寫作如同爬梯子，目的不是目標，而是爲了看清自己從何而來，看見那些消失在記憶深處的人和景致，把他們的形象記錄下來。三十五歲時寫作《飢餓的女兒》這本書就是經歷了這樣的過程。四十五歲寫作《好兒女花》也經歷了這樣的過程。用文字重現我的故鄉，紀念我不在人世的母親、生父和養父，也包括那些去世的從前的鄰居。

謝謝閱讀這本書的近三十個國家的讀者。

二〇一二年夏天

你的身世，你千萬不要透露給任何人。
不然你以後一生會吃大苦，會受到許多委屈。

第一章

1

我從不主動與人提起生日，甚至對親人，甚至對最好的朋友。先是有意忘記，後來就眞的忘記了。十八歲之前，是沒人記起我的生日，十八歲之後，是我不願與人提起。不錯，是十八歲那年。

學校大門外是坑坑窪窪的路面，向一邊傾斜。跨過馬路，我感到背脊一陣發涼——一定又被人盯著了。

不敢掉轉臉，只是眼睛往兩邊掃：沒有任何異常。我不敢停住腳步，到了賣冰糕的老太太跟前，我突然掉轉頭，正好一輛解放牌卡車急駛而過，濺起路沿的泥水。兩個買冰糕的少年跺腳，指著車亂罵，泥水濺在了他們的短褲和光腿上。老太太將冰糕箱往牆頭拉，嘴裡念叨：「開啥子鬼車，四公里火葬場都不要你這瘟喪！」

一陣混亂之後，小街還是那條小街。

我愣愣地站在雜亂的路上。是不是我今天跟人說話太多，弄得自己神神經經？從童年某個歲數起，我時不時覺得背脊發涼：我感到有一雙眼睛盯著我，好幾次都差一點看見了盯梢的人，但每次都是一晃而過。

那個男人，頭髮亂蓬蓬的，從沒一點花哨色彩閃入我的眼睛。他從不靠近我，想來是有意不讓我看清。只是在放學或上學時間才可能出現，而且總在學校附近，也從不跟著我走，好像算準了我走什麼路，總等在一個隱蔽地方。

這一帶的女孩，聽到最多的是嚇人的強姦案，我卻一點沒害怕那人要強姦我。

我從未告訴母親和父親，不知如何說才好，說不清楚。很可能，他們會認為是我做了什麼不規之事，臭罵我一頓。好多年我獨自承擔這個祕密，漸漸這件事失去了任何恐懼意味，甚至不再神祕。每次有目光盯著背脊——大約隔半月或十天，我總有背脊發涼感覺。事情本身沒什麼可怕可恨，可能與生俱來，可能每個人都會遇到。人一輩子，恐怕總會有某個目光和你過不去，對此，我可以裝作不在乎。說實在的，平時願意看我一眼的人本來就太少。

而每次我想抓機會捕捉這個目光，它都能躲開我。而我不過是爲了某種確定，就像過分小心地逮一隻翠綠的蜻蜓。或許虛飄飄的東西本不應該拽緊，一旦看清，反有大禍？

我不敢多想這件事，那一年我的世界閃忽迷離，許多事糾纏在一塊，串成一個個結子，就像我行走的小路邊，石牆上的苔蘚，如鬼怪的毛髮一般，披掛下來。

2

我的家在長江南岸。

南岸是一片丘陵地，並不太高的山起起伏伏，留下一道道溝坎。如果長江發千古未有的大水，整個城市統統被淹，我家所居的山坡，還會像個最後才沉沒的小島，頑強地浮出水面。這想法，從小讓我多少感到有點安慰。

坐渡船從對岸朝天門碼頭，可到離我家最近的兩個渡口：野貓溪和彈子石。不管過江到哪個渡口，都得在沙灘和坑坑坎坎的路上，往上爬二十分鐘左右，才能到達半山腰上我的家。

站在家門口的岩石上，可遙望到江對岸：長江和嘉陵江兩條河匯合處，是這座山城的門扉朝天門碼頭。兩江環抱的半島是重慶城中心，依山而立的各式樓房，像大小高矮不一的積木。沿江岸的一處處躉船，停靠著各式輪船，淌下一路鏽痕的纜車，在坡上慢慢爬。拂曉烏雲貼緊江面，翻出閃閃的紅鱗，傍晚太陽斜照，沉入江北的山坳裡，從暗霧中拋出幾條光束。這時，江面江上，山上山下，燈火跳閃起來，催著夜色降臨。尤其細雨如簾時，聽江上輪船喪婦般長長的嘶叫，這座日夜被兩條奔湧的江水包圍的城市，景色變幻無常，卻總那麼淒涼莫測。

南岸的山坡上，滿滿地擁擠著簡易木穿斗結構的小板房、草蓋席油毛氈和瓦楞石棉板搭的棚子，朽爛發黑，全都鬼鬼祟祟：稀奇古怪的小巷，扭歪深延的院子，一走進去就暗糊糊見不著來路，這裡擠著上百萬依然在幹苦力勞動的人。整個漫長的南岸地區，幾乎沒有任何排水和排污設施：污水依著街邊小水溝，順山坡往下流。垃圾隨處亂倒，堆積在路邊，等著大雨沖進長江，或是在炎熱中腐爛成泥。

一層層的污物堆積，新鮮和陳腐的垃圾有各式各樣的奇特臭味。在南岸的坡道街上走十分鐘，能聞到上百種不同氣味，這是個氣味蒸騰的世界。我從未在其他城市的街道上，或是在垃圾堆集場，聞到過那麼多味道。在各色異味中生活，腳踢著臭物穿行，我不太明白南岸人，爲什麼要長個鼻子受罪。

老是在說，抗戰時日本人投下的炸彈，有好多沒有爆炸，落在山坳溝渠，埋在地底；國民黨一九四九年底才最後放棄這個城市，埋下炸藥有幾千噸，潛伏特務十幾萬——也就是說，成年人都可能是特務，經過五〇年代初共產黨的大清洗、大鎮壓、大槍決，依然可能有無數特務漏網。解放後入了共產黨的人，也有可能是假的。每天夜裡，他們——男特務女特務們——都要出來搞破壞，殺人、放火、姦淫，做各種壞事。他們不會在對岸中心區的水泥大廈間、柏油馬路上活動，喜歡偷偷潛行在這個永遠有股臭味的南岸：這個本來不符合社會主義形象的地方，自然該反社會主義的人物出沒。

只稍走出門來，倚著潮濕濕的牆，側著耳朵聽：打更棒棒一聲聲敲著黑夜，沒準一個蜘蛛網罩住的房門，會神祕地露出一隻舊時代的紅平絨繡花鞋；那匆匆消失在街轉角的男人，黑氈帽壓低，腿上藏著尖刀。陰雨天暗時，走在髒水漫流窄坡上的每個人，都是一副特務嘴臉。隨便在哪一寸地上，掘地兩尺，沒準就可挖到尚未爆炸的炸藥炸彈，或是一本寫了各種奇怪符號的密電碼本，或是用毛筆記錄了各種怪事的變天帳。

一江之隔，半島上的城中心，便有許許多多的區別，那是另外一個世界，到處是紅旗，政治歌曲響亮歡快，人們天天在進步，青少年們在讀革命書，時刻準備，長大做革命的幹部。而江南岸，是這大城市堆各種雜爛物的後院，沒法理清的貧民區，江霧的簾子遮蓋著不便見人的暗角，這個城市腐爛的盲腸。

從過江渡船下來，顫顫悠悠過跳板，在礫石和垃圾的沙灘上走上十多分鐘，抬起頭來，一層層一迭迭破爛的吊腳樓、木房、泥磚土房。你只會見到一個最不值得看的破屋子迷魂陣，唯有我能從中找出一幢黑瓦灰磚的房子，面前一塊岩石突出在山腰上，伸向江面。這一帶的人都管這一角叫八號院子嘴嘴，它位於野貓溪副巷。野貓溪副巷整條街只是一條陡峭的坡道，青石板石級低低高高不勻，苦楝樹、黃桷樹，還有好些有時臭有時香的植物，歪立著好些早就應當倒成一堆堆木塊的破房子。八號院子嘴嘴，院牆和大門黝黑，一側牆青紅磚相間，任意地潑了點色彩。那是得福於一場雷雨，電劈掉了半壁牆，重砌時，碎磚不夠，找來一些紅磚填補。

這還不是我的家。從窄小的街上看，只會看到一個與整個地區毫無二致的灰暗屋頂。和八號院子平齊的是七號院子，我家院子是六號，順山坡地勢，略略高出前兩個還算像樣的院子，牆板和瓦楞長有青苔和霉斑。中間是天井，左右一大一小兩個廚房，四個閣樓。大廚房裡有一個小迴廊，連接後院，還有陰暗的樓梯，通向底層的三個房間和兩個後門。

這麼一說，像個土財主的宅子。的確，原先不知道是個什麼人家的住房，一九四九年底共產黨來了，房主人很聰明地落個下落不明，家具和幾台土織布機充公搬走了。住在沿江南岸木棚裡的水手家屬們，立即半分配半自動占領了這院子。所以當我說的什麼堂屋、迴廊、後院、偏房、閣樓等等，只是方便的稱呼。

這個原先的獨家院子住了十三戶人家，不管什麼房間都住著一家子，大都是三代人，各自的鄉下親戚熟人時來時往，我從小就沒弄清過這個院子裡住了多少人，數到一百時必掉數。

3

我家一間正房，只有十平方，朝南一扇小木窗，釘著六根柱子，像囚室。其實我們這種人家，強盜和小偷不會來光顧。窗只在下雨時的冬天夜裡關上。而窗外不到一尺，就被另一座很高的土牆房擋得嚴嚴實實，開了窗，房裡依然很暗，白天也得開燈。從窗口使勁探出頭往那牆頂上看，可看到一棵大黃桷樹的幾枝枝椏。從中學街操場壩流下的小溪，在樹前的峭壁上沖下陡坡，從那兒流入江裡。夜深人靜，溪水嘩嘩響，一點也不像野貓，倒像一群人在吵架，準備豁出命來似的。

我家幸好還有一間閣樓，不到十平方，最低處只有半人高，夜裡起來不小心，頭會碰在屋頂上，把青瓦撞得直響。有個朝南的天窗，看得見灰暗的天。

這兩個房間擠下我的父母、三個姊姊、兩個哥哥和我。房子小，人多，閣樓裡兩張我父親手做的木板床，睡六個孩子。樓下正房也就是父母的房裡，一個藤繃架子床，餘下地方夠放一個五屜櫃，一把舊藤椅，一張吃飯桌子。

家裡孩子大了，夜裡只能拆掉父母房裡的桌子，放一個涼板床，兩個哥哥睡。白天拆掉涼板床，騰出空來放桌子吃飯，洗澡的時候，再拆掉桌子和凳子。說起來手續繁雜，成了習慣也簡單。

一九八〇年，我家住在這個院子已有二十九個年頭了。一九五一年二月一日由江北剛搬進這間小房時，父母只帶著兩個女孩。毛澤東在五〇年代鼓勵生育，人多熱氣高，好辦事，而且不怕打核戰爭，炸死一大半人，中國正可稱雄全世界。大陸人口迅速翻了一倍半，八〇年代邁入了十億。

從我生下，我們一家成了八口，我從未覺得家裡擠一點有什麼了不起，以前，下鄉插隊的姊姊哥哥只是偶爾回來，現在文革結束了，知青返城，開始長住家中。到一九八〇年這兩間板房快擠破了，像個豬圈，簡直沒站腳的地方。這年夏天的擁擠，弄得每個人脾氣都一擦就著火。

幾天前母親對我說，大姊來信了，就這兩天回來。

大姊是最早一批下鄉插隊知青，因爲最早，也就最不能夠回到城市。她離過三次婚，有三個孩子，最大的比我小六歲。她生了孩子就往父母這裡一扔，自己又回去鬧離婚結婚。「天棒！」母親一提起大姊就罵：「我啷個會養出這麼條毒蟲？」大姊一回來，待不了幾天，就會跟母親大吼大吵，拍桌子互相罵，罵的話，聽得我一頭霧水。直到把母親鬧哭，大姊才得勝地一走了之。

但不知爲什麼，大姊不在，母親就會念叨。一聽見大姊要回來，母親就坐立不安，時時刻刻盼望。我總有個感覺，這個家裡，母親和大姊分享著一些其他子女不知道、知道了也覺得無關的拐拐彎彎肚裡事。

就這年夏天，好多事情讓我開始猜測，恐怕那些事與我有點關係。一家人中唯一可能讓我套出一點口風的，是大姊。因此我也和母親一樣，在盼大姊回來。

我是母親的一個特殊孩子。她懷過八個孩子，死了兩個，活著的這四個女兒兩個兒子中，我是么女，第六。我感覺到我在母親心中很特殊，不是因爲我最小。她的態度我沒法說清，從不寵愛，絕不縱容，管束極緊，關照卻特別周到，好像我是個別人的孩子來串門，出了差錯不好交代。

父親對我也跟對哥姊們不一樣，但方式與母親完全不同。他平時沉默寡言，對我就更難得說話。沉默是威脅：他一動怒就會掄起木棍或竹塊，無情地揍那些不容易服貼的皮肉。對哥姊們，母親一味遷就縱容，父親一味發威。對我，父親卻不動怒，也不指責。

父親看著我時憂心忡忡，母親則是兇狠狠地盯著我。

我感覺自己可能是他們的一個大失望，一個本不該來到這世上的無法處理的事件。

4

父親在堂屋裏葉子煙，坐在一張矮木凳上，葉子煙攤在稍高些的方凳上。方凳的紅漆掉得只剩幾個斑點，凳面有個小方塊，嵌鑲著四塊瓷磚，中心是朵紅花。這樣一個講究的凳子不知從哪兒來的。他熟練地裹煙。堂屋裡光線黯淡，但他不需看見。他眉毛不黑，但很長，臉上骨骼突出，眼神發亮，視力卻差到極點，一到黃昏就什麼也看不見了。他很少笑，我從未見過他笑出聲，也從未見他掉過淚。成年後我才覺得父親如此性格，一定堆積了無數人生經歷。他是最能保守祕密的人，也是家裡我最不瞭解的人。

我放學回家，見房門緊閂，裡面傳來洗澡的水聲。

「是你媽回來了，」父親說，極濃的浙江口音。「餓了沒有？」他掉過頭來問。

我說：「沒有。」

我把書包掛在牆釘上。

父親說：「餓了的話，先吃點填肚子。」

「等五哥和四姊他們回來，」我說，聽著房門裡洗澡聲，我突然不安起來。

母親一直在外面做零時工，靠著一根扁擔兩根繩子，幹體力活掙錢養活這個家。四人抬的氧氣瓶，過跳板時只能兩人扛過去。她搶著做這事，有一次一腳踩滑掉進江裡，還緊抱氧氣瓶不放。被救上岸，第一句話就說：「我還能抬。」

她不是想做勞動模範，而是怕失去工作，零時工隨時都可能被開掉。她抬河沙、挑瓦和水泥。有次剛建好的藥廠砌鍋爐運耐火磚，母親趕去了。那時還沒我，正是大饑荒開始時，母親餓得瘦骨嶙峋。耐火磚又厚又重，擔子兩頭各四塊，從江邊挑到山上，這段路空手走也需五十分鐘。一天幹下來，工錢不到兩元。另外兩個女工，每人一頭只放了兩塊磚，又累又餓，再也邁不開步，就悄悄把磚扔進路邊的水塘裡。被人看見告發了，當即被開除。

不久母親得罪本地段居民委員，失去了打零時工的證明，只得去求另一段的居民委員介紹工作。

那裡的居民委員是個好心人，對母親說：有個運輸班班，都是些管制分子，你怕不怕？母親趕緊說不怕。所以和母親在一起工作的盡是些「群眾監管」有歷史或現行政治問題的人，沒人肯去幹的活，才輪到這批人去幹。

母親隨整個運輸班班轉到離家很遠的白沙沱造船廠，下體力活，汗流夾背，和男人一樣吼著號子，邁著一樣的步子，抬築地基的條石，修船的大鋼板。她又一次落到江裡，差點連命都搭上了，人工呼吸急救，倒出一肚子髒臭的江水。

做了十多年苦力後，心臟病、貧血轉高血壓、風濕關節炎、腰傷，一身都是病。在我上初中時，才換了工種，在造船廠裡燒老虎灶。算是輕活，燒全天。半夜裡把煤火封好，凌晨四點把火啓開，通煤灰，添新煤旺爐火，讓五點上早班的人可打到滾燙的開水。

她住在廠裡女工集體宿舍，週末才回家。回家通常吃完飯倒頭就睡。哪怕我討好她，給她端去洗臉水，她也沒好聲好氣。

捲起她的衣服擦背，她左右肩膀抬槓子生起肉皰，像駱駝背，兩頭高，中間低，正好穩當放槓子，是槓子的肉墊。擦到正面，乳房如兩個乾癟的布袋垂掛在胸前，無用該扔掉的皮疊在肚子上。等不到我重新擰一把毛巾，她就躺在床上睡著了。她的右手垂落在床當頭，雙腿不雅觀地張開。房間裡響著她的鼾聲，跟豬一樣，還流口水。我把她垂下的手放回床上，厭惡得把臉掉轉到一邊去。

母親在外工作，病休的父親承擔了全部的家務，到晚上天黑，他眼睛看不到，依然能摸著洗衣做飯。我生下後全是父親把我帶大。

星期六，我和四姊天麻麻亮就去肉店排隊，全家肉票加起來，割半斤肉。做成香噴噴的一碗，眼睜睜盼到天黑母親回家。母親還不領情，揮揮筷子，繞過肉不吃。父親有次火了，拍桌子，擱了碗筷。他們兩人你來我去，然後把我們轟出門，關門吵架，爭得越來越激烈，聲音卻明顯放低，很怕我們聽明白似的。我認爲母親是到父親身上撒氣，心裡更對她窩一肚子火。

母親很少帶我們出門，不管是上街或是走親戚。母親歲數越大，脾氣越變越怪，不時有難以入耳的話從她嘴裡鑽出來。粗話、下流話、市井下層各路各套的，點明祖宗生殖器官的罵法，我從小聽慣了。但這是我的母親，她一說粗話髒字，我就渾身上下不自在。

我左眼右眼挑母親的毛病：她在家做事放東西的聲音極重，經常把泡菜罐子的水灑在地上；她關門砰地一聲，把閣樓都要騰翻的架勢；她說話聲音高到像罵人，這些我都受不了。

我當面背後都不願多叫她一聲媽媽，我和她都很難朝對方露出一個笑容。

我總禁不住地想：十八年前，當母親生我養我時，更明白說，十九年前時，是一個什麼樣的母親，懷上了我？

打我有記憶起，就從未見到我的母親美麗過，甚至好看過。

或許是我自己，故意抹去記憶裡她可能受看的形象。我看著她一步一步，變成現在這麼個一身病痛的女人的，壞牙、補牙，牙齒掉得差不多。眼泡浮腫，眼睛混濁無神，眯成一條縫，她透過這縫看人，總認錯人。她頭髮稀疏，枯草般理不順，一個勁兒掉，幾天不見便多了一縷白髮，經常扣頂爛草帽才能遮住。她的身體好像被重物壓得漸漸變矮，因爲背駝，更顯得短而臃腫，上重下輕。走路一蹩一拐，像有鉛墊在鞋底。因爲下力太重，母親的腿逐漸變粗，腳趾張開，腳掌踩著尖石碴也不會流血，長年泡在泥水中，濕氣使她深受其苦。

唯有一次，早晨剛醒來，我聽見母親趿著的木板拖鞋，在石階上發出好聽的聲音。她從天井走到院外石階上，打著一把油紙傘，天上正飄著細雨。我突然想她也有過，必然有過絲綢一樣的皮膚，一張年輕柔潤的臉。

我慢慢地明白了，母親爲什麼不願照鏡子。她曾向三個姊姊抱怨，說家裡一面像樣的鏡子都沒有。誰也沒搭這個茬，看來，她們比我還知道母親實際上討厭鏡子。

在母親與我之間，歲月砌了一堵牆。看著這堵牆長起草叢灌木，越長越高，我和母親都不知怎個辦才好。其實這堵牆脆而薄，一動心就可以推開，但我就是沒有想到去推。只有一兩次我看到過母親溫柔的目光，好像我不再是一個多餘物。這時，母親的眞心，似乎伸手可及，可惜這目光只是一閃而逝。

只有到我十八歲這年，我才逐漸看清了過往歲月的面貌。

5

房門打開了，洗完澡的母親對我說：「六六，你把倒水桶給我提來。」她穿了件自己縫的和尚領無袖衫，褲子短到膝蓋，腳上還是一雙舊木板拖鞋。

母親和我一起端起洗澡用的大木盆，往木桶裡倒洗得混濁的水。母親說大姊不是今晚就是明天，應該到家了。

我故意地說：「你等不到她，她準是騙你的。」

「不會的，」母親肯定地說：「她信上說要回來就得回來。」提起大姊，母親的臉變得柔和多了，我瞥了她一眼，一不小心，水淌在三合土地上。她罵斥道：「好生點嘛！叫你做事，你就三神不掛二神。」

我提著滿滿一桶水，邁過門檻，「別倒掉，隔一陣，你得拖樓上的地板，」母親在房裡大聲誇氣地說。

水精貴，一是水費高，二是常停自來水。幾百戶人家，共用一個在中學街後的自來水管。排隊不說，那水總黃澄澄的，如果下江邊去擔江水，汗流夾背地挑上來，還得用明礬或漂白粉澄清消毒，做飯菜有一股鐵鏽味。除非斷了自來水，平日江水只拿來洗衣拖地板。

每家地小，僅容得下一個不大的水缸，還只能放在公用廚房裡，一整家人用，再多的水也不夠。男人都下河洗澡，懶得下坡爬坡的人就在天井的石坎上放一盆水，身上只剩褲衩。反正這裡的男人，夏季整個白天也只穿褲衩，打光背。

講點臉面的男人夜裡洗，大部分男人不講臉面，光天化日下照洗不誤，一盆水從頭澆到腳，白褲衩被水一淋，黑的白的暴露無遺。我是個小女孩時，就太明白不過男人有那麼個東西，既醜惡又無恥地吊在外面，我到廚房去取東西或往天井水洞倒髒水，就看見天井站著一排男人，老的、少的，白肉生生，一個緊挨一個，擠在唯一必經的過道邊上，他們甚至當眾在天井的水洞裡解小便。

綿長的夏天，經常一個月不下一滴雨。長江開始漲水，上游的水彷彿來得慢，一旦到了旺水季，一夜間卻會淹沒上百米寬的泥灘。這城市之熱，沒住過的人，不可能明白：從心燒，貼著皮膚的毛孔，火苗般一絲絲地烤。沒有風，有風也是火上加熱，像在蒸籠裡，緊壓著讓你喘不出氣。

家裡女人洗澡，男人得出去，到街上混，待到家裡女人們一個個洗完了，才快快回家。女人放好木盆倒上水，攙一丁點熱水，然後閂好房門，快快脫了衣服，洗得緊張，動作飛速：身上擦一遍水，打一點肥皂，用水沖一下，就算洗過了。

我們家有五個女人，時間來不及，就不能一個一個洗，有時幾姊妹得一起鑽進房裡。我受不了赤裸的身子被人看見，哪怕姊姊或母親也不行。我經常等到最後，端一盆冷水鑽進房內，閂上門，擦洗身體。家裡人認為我有怪癖，一家老小共有的一間房間被一個人獨占，誰也不會高興。

這是夏天。天稍稍涼快一點，洗澡就更不方便——沒那麼多熱水，又上不起付幾角錢的公共浴室。不方便就少洗不洗。幹活的人一走近，就可聞到一股汗臭，街上每個角落鑽出的許多氣味，又增加了一種。

冬天的冷，跟夏天的熱，同樣是難忍，這裡從來沒暖氣，也沒取暖的燃料。人們只能用玻璃瓶裝熱水，暖暖手，一家人圍在煮飯的爐子邊，有時乾脆蜷縮在被窩裡。夜裡睡覺，把能穿上的衣服，都套在身上，躲進被窩，腳手冰冷，到半夜也暖和不過來。我的手難得有個冬天不生凍瘡，手指像胡蘿蔔。

我把拖把放入水桶，右手提著水桶，用手臂扶著拖把的桿，身子傾斜著小心翼翼，走到堂屋左側的樓梯前，右手換到左手，右手抓住咯吱響的樓梯扶手，準備上閣樓去。

「你別忙著去拖地嘛，炊壺裡還有熱水。」母親不高興的聲音，衝著我的耳朵，「你先洗澡，等會兒洗不成。」

母親一會要我這樣，一會兒要我那樣。我擱下水桶，沉著臉，站在樓梯前不動。

她在掃灑在地上的洗澡水，把掃帚拿在堂屋乾的地方舞了幾下，掃帚上殘留的水被乾的地吸去不少。

父親抬起頭，示意我按母親的意思辦，先洗澡。

我只得聽父親的，取了臉盆去廚房倒來壺裡的熱水，關上房門，脫光衣服準備洗澡。看著自己汗漬漬赤裸的身體，聞到自己腋下的汗味，我覺得噁心透了。

第二章

1

這個有四百萬城市居民的大城市，有十來所高等學院，沒有一條「大學街」。南岸卻因爲山頂上有一所中學，有條中學街。可能若干年前，這個貧民區有了第一所中學，是件頭等大事。

但這一帶的中學，與大學無緣，每屆高中畢業生，考上大學的幸運兒捏著手指可算。有的中學連續十年交白卷，明白此地學生不堪造就，就取消了高中。但在這一帶的小販、江面的水手、造船廠的工人中，很容易把校友召集起來。

中學街離我家不遠。石階較寬不太陡。街兩旁依坡全是低矮簡陋的木板房子，街面房子的人家大多做點小本生意，賣醬油醋鹽，或是針線鞋帶扣子。石階頂頭有個小人書攤，兼賣糖果花生米。下雨的時候，老太太將書攤移回房裡，在門檻內放幾張小木凳。

經常整條街無法通行，石階上、屋簷下、房門、窗口擠滿人。

「你龜兒子奸嘴滑舌，夜壺提到老子頭上來，耍假秤！也不去打聽打聽，老子是可以洗涮的嗎？你貓抓糍粑，脫得了爪爪嘍？」

「囉唆啥子，把他洗白。」

「我日你先人，你裝哪門子神。」

「我日你萬人，祖宗八輩。」

旁邊的人添油加炭，唯恐打不起來，「好說個卵，錘子！」

重慶人肝火旺，說話快猛，像放鞭炮，聲音高，隔好幾條巷子也能聽見。重慶人動怒不是虛張聲勢，不到動刀子不甘休。南岸貧民比城中心居民更耿直，腸子不會彎彎繞。彼此投緣時，給對方做孫子做牛馬都行。城中心人會看風向，瞄出勢頭，不吃眼前虧，背後整人卻會整得你鬼不像鬼，人不像人。

我從小看這種街頭武打，等到讀武俠小說看功夫電影時，一眼就明白其中的英雄好漢，不過是打扮得精緻一點的街痞子，說話還沒街頭對罵精彩。

該到動手的時候了，人群自動往後靠了些。地方上的歪人，今天惹到冤家對手了。

「還不拉架，見紅嘍！」沒人理睬這喊聲。

「戶籍來了！」這有用，街上的男人衝進場子中心拉架。這些人平常最看不起戶籍，一有爭鬥還得互相扭到派出所講理。人到底還是敬服權力。

在雜貨鋪上端的一間房子最大，可容下一百來人，是茶館，以前晚上講評書，講三國水滸楊家將，滿堂聽眾如癡如醉。在我未出生前就被改做大鍋飯街道食堂，我四五歲時被改成向陽院，必恭必敬效忠毛主席，跳忠字舞。後來做造反派司令部和批判牛鬼蛇神反革命的會場，被打倒的人戴了尖尖帽遊街從這兒出發。我那時還不讓進這門，只是踮著腳尖站在外面石階上，著急地等著裡面變出新花樣。後來有好幾年掛了「學習班」的牌，「學習」的人一茬茬換，個個精神萎頓，臉上身上長起了黴點，氣味難聞。到七〇年代末，最後一批人才不見了，每天晚上放上一個光刺刺的黑白電視機，擠滿大人小孩，鬧鬧嚷嚷，前面坐凳子，後面站凳子。

我不能去看，我得複習功課，準備考大學。

2

背著書包，我撿陰涼處走。到放學後，太陽仍未減弱逼人的猛勁。夾竹桃粉白嫩紅的花，沿著斜坡一路盛開，蓋滿濕漉漉青苔的石牆，將枝幹高高托起。我從兩塊黑板報的空隙中穿進樹叢。濃蔭裡的濕土有一股甜熟的霉味，太陽再猛，我還是情願在樹蔭外走，我在心裡對自己下命令：回家，不去，今天不去，這次不去。下次去不去再說，至少我可以不去一次。

但經過學校辦公樓時，我的腳仍然向石階上邁。拐上樓梯，來到熟悉的門前。

「進來！」還是那兩個字，他永遠知道是我敲門。

已經進門，我心裡便沒了路上亂糟糟的想法。在歷史老師辦公桌對面一張舊藤椅上，我坐了下來。

辦公室原是一間大教室，隔成幾個小間。書櫃上堆了些紅色喜報紙、幾把折柄禿毛的排筆什麼的。一個教師一張辦公桌，除了一把露出竹筋的藤椅，還有幾個沒靠背的方凳。沒有窗簾，朝南的窗大敞，陽光曝亮。他桌邊的玻璃窗塗著綠漆，瀝瀝掛掛很不均勻，但遮住了強光，遠處籃球場上的喧叫變得模糊了。

這城市四周綠蔭密掩的山裡，有不少達官貴人的英式法式別墅，原先住的是蔣介石的近臣、美國顧問，現在住的是共產黨的高級幹部。我從來沒去過那些地區，心裡沒有這個對比，那是一個不屬於我的城市。

這幢兩層中學辦公樓，斜頂方框窗，確實稱得上是我十八歲前走進過一幢上好的房子。雖然人走在樓梯上，樓板就吱吱嘎嘎哼唱。門和窗扉舊得釘了幾層硬紙板，只需稍用勁踢，便轟然散架，近幾年已被踢破過多次。

頭一次到這樓裡時，我告訴歷史老師，覺得這裡好熟，包括那綠漆的窗子，硬紙板的門，厚實的磚牆，要不是前生，就是在夢裡來過。其實我在夢裡還見過他這樣一個人，或許就是跟蹤的男人，使我夢境不安。我還未來及說，他就好奇瞅了我兩眼，不爲人覺察地微笑了一下。從那以後，他就不再用老師的口吻跟我說話。

他頭髮總剪得很短，叫人不明白他頭髮是多是少，是軟是硬，看起來顯得耳朵大了些。一件淺藍有著暗紋的襯衫，是棉布的，不像其他教師穿的確涼襯衫，整齊時髦。但是，與別的辦公桌相比，他的那張桌子，一點粉筆灰漬也沒有，很乾淨。他不抽煙，卻一個勁地喝茶，不斷地從地板上提起塑膠殼的熱水瓶，朝杯裡倒開水。他的眉毛粗黑，鼻子長得與其他器官不合群，沉重得很。

仔細想想，他沒什麼特殊的地方。他講課也是平平淡淡的，不是那種教師，能把歷史講成娓娓動聽的故事，他不過是一名很普通的中學教師。

但是在這個世界上你會遇上一個人，你無法用一種具體的語言去描述，不用語言，只用感覺，就在漆黑中撞進了通向這個人的窄道。一旦進了這窄道，不管情願不情願，一種力量狠狠地吸著你走，跌跌撞撞，既害怕又興奮。

我快滿十八歲的那一年，忽然落到這種心境中：感覺嘩嘩地往外溢，苦於無法找到恰當的語言對自己說個清楚。我只知道第一個感覺是恨他不注意我，很恨。我只是班上許多小不丁兒女學生中的一個，或許是最不引人注意的一個。於是，我有意在課堂上看小說，而且有意讓他看見。

他用老師對付學生的老辦法——讓我站起來回答問題。他故意提了一個我肯定知道的常識問題。但我站在那裡，一聲不吭。

歷史老師走到我跟前，我直視他的眼神，使他很吃驚，這才看出這個女生的反應異樣。他一時愣住了，忘了在課堂上，必須迅速處置一切挑戰紀律的學生。這時教室裡有點亂了，調皮的學生開始搗出怪聲。

「坐下，」他輕輕說：「課後到我辦公室來。」

我坐下了，興奮得心直跳。我達到了他把我挑出來的目的。從那以後，我因「違反課堂紀律」多次走進他的辦公室。

3

我快到十八歲時，臉一如以往地蒼白，瘦削，嘴唇無血色。衣服的布料洗得發白，總梳著兩條有些枯黃的細辮子。毛澤東已經死了四年，人們的穿著正在迅速變化，肥大無形的青藍二色正在減少，角角落落之處又冒出三〇年代的夜總會歌曲。在過於嚴肅的四〇年革命之後，這個城市在小心翼翼品嘗舊日的風韻，膽子較大的婦女，又開始穿顯出腰肢胸部的旗袍。老是在上坡下坎，這城市女人的腿特別修長而結實，身段苗條，走平路也格外婀娜多姿。

舊時代特有的氣息甚至漫入南岸破爛的街巷。看多了，我對自己的模樣、穿著便就越發不知所措，就像趕脫一班輪船，被棄留在冷落的碼頭：一件青棉布裙，長過膝蓋，一件白短袖襯衫，都是姊姊們穿剩下的，套在身上又大又鬆，使我個子看起來更小。乳白色塑膠涼鞋，比我的腳大半寸，赤腳穿著，走起路來踢踢踏踏。

我就這麼副樣兒，走進歷史老師的辦公桌。辦公室已經沒有人，下課後男女老師都趕回家去了，就我們倆面對面坐。他端詳著我，突然冒出話來，聲調很親切：「我想你誤會了，你以爲我看不起貧民家庭出身的學生。」

我心裡一動，明白他是對的，至少對了一大半。就是爲了這個，我在學校裡覺得很彆扭，幾乎從來沒有快樂的時刻。

「其實我也算窮人家出身，」他自嘲地一笑，不像上課時那麼臉無表情，「現在更算窮人家，眞正的無產階級。」

他說他父親算歷史反革命，因此從小就絕了讀大學的希望。他和弟弟長很大了，還幫父親做爆玉米花活計，或給人擔煤灰，走家挨戶，南岸哪條小巷他都熟。「那陣，你才這麼一丁點大，在地板上爬，拖著鼻涕，」他不屑地笑笑。

「噢，你嫌我太小，」我站起來，怪不高興地說。

「我比你大差不多二十，」他說。

這話是什麼意思？我在想，他為什麼說年齡？他的意思是我們不相配。那麼說，他已經想到我們配不配。男女相配！我的臉一下子紅了，眼睛也不敢往他看，心跳得更厲害，好像在偷一種不該偷的東西，突然我淚水流了出來。

「嗨，嗨，」他說：「你哭什麼？」

「你欺侮人，」我賭氣地說。

「欺侮人？」他慢慢地重複我的話。然後站了起來，從褲袋裡掏出手帕，到我身邊，遞過來。

我沒有接。淚水流進鼻子，馬上要流出來，很難受。但我就是不接，我想看他怎麼辦。我感到他的身體在靠近，仍未抬起頭。

我就是不肯接眼前的手帕。我被自己的大膽妄為嚇得喘不過氣，再過一秒，我想，再過一秒鐘，他的身體就會碰上我了。心一緊，我幾乎要暈倒。

他碰到我了，他的手緊緊按住我的腦袋，像對付一隻小狗，手帕使勁地擦我的眼睛和臉，強捏我的鼻子。我不由自主擤出了鼻涕，在他的手帕裡。

我跳開了，離桌子一尺站著。這個壞蛋，把我當作小娃兒？

他滿意地看了看手帕，放進褲袋，走回桌子那邊坐下來，看著我又羞又惱，嘴上浮出了微笑。他理由十足地值得笑：他勝利地證明了我們的年齡差，而且，勝利地拒絕了與我的接近。我們又成了老師和學生，我氣得一臉緋紅。

他平靜地說，你在準備高考，雖然還有時間，但要背要記的內容很多。他裝樣地翻翻桌上的紙片，好像那些是我的功課。他又說我成績並不是最優等，得好好努力才行。他重複地說他們那一代，出身不好，完全沒資格，從來就沒有上大學的奢望，他讓我珍惜考大學這個機會。

他的話是真誠的，如此說也沒惡意，他明白我最弱的就是死記功夫。我們互相看著。我喜歡看著他，我覺得他也喜歡看著我。沒一會兒，我心情就好多了。

4

差不多每次我們都一起出辦公大樓，在操場上高高興興地道了再見。我想，第二天我又會見到他，至少在課堂上。

學校圍牆一段站立一段坍塌，可有可無。間隔著小塊菜田，操場外，每條小道都彎曲綿長。附近藥廠煙囪在隆隆吼著，排出的污水順著田坎淌。陰沉的雲包住太陽，天氣更加悶熱，只能等雨來降低氣溫。

閣樓漏雨，能接水的桶盆都擱在床上地板上，人縮在不漏的地方。

我端著接滿雨水的盆子，小心地下樓，準備倒在下雨的天井裡。

這個早已不該住人家的院子，木板漏縫，牆灰駁落，屋梁傾斜，鑲在壁龕裡的灶神爺石像，被煙火熏得面目全非，用力擦抹才會現出眉開眼笑的臉。

天井四周牆根和石角長年長著青苔，春夏綠得發黑，秋天由青泛黃，帶點碧藍，乾燥的地方毛絨絨一片，潮濕的地方滑溜溜一順。二娃一家五口住著碎磚搭就的兩個小房間，在天井對面。二娃的媽，一個瘦精精的女人，拈起掃帚，掃門前的那一塊地。每次清掃，每次放開喉嚨罵，什麼人都罵。不知爲點什麼小事，多少年前，我母親得罪過她。她不想忘記這件事，反正欺侮我家，算政治表現積極。七上八落的語言，好像影射性病，無頭無緒，我一點聽不明白。她丈夫從船上回家，發現她與同院的男人瘋瘋鬧鬧打情罵俏，就把她往死裡打，用大鐵剪剪衣服，用錘子在她身上砸碗，嚇得她一個月不說話，也顧不上罵我家。

但不久又滿院響起她特殊的聲調，像有癮似的。父母沉默地聽著潑婦亂罵，不僅一聲不吭，臉上連表情也沒有。

在學校，最蔫的男同學對我也沒興趣，覺得招惹我不值得。有的女同學會突然拿我撒氣。有一次我蹲在廁所裡，被人猛地撞了一下，差點一條腿掉進茅坑洞裡。我沒來得及穩住身子，一個大個子的女同學已經走了出去。站在門口，她回過頭來，挑釁地說：「你吼呀，你啷個連吼都不會？」我沒有吼，拉上褲子，從她身體旁擠出門，匆匆地跑了。我甚至沒感到屈辱。

表露情感，對我來說是難事，也沒有什麼人在乎我的情緒反應。我的家人，會覺得我所想說的一切純屬無聊。至今唯一耐心聽我說的人，是歷史老師，他立即獲得了我的信賴。終於我遇見了一個能理解我的人，他能站在比我周圍人高的角度看這世上的一切。他那看著我說話的眼神，就足以讓我傾倒出從小關閉在心中的大大小小的問題。

我喜歡他聽我說，我需要他聽我說。他一定明白，這些聽來枯燥無聊的瑣事，對我究竟意味著什麼。只有在他面前，我才毫不拘束，有時很想把橫在我與他之間的辦公桌推到一邊去，我想離他近一點。

有一天，他一邊聽我說，一邊從抽屜裡拿出一個畫板，釘上紙，「你坐好，我給你畫一幅像。」我坐正了，但繼續往下說。

他不斷地從畫板上抬起頭來端詳我，每次都很短暫。最後，他停下筆來，看著我鄭重地說：「你最好忘了這些事。爲什麼到集中精神複習高考的時候，你偏偏想這些事？」

我說我也不知道，我從來沒有向任何人說過這些事。

接過他遞過來的紙，是一幅素描，紙上的頭像分明是我。幾條線就勾勒出我的臉，只是眼睛太亮，充滿激情的樣子。脖子、肩，沒有衣領，他一定是嫌我的衣服難看。紙空了很多，畫太頂著上端。

「像嗎？」他問。

「像隻小貓，」我說：「這眼睛不是我。」

他起身，伸過手把畫搶過去，「你哪懂，你還是太小。」他有點誇張地嘆了一口氣，把畫往抽屜裡一塞，無論我怎麼找他要，他都不肯給我，說以後畫完再給。

第三章

1

母親回家，家裡比平日多了一菜：豆豉乾扁四季豆，照舊熬了個酸菜湯。

我在樓上拖地。說拖地，不過是把彈丸大的空地弄濕，降降溫。兩張木板床幾乎把閣樓的空間占滿，一張矮小方桌，我學習的時候才架起來放在電燈下。常常忘了拆，人經過得側著身子。地板薄，兩層夾板裡，耗子在裡面不停地跑著。我盡量把拖把的水擰乾，以免水直穿過地板，滴到樓下正屋。敞開的天窗沒有引來風，剛洗了澡，又是汗膩膩。

「六六，下來吃飯。」四姊站在堂屋叫。

我提著拖把水桶，走出來。從木廊望下去，四姊碗裡的菜，噴香，綠綠的。她臉瘦了一圈，可能是因爲當建築工人，天天日曬雨淋，面頰皮膚紫紅得像個農婦。她比我好看多了，身材苗條，一米六二，比我高整整三公分。只有牙齒不整齊，我們姊妹幾個牙齒都長得擠擠歪歪。「換牙齒時盡吃泡酸蘿蔔，不聽話。」母親罵我們。

我下樓和父母一起坐在桌前，剛端起飯碗，五哥悄聲無息地進屋，在靠門右側洗臉架那兒洗手。他的背影像個女孩，肩比較窄，頭髮也不濃密，五官長得細巧，但上嘴唇有道明顯疤痕。五哥生下來，上嘴唇就豁，吃東西時裂得更開，樣子很醜。母親看著傷心，就怪父親，說父親在她懷五哥時，在家門檻上用柴刀砍柴，叫他別砍，他不聽，砍得更來勁。

半歲時五哥在地區醫院做縫合手術，手術做得太差，粗針粗線，拆線又馬虎，傷口感染，嘴唇正中間留下一條很不美觀的痕跡。他大我四歲，已是一個二十二歲的青年，晃然一看，卻比我還像孩子。他盡量不開口，比父親還沉默寡言，可能是怕人看到他，就會注意到他的嘴。五哥在造船廠做電焊工，有便船就搭乘回家，沒有便船就走兩個半小時山路回家。

昏暗的燈光下，我們一家五口圍著桌子吃飯。

院子裡的人，喜歡到院門外的空壩和石階上去吃，鄰居鄉親，互相不必請就可以夾對方碗裡的菜。一言不合，筷子可能就對準對方臉，破口大罵。火爆一點，碗就扣在對方頭上，稀飯混著血往下流。馬上，就滿街是邊看鬧熱邊吃飯的人。

桌上清湯寡水，不值得擠在一起，父母卻不允許我們端著飯碗到處跑，倒不是我家特別講禮，而是盡量躲開鄰居。院裡街上的人瞧不起我家，父母情願待在家裡，我們家的孩子最多也就在堂屋或天井站著，不像其他人家的孩子吃到院門外，蹲在石坡上，甚至吃過幾條街，吃到江邊去。

五哥端著飯碗，坐到堂屋裡一張矮凳上，緊靠房門。

母親沒好氣地看了我一眼，接著就開始說，她才五十三歲，廠裡人事部門說她病多，要她提前兩年退休。若回家，只能領一點兒津貼。

屋子裡的人都握著筷子，停住吃飯。我問母親，那樣一月有多少錢？

「二十八塊不到。」

見我們沒說話，母親又說：「以前二十八塊錢還管用，現在就不值錢，工資、退休津貼往上提升，慢得眼珠子都望下來了。看嘛，六六，你上高考補習班，就繳掉二十塊，讀書有啥用？我們家既沒錢又沒路子，供養不起你上學。」

母親在上星期天也提過退休缺錢的事，讓我別再考大學。但這次話幾乎說絕了：希望我馬上去找份工作做，補貼家裡。大學教育是個無底洞，再負擔我四年的學習生活。哪怕讀完大學，沒後門，畢業時只能「服從黨的需要」，不知分配到什麼鬼地方。我們全家工人，在這個號稱工人階級掌權的國家，「權」與我們從來沒一點兒緣。雖然這個時候，我們家孩子，除我之外，都能靠雙手養活自己，不再去江邊挑沙子賣錢。我們家生活與我生下時沒多大變化，鄰居有辦法的都離開這破院子，我們卻在老地方過著一成不變的日子。

母親說我不懂做父母的苦心，他們一生為兒女操勞，假如家裡稍微有點錢，父親的眼睛就不會壞到現在這個地步。要是有點錢，重慶的醫院治不好，還可以到上海和北京的眼科醫院去治。母親一邊念叨，一邊給父親夾一筷子四季豆。

我從小就發誓：等我長大後，我什麼都願去做，什麼都捨得，只要能有辦法讓父親的眼睛醫好。但在這時候，我啞口無言了。

母親沒看我，心思很亂。桌上酸菜湯湯已見碗底，酸菜餘下不少，母親往父親碗裡夾。

「我已吃完了，你不要夾菜給我。」父親的浙江口音說快了，本地人聽不清他的話，但我聽得懂。父親說：「六六要讀書，就讓她讀，你不是也說過，有文化少受人欺侮。」父親不愛說話，但一兩個字就點中了要害。

「這事你別多嘴。」母親寸步不讓。

我氣得起身離座，擱了飯碗，就往閣樓走。

2

我無法忍受委屈，我總沒能力反抗，退讓，反使我情緒反應更強烈：我會很長時間不說話，一個人面對著牆壁，或是躲到一個什麼人也找不到的地方去，想像我已經被每個人拋棄。我的自怨自艾會變成憤怒，刺刺冒火，心裡轉著各種各樣報復的計畫，殺人的計畫，放火的打算，各種各樣無所顧忌的傷害仇人、結束自己的計畫。總之，讓親屬悲痛欲絕悔恨終生，我卻不給他們任何補救贖罪的機會。想到沒有我以後種種淒涼的場面，連我自己也覺得值得好好傷心。

這麼一路想下去，我竟然會感到傷害的切實，覺得肝和心臟在一塊塊爆裂，往我的胃道噴著鮮血，沿著食道往上猛升，然後我的喉嚨堵住，氣透不過來，咯咯地冒著血腥的泡沫。有時，我感到我的腸子痛苦地絞起來，打成一個哪個醫生也解不開的怪結，腸子裡的東西往兩頭擠壓，一股酸臭翻出我的胃，直沖到嘴裡。急得我趕快去找藥，父親的小藥箱裡有一些包治百病的藥：桂皮金靈丹、牛黃解毒丸、銀翹上清丸等等。

父親問我出什麼事了，我只說腸胃不舒服。他焦慮地看看我，幫我找他認爲合適的藥丸：

清火的，驅風散熱的，退火解毒的。拿了藥我趕快走開，不想告訴他肚子怎麼又會突然難受起來。

過後，父親爬到閣樓上來，問我好些了沒有。

他好幾次說，不要緊，你這腸胃是生下來的毛病：你恰恰擦邊躲開了餓肚子的三年困難時期，是福氣。但這邊擦得夠重的。你在娘胎裡挨了餓，腸胃來跟你要債。爲了讓你母親不挨餓，也就是讓你不挨餓，這一家子淘了多少氣，傷透了腦筋。

從我的生日推算，母親懷上我時，是一九六一年的冬天，是三年大饑荒最後一個暗淡的冬天。僅僅我們這個四川省——中國農產品最富裕的一個省，美稱「天府之國」——就餓死了七百萬人，全國餓死四個人中就有一個是四川人，大部分人餓死在一九五九年、一九六〇年、一九六一年的冬天的冰雪中，以及一九六二年「青黃不接」的春天。

對這場大饑荒，我始終感到好奇，覺得它與我的一生有一種神祕的聯繫，使我與別人不一樣：我身體上的毛病、精神上的苦悶，似乎都和它有關。它既不是我的前世，也不是我的此生，而是夾在兩個懸崖間的小索橋。我搖晃著走在這橋上時，刮起一股兇險的大風，吹得我不成人形。

有一天我問歷史老師我出生前的大饑荒，他臉色忽然變得很蒼白，眼睛移開了去。我驚異地問他怎麼回事？他沒有回答我，而是猛地站起來，走到窗口，雙手狠抓頭髮，靜止在那兒，過了一陣才開口：「別相信你的肉，別相信你的骨頭，把石頭扔進腹中。灰火嗞嗞作響時，我們就能拋開天堂危險的重量」。

我嚇得呆住了，他朦朦朧朧的怪話，在我聽來，比幾千萬幾千萬的死人數字更令我震動。過了很久，他才平靜下來。我才知道，他個人開始挨整，就是在那時候寫了一封信，向中央政府反映四川饑饉的現實情況。那時他還不到二十歲，而我還沒出生。信被退回地方公安部門，他被宣布爲右傾機會主義分子，拘押檢查。他寫的只是說這場饑荒是幹部造成的。幹部們都討好上級，往上爬，集體哄瞞不管老百姓的死活。他們一連好幾年堅持謊報特大豐收，餓死多少人，沒見一個人承擔責任！

大部分老百姓是不說這些事的，他們軟弱而善忘，他們心寬而不記仇。

飢餓與我隔了母親的一層肚皮。母親在前兩年中一直忍著飢餓，剩下糧食給五個子女。當時這個城市定量成人二十六斤，「主動」節省給中央兩斤，節省給本省兩斤，節省給本市兩斤，節省給本單位兩斤，落到每個人身上只有十八斤，其中只有六斤大米，其餘是雜糧——玉米、大豆、粗麥粉之類的東西。四川人很少嘗過飢餓的滋味，饑荒一向是水土流失的黃淮河流域的事，在長江嘉陵江流經的肥沃土地上，糧食從來像年輕人的毛髮一樣茁茁壯壯。

我們家的五個孩子，都在生長發育期，個個都是搶著要吃。要吃，也有辦法：買高價餅，一個餅要兩元錢，相當於一個工人兩天的工資。我們家一個月的餘錢全用來買這種高價餅，也只能每個人半個。過什麼節下決心後才去買一個餅，遮遮掩掩拿回家，每人一小角。

三天兩頭，便有公安局帶著手銬，將我們家附近這幾條街上的一些人銬走。搶國家糧食倉庫的判刑，全是十年以上。再餓死人，國家的糧倉必須滿滿的，預備與蘇修美帝打仗用。說野貓溪一帶的人，十有七八做過偷雞摸狗見不得人的事，眞是一點也不過分。爲了塡飽肚子，很少有幾個人能夠響噹噹拍胸膛說：我們家一清二白。我們院子裡有一家人，四個兒子有三個進監牢，輪換著出出進進，才使一家人沒餓壞。

菜也是按票定量供應的，每人每天只有幾兩，捲心菜連菜帶皮一起賣，不然，菜邊皮都會被人哄搶。做豆腐濾下的豆渣，也是定量分配的東西。花生榨油後剩下的渣，擠壓成緊緊的一個大圓盤，是美食，有後門才能弄到。老百姓能自己弄到的食品，是榆樹的新葉，是樹皮剝開露出裡面一層嫩皮，在石磨上推成醬泥。那年四川樹木毀掉不少，就是這樣剝光皮後枯死的。

野菜野蕈，早就被滿山坡轉的小孩，提著竹籃子、背著小筐摘盡了，搶吃野蕈中毒的孩子多得讓醫院無法處理。

大姊帶著弟妹們，到附近農村去採一種與草不太能分清的香蔥，她讓弟妹們在草裡找，自己鑽進農田裡偷菜。農民守命似地守著幾棵菜，一發現就拿著長棍子猛追狠打。大姊的背簍裡，偶爾才有點又老又硬的菜根。

三哥決不會跟著大姊去挑野菜，也不屑於與其他小孩，在山坡或田坎上慌神地打轉，也不在那些蹲坐在江岸石礁的垂釣者中求運氣。他靠江吃飯，再冷的水也敢跳下去。只要看到有什麼像食物的東西從上游沖下來，什麼菜皮、菜葉、瓜皮之類，他能游出好幾里，跟著目標不捨。直到把那東西撈回岸，帶到家裡，讓母親用水沖洗乾淨，去掉腐爛的部分，做上幾口菜。有時，還能撈雙破塑膠涼鞋，拿到收購站去賣幾分錢。

他不是總那麼幸運：江上大部分時間只有泥水滔滔，他常常是兩手空空，回家還得受大姊嘲笑。但他還是幸運者，有不少用這種方式尋食的孩子葬身江底——從西藏雪山一路奔下來的江水，一年大部分月份江水冰冷徹骨，在水裡一旦抽筋就很難游上岸，眼睜睜被江水捲入漩渦。這些孩子，本來就已經餓得沒有力氣。

一個孩子用各種方式採集回來一點可吃的東西，有功當然有權多吃。三哥從江裡撈回一把蘿蔔纓的那天，他的臉驕傲地在家人面前轉動，吃東西時，故意發出響亮的聲音。

哪怕一家人，每個人都眼珠瞪得好大，生怕自己少吃了一口。有時他們還爲互相偷藏起來的食品，吵鬧大打出手，大姊個兒最大，吃虧的自然不是她。

偶爾從船上回家的父親揮著瘦削的手臂，用竹棍趕散扭打的孩子們。父親吃得最少，有權威。

3

這城市有個動物園，有一頭華南虎，已經絕滅的珍貴品種，按規定供給活物。即使災荒日子，全省就牠獨一個華南虎，也得優先照顧，就像所有黨的高級幹部、中級幹部，按等級得到特殊待遇。負責飼養老虎的是一個矮個子。他和兇猛暴戾的老虎相處融洽。老虎也只認他，若他病了，旁人代班，只能隔著高高的鐵籠將食物扔給老虎。他到大鐵籠裡，老虎有時還向他做出讓遊客驚嚇的動作，只有他知道那是老虎在向他撒嬌，表示親熱。他是飼養有功的勞動模範。

大饑荒了，勞動模範更是饑腸轆轆。熬了一年，未熬過第二年，他把該給老虎吃的活兔每星期留下一隻，殺了自己吃。都說老虎並不完全是餓急了，才將勞動模範吃了，而是嗅出他身上有兔子的氣味，才把他撕碎了吞進肚。但這無法解釋老虎爲什麼要留下他的一隻腳？公安人員研究幾天，才弄懂老虎的動機是在有意警告接班的人，甭想偷吃該牠的一份。

這個故事只流傳了一陣子，恐怕屬於政治謠言。此後老虎也餓死了，模範飼養師趁有點小權時解了饞。不成爲老虎食，到此時也一樣得餓死。

沒權的人唯有乾熬，父親船上，每個船員早飯一兩稀飯，中午和晚上各二兩，自己用小秤秤，裝進自己的飯缸裡蒸，快蒸好後，再往飯上不斷地澆水，使米粒發脹起來，「提高出飯率」，哄騙肚子。船員們進進出出船上的大廚房，盯著自己的飯缸，怕人偷去一些，大家的眼睛全變得賊明賊亮。

到處流動的工作，使船員們關係越發怪誕。船每到一地，就上岸弄少得可憐的土產，再到另一地轉手賣出，從中牟利。船員之間也因分贓不均而彼此告發，那些時候的處置迅速而嚴厲，開除公職裹鋪蓋捲回家，省了公家一份定量。

父親是老實人，連仙人掌之類勉強能吃的植物也弄不到。棕樹開花，花大，形狀大如玉米，也是搶手貨，輪不上他。偶爾運氣好，得到點芭蕉頭，煮過水，去了點澀味，切成片看上去像芋母子，難吃。但比起其他充飢的東西，算不錯的了。父親想到母親正拖著大大小小的孩子去山坳裡挖野菜草根，他就勒緊褲帶限制著自己每天的定量，節省下來帶回家去。

終於有一天，他腳一絆，一頭從駕駛艙栽到甲板上，撲騰著卻沒能站起，反而滾落到江裡。他的頭摔了個大口，血流不斷。船從宜賓開到瀘州，父親才被送進醫院，檢查時發現他的眼睛出了問題，視力嚴重衰弱。

那個飢餓的冬天，母親已有身孕，還在塑膠廠做搬運工。她有必要多吃一點，為了肚子裡的我。

沒有，母親沒有這個權利。我的姊姊哥哥沒感到有這必要，讓母親多吃——沒必要讓尚未出生的我多吃一點。在那難忍的日子裡，他們為我做了不必要的犧牲。後來，他們腦子裡忘了這一點，心裡卻很難忘記。我感覺到了，卻一直未弄懂他們怨氣的由來。

我在母親肚子裡就營養不良，在胎中就拒絕動彈。母親覺得怪異，一直擔心害怕。我是城中心七星崗那個婦幼保健中心生下來的。母親說她到醫院去的路上，路過一家電影院，那裡正在演一個歌頌共產黨游擊隊女英雄的電影《洪湖赤衛隊》。在電影院門口，羊水流了下來，她忍著繼續走，痛得受不住就坐在街邊石階上。過路的好心人見她大肚子，咬著牙，臉色慘白，就把她扶到這家醫院去。

母親生過那麼多孩子，都不是在醫院生的，她自己生，自己剪臍帶，洗和包。母親捏算日子，我早過預產期，早該出生了，她怕我是死胎，這才去了城中心。我生下來，過了許久也沒哭，醫生倒抓我的腿，使出力氣打屁股，才拍出我滿喉嚨胎裡帶來的苦水，我的哭聲只是呻吟一樣的哼叫。

4

都說我有福氣，生下來已是一九六二年夏秋之際。那年夏季的好收成終於緩解了連續三年，死了幾千萬人、弄到人吃人的地步的饑荒。整個毛澤東時代三〇年代之中，也只有那幾年共產主義高調唱得少些。

等我稍懂事時，人們又有了些存糧，又勁頭十足地搞起「文化革命」政治實驗來。都說我有福氣，大饑荒總算讓人明白了，前無古人的事還可以做，全國可以大亂大鬥，只有吃飯的事不能胡來。文革中工廠幾乎停產，學校停課，農民卻大致還在種田。雖然缺乏食品，買什麼樣的東西都得憑票，大人孩子營養不良，卻還沒有到整年整月挨餓的地步。人餓到成天找吃，能吃不能吃的都吃的地步，就沒勁兒到處抓人鬥人了。

飢餓是我的胎教，我們母女倆活了下來，飢餓卻烙印在我的腦子裡。母親為了我的營養，究竟付出過怎樣慘重代價？我不敢想像。

我整個平靜的身體，一個年輕的外殼，不過是一個假相。我的思想總是頑固地糾纏在一個苦惱中：為什麼我總感到自己是一個多餘的人？

我眞希望那個跟在我身後的陌生男人不要離開，他該兇惡一點，該對我做點出格的事，「強暴」之類叫人發抖哆嗦的事。那樣我就不多餘了，那樣的結局不就挺狂熱的嗎？這想法搞得我很興奮。

每天夜裡我總是從一個夢掙扎到另一個夢，尖叫著，大汗淋漓醒來，跟得了重病一樣。我在夢裡總餓得找不到飯碗，卻聞到飯香，我悄悄地，害怕被人知道地哭，恨不得跟每個手裡有碗的人下跪。為了一個碗，為了儘早地搆著香噴噴的紅燒肉，我就肯朝那些欺侮過我的人跪著作揖。醒來一回想，我便詛咒自己，瞧不起自己，不明白哪來恨那麼強烈的身體需求？

我一次次對自己否認：你不是生來這樣，胎兒不會有記憶，不會受委屈，不會有創傷。

但是我無法解釋我的某些行為。比如，我對食物的味道特別敏感，已經這麼大一個姑娘了，還是永遠想吃好東西，永遠有吃不夠的欲望，而且吃再多還是瘦骨嶙峋。聞見鄰居家灶上在炒雞蛋飯，我清口水長流。我從不吃零食，討厭同學中有小錢買零食的「五香嘴」，卻對肥肉特別饞，幻想以後的一天，能自己做主了，就天天吃肉。

而且，我對受虧待特別敏感，不管什麼樣的虧待，別人受得了，我就不行。心裡一鬧，怎麼想也想不開。

我知道自己並不是個特別好高要強的女孩，我嘴笨，一到公眾場合就緊張得什麼也說不出來。無論在學校，還是在家裡，在似錦如花的少女堆中，我不僅個兒矮人一截，臉也瘦削些，連頭髮也長得稀疏些。我總在最不扎眼的角落裡待著，覺得受到別人的有意壓制：別人得意，總拿我做犧牲。

十八年過去了，難道飢餓的後遺症就這麼嚴重？比我大幾歲的人出生後挨了餓，與我同年齡的人大都胎中挨過餓，幾乎都是死裡逃生。為什麼他們高高興興忘掉了，現在享受著青春年華，日子過得自得其樂，我卻抑鬱不歡。

難道我出生前後還經歷過別的什麼事？

我很想讓母親講講這一段時期。但母親總說：「災荒年嘛，蘇修美帝吧，『反華大合唱』

吧。不也把你們幾個沒心沒肝的拉扯大了，不也熬過來了，數那些陳年爛谷做啥子呢？」

母親有意冷漠，我好奇心更強。一個抬槓子的女工，重慶所謂的「棒棒」女子，她怎麼度過這饑荒之年的？有誰會關心她？母親有的只是她自己，或許，她曾討好過大鍋飯食堂打粥掌勺的，手一低一轉，也就比別人稠了幾分；或許，她曾向打菜的師傅賠過笑臉，手一高一揚，也就比別人多了小半。饑荒年每個人眼睛都瞪得癲狂圓亮，隨時會為缺半兩少幾錢大動肝火哭鬧打架，但食堂總是有油水，養得活一兩張嘴，包括肚子裡的小嘴。當時食堂總由最嚴格最靠得住的黨員來管，這樣的好事，怎麼可能輪得上我們這種毫無靠山的人家？

大姊不止一次在與母親的吵鬧中說，她去食堂打飯，那些掌勺的人給她打最清最淡的稀飯，跟水差不多，她坐在凳子上哭，沒用，便把清湯水飯端回家，在路上喝掉一半，讓家裡餓得七歪八倒的弟妹一起去食堂鬧，弄到一圈圈人圍觀，掌勺人只好給大姊重新添幾勺稠的。

「就是因為你，我們才被人欺，差點都成了餓死鬼！」大姊一向關不住嘴，但這樣指責母親，太不像話了。

母親氣得臉通紅，大口喘氣，竟也忍住了要脫口而出的話。為什麼家裡人一提到饑荒之年，向母親發脾氣，母親就啞口無言了呢？她做了什麼理虧的事？

5

第二天上午的四節課，我腦子裡都在想母親的話，她將退休，領少得可憐的退休津貼。

我怎麼辦？聽從母親？不準備高考，就不能去學校，等於就見不到歷史老師。後者最讓我難受。而繼續複習，別說下學期，就是本學期還得用的課本、作業本，別想讓母親給錢。課本也許能借，作業本呢？著急之中，我想起父親的病休工資那麼低。夜盲症應該算工傷退休，該給全薪。如果我去把這件事辦成了，父親補幾年的工資，不就有我的一份了嗎？我壯起膽，乘輪渡過江到城中心。

「上不沾天，下不沾地，鬼都不到這個旮旯角角來。」鄰居經常抱怨住在這個地方。醫院、煤店、菜市場、電影院、郵局，不僅隔得老遠，而且高了或低了上百米，辦任何小事，都得打定出遠門爬坡的主意。我更是難得過江到城中心去。

一九八〇年重慶長江大橋建成，從城中心跨江通南岸，南岸人興奮若狂，歡呼社會主義的偉大勝利，以爲從此就是半個城中心人。但不久就發現，我們這些住在隔江半山坡上貧民區的人，得往山頂走，直走到有馬路的地方，乘公共汽車繞一個大圈，才能過橋。時間長不說，付的錢還貴，沒沾到什麼好處。只有遇上大霧封江，或洪水暴漲，渡船停開時，才去拚命擠公共汽車，從大橋上過江。坐輪渡，路要短些，還省錢，因此一切如故。

這天找到省輪船公司勞資科，大約下午三點左右。好幾個幹部模樣的人，坐在各自的辦公桌前在看報喝茶，有個人在打電話聊天。

我問了好幾聲，沒有一個人理我。然後，我走進辦公室，說我是退休職工子女，來這兒主要是想問問父親爲什麼沒拿工傷退休工資？幾個人仍然照舊，不予理睬。我再說了一遍，打電話的人擱了電話走過來，看看我，打著官腔說：

「一個姑娘家，還能到公司來，還曉得來問父親的工資。回家去，我們做這種工作都按黨的政策按中央文件辦事，哪會有錯？」

我覺得牙齒在抖，我不看說話人，眼睛盯著桌子，按打了一上午的腹稿說了下去：我父親不僅不該拿病休工資，我父親的工齡也有錯，不該從一九五〇年底解放後算起。他是一九四五年前參加輪船公司的，那時國共聯合抗日，按文件該算工齡。

不等我的話說完，喝茶的一個臉刮得光光的男人站起來，從鼻子裡哼了一聲，「看你人年輕，還眞有兩刷子。也好，讓你看，看完就別在這兒給我們添亂。」他掏出鑰匙，打開櫃子的鎖，從摞成小山的卷宗中，取出一袋卷宗，翻了半天，才從一堆紙片裡找出一個本子，翻到某一頁：「你自己看吧！」

我按照他指著的地方，一看，嚇了一跳：「梅毒治癒後遺症目衰」。我的父親規矩得不讓我們家孩子說話帶一個髒字，他會有別的女人？決不會的，他心裡唯有我母親，他怎會和這樣的病有絲毫的聯繫呢？我大聲嚷了起來，「這怎麼可能？我父親是世界上最老實的人！」

幾個幹部相視一下，大笑起來。

我很惶惑，父親那麼多年白天黑夜都在開船，眼睛累壞了，明明是在船上工作時跌下河去的，差點還送了命，該算工傷。

「他的工資搞錯了，你們行行好糾正過來，」我聲音放低，懇求地說。

有人在問：「這不知高低的丫頭是他的第幾個女兒？」

「好像是老六。」

「哦，老六，」笑聲裡夾有一種曖昧的鄙視，那種盯著我看的目光，彷彿在從頭到尾地剝開我，檢驗我。勞資科的人經手著近萬人職工，對我父親的什麼事，卻比我清楚得多，他們的檔案袋掌握職工的命運。

我委屈極了，費了好大勁才沒讓淚流下來。我的腳步跨出這間辦公室後，心裡很害怕，人怎麼都有好多祕密？弄不好一下冒出來，令我驚嚇不已。

第四章

1

晚飯後我呆坐在桌邊，心事重重，看著哥哥姊姊在屋子裡出出進進。「六六，別拿臉色給媽看。實話講，讓你活著就不錯了。人活著比啥子都強，不要有非分之想。」母親坐在床邊，邊說邊在縫枕頭套脫線之處。

好幾天沒見母親，母親還是糾住老問題不放，考大學在她看來就是不安分。我賭氣地說：「你不支持我繼續讀書就算了，何必死啦活啦的？」

「就是死和活的事，」母親說：「你的三姨，我的親表妹，比一個媽生的還親，不就是沒活成！」

母親說她最後一次提著草藥，到石板坡我三姨家時，那是一九六一年剛開春。三姨躺在床上，營養不良得了浮腫病，皮膚透明地亮，臉腫得像油紙燈籠。母親熬草藥給她洗身治病。三姨夫原是個開宰牛店鋪的小商人，雇了個小夥計，日子過得還像模像樣。五〇年代初，不僅不能雇夥計，店鋪也「公私合營」了。三姨夫是一九五七年被抓進獄的，他在茶館裡說，現在新政府當家，樣樣好，就是他個人的日子還不如以前好。被人打了報告，一查，他參加過道會門，就被當作壞分子送去勞改了。

三姨為了活命，只好自己去拉板車，做搬運，撫養兩個年齡很小的兒子。兩個兒子先後得病死了。她沒力氣拉板車，就到菜市場撿菜根菜梆子，給人洗衣服。

母親聽人說她病重，趕過江去。

她一見母親就淚水漣漣，從床上掙扎著坐起來，緊抓母親的手臂說：「二姊，你看我這個樣子，是等不到你妹夫回來了。」

母親趕快給她做開水沖黃豆粉羹，那時，都說豆漿營養好，能救命。三姨不吃，說你家那麼多口嘴，二姊你帶回去。

母親把那袋豆粉留下了，她沒有想到三姨會死得那麼快。

那是一九六一年初冬一個禮拜日，母親在堂屋，一個憔悴不堪的男人，挺陌生的，從院門口朝她一步一挪走來。走近了，男人開口叫二姊，母親才認出他是三姨夫。他七年勞改，坐了四年，還應當有三年。母親吃驚地問你咋個出來啦？

三姨夫也不坐母親遞上去的凳子，就坐在我家門檻上。他衣衫極爲破爛，眼睛幾乎睜不開，以前他一說話就笑，並且很會說笑話，還能穩住自己不笑，讓別人笑個不停。愛乾淨，頭髮總梳得有樣式，哪像這麼一頭野草，還生有許多斑瘡，而且哪會一屁股坐在門檻上？

他說勞改營裡沒吃的，犯人們挖光了一切野菜，天上飛的麻雀，地上跑的老鼠，早就消滅得不見影子。當地老百姓，比犯人更精於捕帶翅膀和腿的東西。勞改犯中有病的，年老的先死。剩下活著的人已經沒力氣再埋死人。管理部門給他個提前釋放，讓他回重慶，交給街道「管制」。

他說：「她走了，就不肯多等幾個月！」母親正在苦想怎麼告訴他三姨餓死的事，可他已知道。

三姨夫說，他已沒去處了，街道上說這一家已經沒有人，就把一樓一底三間房收了交給房管局讓別人住。新住戶當然拒絕他進門。

母親還沒聽完三姨夫的事，就被一個鄰居叫到大廚房，那裡已站了幾個階級覺悟高的鄰居，有男有女。他們直言直語對母親說：「你不能讓這個勞改犯留在這個院子！留下也沒人敢給階級敵人上戶口！你哪來吃的餵一張本來就該死的嘴？還不快些趕走他，讓他趕快離開這個院子！」他們不容母親有一個插話的可能，婆娘們的聲音尖又細，故意讓坐在門檻上的三姨夫聽見。

鄰居們還算對我對三姨夫客氣，沒直接去趕他轟他。母親猶猶疑疑走出大廚房，三姨夫已經走掉了。母親連忙掙脫這群還圍著她的人，追出去。

三姨夫病歪歪的身子走不快，母親追上了。坡上坡下，這年樹枝光禿禿都還未抽出芽，吃嫩葉還不倒時候。母親拿出兩元錢遞過去，三姨夫好歹不收。母親說你不收，今天隨便哪個我也不讓你走。

三姨夫邊收錢邊說：「我這麼落難，你還同情我。」

他哭了起來。母親也哭了，哭自己沒能力留下這個親戚。

兩個星期後，母親不放心，就乘渡船去石板坡三姨夫原先的住房看他。打聽了幾個人，都說不知道。那兒已有一家六口住著，果真如三姨夫說的，房子交了公，房管局把房子裡家什賣了，房子分給了人。

三姨夫在周圍流浪了幾天，無處可去，當然沒人給他上戶口，給定量的口糧。他臉和身子都餓腫了，這種時候要飯也太難了，乞丐越來越多，給剩飯的人幾乎沒有。他夜裡就住在坡下那個公共廁所裡，沒吃沒喝的，冷颼颼的天連塊爛布也沒蓋的，活活餓死了。「眼睛也沒閉上，睜好大。」住著三姨房子的女人一邊比畫一邊說。

「屍體呢？」母親覺得自己整個人直在搖晃，連忙扶住門框。

「弄走了。」那女人突然反應過來，對母親說：「你是他啥子人？管你是啥子人，聽我一言，別再打聽他。他是勞改犯，別惹麻煩。」說完女人把兩扇木門合攏，母親只得退出門檻，讓那門在面前哐當一聲關上。

「我怎個就給他兩塊錢？我身上明明還有五塊錢，他是專來投奔我們的。那陣子我已經懷上了你，我是爲了你，活活餓死凍死了他。以前他搭助我們時，眞是大方。」母親用牙齒咬斷線，把針線收拾好，瞟了我一眼。那句她說過的話又響在我耳邊：讓你活著就不錯了。

那個公共廁所，和每個公共廁所沒多大差別，髒、臭、爛，腳踩得不小心，就會掉下糞坑。死在那種地方，比死在露天還不如。我覺得母親的後悔藥裡，全是自圓其說——她可以頂住一切壓力，讓又病又餓的三姨夫在家中住下來，起碼住幾天是可以的。不過母親如果能頂住那種壓力，也太完美了點。她沒有那麼完美，她自私，她怕。米缸裡沒米，鍋裡沒油，頭上隨時可能有政治「辮子」。爲了姊姊哥哥們，更爲了我，母親畏縮了。

爲了我，母親行了不仁不義，讓三姨夫餓死。就這一點，我也不必再與她糾纏讀書的事，起碼今天我不能跟她鬧彆扭。

這麼說來，我還沒有出生，就是一個有罪的人？

2

收拾起碗筷，我到大廚房自家的灶前洗碗。一盞十五瓦電燈懸在房中間，投下微光。髒碗都泡在炒菜用的大鐵鍋裡，水是涼的，爐火已滅了，燒熱水費煤，好在碗筷幾乎沒有油膩。父母說：我們窮歸窮，但我們得乾淨。每隔半月或二十天，就用鹼清洗碗筷、木鍋蓋和灶前的竹桌子。

女人響亮的哭泣聲，從正對著廚房的王媽媽家傳出。

沒隔一會，她家開著的門被一腳狠狠蹬上了。「成天打，有完沒完？想逼我進高煙囪呀？」王媽媽在勸架，同時也在罵架。她的幺兒和幺兒媳都有三個小孩了，還三天兩頭打架。

鬧得王媽媽的兩個女兒，即使回家也坐不上半天。一家三代人窩在一起，隔不了幾天，就有場戲演。

王媽媽的二兒子參加解放軍，正是一九五六年康巴藏族叛亂之時，被派到四川與西藏交界的地區剿匪。剽悍的康巴牧民馬隊，在草原上來去如風。夜裡摸了帳篷，襲擊部隊，砍了所有俘虜的頭顱。後來國家調動大批飛機，空投傘兵，用噴火器迎著猛燒，才擋住了狂奔的康巴馬隊。像王媽媽兒子這樣的新兵去剿匪，乾脆是去送死。

王媽媽在一夜之間成了光榮的烈屬，逢八．一建軍節和春節，街道委員會都敲鑼打鼓到院子裡來，把蓋有好幾個大紅圓章的慰問信貼在王媽媽的門上。有一年還補發了一個小木塊，紅字雕著「烈屬光榮」，醒目掛在門楣右側。王媽媽周身上下落得光彩，臉上堆滿喜氣。雞毛蒜皮事與人口角，不出三句話，她總會說，「我是烈屬。」

「兒子都沒了，你一回也不傷心落淚，」么兒媳罵架時洗刷王媽媽。

「我爲啥子要傷心，他爲革命沒了，我高興還來不及呢，」她振振有詞地答道。

王媽媽死去的二兒子，是她四個兒女中生得最周正，也最聽話的，學習成績一直冒尖，有點像是讀大學的料，但十九歲的青年，覺得能當上解放軍那才是最了不起的事。

「兒子太乖，鬼都要來找，」工休從船上回家的王伯伯自言自語說。每次回家他心頭慪氣，總是未到工休結束便返回船上。老二放大成五寸的黑白頭像，一個中學生靦腆的笑容，鑲在玻璃鏡框裡，掛在立櫃和床間的牆上。每次我看見這照片，老是怕去想這顆頭顱是怎麼滾下地的。

三四歲的孩子，一上幼稚園就得被帶去參觀階級鬥爭展覽館。上幼稚園要繳幾元學費，我只能在幼稚園的圍牆外，眼紅地聽著圍牆內傳來的歌聲，手風琴伴奏著「不忘階級苦」。上小學，我七歲，才有這幸運走進展覽館，裡面有反動派對革命人民用酷刑的刑具、被害的革命戰士血肉模糊的照片，還有人民大勝利後，槍斃了的反革命一個個死相猙獰的照片。

你們要注意，時刻警惕，有很多國民黨的殘渣餘孽改頭換面留下來，革命小說告訴我們國民黨潰敗前安排潛伏人員，要破壞這座山城，破壞我們新中國的幸福生活。你們千萬不要忘記階級鬥爭，對那些在陰暗角落偷偷摸摸鬼鬼祟祟的人，要趕快去派出所趕快找黨支部報告。

不斷的警告和訓示，搞得幾歲的孩子成天眼睛東瞅瞅西瞧瞧，心裡充滿了緊張和恐慌，覺得個個人都像特務。下雨天，個個人頭上戴著斗笠，遮住臉，陰暗的天色下，個個都不像好人。

我很少到王媽媽家去，一看到她那革命烈屬驕傲的笑容，我就想起階級鬥爭展覽會，嚇得趕緊手捂住嘴。白天一想，夜裡就添噩夢。

倒掉鐵鍋裡的洗碗水，我把鐵鍋往木板牆上的釘子上一掛，拿起筷勺，端起一摞碗，趕快離開廚房。王媽媽怕么兒，她只不過藉機發洩幾句，幾句之後就會轉移目標。果然，我剛經過堂屋左側樓梯，還未跨進我家門，就聽到她罵起來：

「電燈這麼早就拉亮！天還亮晃晃的，又不是看不到。政府號召要節約一度電一滴水，這幸福是用鮮血換來的。這個月電費肯定貴到娘心尖尖上去了，」她的聲音又傷心，又氣粗理壯。

我想複習數學，被那沒完沒了的聲音吵得心煩，就只好到院門外去。天都黑得快垮下來，還說成白天？這電又不是你一個人繳費，每家每戶分攤。我心裡這麼一咕噥，就馬上想起被槍斃的照片，革命反革命，一張張掛滿了牆壁。不知為什麼，被槍斃的反革命褲子都掉下來，上面是血淋淋白花花的破腦袋，下面是黑糊糊不知什麼東西。說是怕囚犯自殺，怕他們到刑場路上掙扎逃跑，統統沒收了褲帶。舊式褲子寬大容易掉，男人的那玩意兒怎麼如此醜，而且只要是壞男人，挨了槍子，就會露出那玩意來？

3

乘涼的人，街沿擺龍門陣的人，全都回屋裡去了。我在路燈下，默默地看著功課。眼睛開始打架，書頁上字跡逐漸糊塗，扭動起來。我不時留意院門，怕被人插上，又要叫半天門，才會叫開。

我終於堅持不了，便拿起課本，端起小板凳，進院門。掩好重又厚的院門，拉上比粗槓子還長大的插銷。院子裡很靜，白天的喧鬧變得像前世的事，此時的寂靜讓人感到非常不眞切。

閣樓門半敞著，我進去後，關上門。秋老虎過後，夜比白日裡要低許多度，天窗不時吹進些許風，空氣不那麼悶熱，但也不必蓋薄被。我脫掉衣服，換了件棉質布褂，躺在麥席上，扯過被單搭在身上。忽然布簾那邊，四姊和她男朋友德華在床上翻身的聲音傳入我耳旁，我的瞌睡頓時不知跑到哪裡去了。

四姊睡的那張床，以前是我們家幾個女孩擠著睡，正對著閣樓的門。另一張床，靠門口，也就是我這刻睡的床，稍微窄些，過去是兩個男孩睡。屋頂從左牆斜到右牆，那兒最低。布簾在我們長大後才掛上，花色洗得像豆沙，還有一小塊亞麻布連接兩牆和布簾，放著一個有蓋的小尿罐。

布簾那頭又響起動靜。德華掀開布簾進角落，解小便。他出來後，緊跟著是四姊下床進去。

我就這麼閉著眼睛，聽著床那邊太響的小便聲，成人的尿騷味湧過來，我還是未動。直到他倆回到床上躺得沒聲息了，我才翻了一個身，眼睛對著屋頂的玻璃亮瓦。

我從小就住在這樣一個男女混雜的環境裡，羞恥心，臉面，文明都是心裡在撐著，兄弟姊妹間，都已習以為常。現在我四姊的男朋友，一個非血緣的人擠進我們這間小屋，與我們住在一起，我感到非常不自在。

月光藍幽幽，從屋頂幾小片玻璃亮瓦穿透下來，使閣樓裡的漆黑籠罩著一種詭祕的色彩。房頂野貓踩著瓦片碎裂的屋簷，那麼重，像是一個人在黑暗中貼著屋頂行走，窺視瓦片下各家每戶的動靜。這個破損敗落的院子，半夜裡會有種種極不舒服的聲響。忽然我想起那個跟蹤我的男人的身影，他為什麼老跟著我，而不跟別的少女？我頭一回因此打了個冷顫。

究竟，究竟為什麼我會出生到這個一點沒有快樂的世界上？有什麼必要來經受人世這麼多輕慢、凌辱和苦惱？

我輕輕撩開衣服，這呼吸著的身體，已很羞人地長成了一個女人的樣子，有的部位不雅觀地凸了出來，在黑夜中像石膏那麼慘白。馬上就滿十八歲了，十八歲，應該看到生活令人興奮斑斕的色彩，可我看不到，哪怕一些邊角微光的暗示。我絕望地想，我一定得有夢想。現在我什麼都不擁有，前面的歲月，不會比現在更強。我的功課複習似乎走入絕路，越背越記不住那些公式和社會主義理論。野貓溪一帶幾乎沒有人考上過大學，怎會輪到我這個從沒被人瞧得上眼的女孩身上？我的成績並不比別人好，我的將來，和這片山坡上的人一樣，注定了挑沙子端尿罐養孩子。

我對自己說，不管怎麼樣，我必須懷有夢想，就是抓住一個不可能的夢想也行。不然，我這輩子就完了，眼看著成爲一個辛苦地混一生的南岸女人。

4

一早起來，父親依然坐在堂屋樓梯邊小板凳上抽葉子煙，煙桿是竹子做的，煙葉是便宜貨，很嗆人。我把頭偏向一旁，避開漫散開來的煙。我沒見過父親早晨吃過東西，只是抽一桿煙，他說，他不餓。我小時眞以爲如此，長大一些才明白，父親不吃早飯，是在飢餓時期養成的習慣，省著一口飯，讓我們這些孩子吃。到糧食算夠吃時，他不吃早飯的習慣，卻無法改了，吃了胃不舒服。

父親放下煙桿，從衣袋裡摸出一張嶄新的票子，是五角錢。票子中間一道新摺，四角方正。他看看堂屋四周，迅速地把五角錢的票子塞到我手裡。

我一下未反應過來，不知父親爲什麼這麼鬼鬼祟祟地給我錢。

拿著錢，我一步步順著樓梯上閣樓。白日的光照射下閣樓異常陌生，隔在兩張床間的布簾半拉開，四姊和德華都不在了，被單和枕頭歪斜，破竹片伸出來。我任書本從膝蓋滑下地板，坐在自己的床邊。雲影一遮住山坡，閣樓裡光線馬上變得很陰暗。

母親的聲音從樓下屋子傳來，她是在和父親說：又要去江邊了，才沒隔多久，不知啷個搞的，又一背簍髒衣服？

我盯著手裡嶄新的五角錢，聽著母親的腳步聲朝院門方向走去，我突然明白過來，今天不就是九月二十一日，我的十八歲生日嗎？難怪父親破天荒地悄悄給我五角錢。

母親，她應當記得我的生日，可她沒有，昨天也沒提起，她不像要給我過生日的樣子，自個兒朝江邊洗衣服去了，連叫上我的想法都沒有。

母親從沒給我過生日，那是以前，可這是十八歲生日，她比我更明白十八歲對一個姑娘意味著什麼。母親對我是有意繞開？不，她根本就忘得徹徹底底。她記得又能怎麼樣？只要是我的事，她總不屑於記在心。

我下了樓，有意不和父親打招呼，就出了院子。

爬上中學街坡頂，經過小學宿舍院子，那兒經常坐著站著幾個退了休的教師，抱孫子外孫，看過路人。一個滿頭花白的老太太叫住我，說遇到過我大姊。

好像不止一個人。老太太說，我大姊肩上挎了個旅行包，和一個矮個胖胖的女的在一起。人多，她說她未能叫住大姊。

我終於盼到大姊回來了。

但往前走了沒一段路，我想，大姊從外地回重慶了，怎麼不回家呢？她不喜歡做事瞞人。我不太信老太太的話，她準看錯了。

我朝石橋走去，各樣各式的人擁擠著。這是個星期天，又未下雨，天氣又不熱，彷彿遠近的人都趕集來了。農民挑著蔬菜，還有各式各樣可以換錢的東西，早已扎斷了區政府規定可擺攤的兩條街。吆喝聲論價聲蒼蠅嗡嗡聲混雜一片。這裡人買食品喜歡看到當街殺生，圖新鮮，買了放心。一個小販坐在長條木凳上，正在從竹簍裡抓鮮活的青蛙，當脖頸刀，熟練地一把剝掉皮，掏掉內臟，露出白嫩的尚在抽搐的四肢。他的手和塑膠圍裙一樣血跡斑斑，腳下黑黑紅紅的腸肝肚肺、綠色的蛙皮扔得四處皆是，盆子裡有宰剝完畢的青蛙，橫豎堆壓著相連的大腿小腿，血水依著亂石堆成的街牆流淌。

我下了一排石級，繞開擁擠不堪的路段。但人還是很多，一家一家，大人牽著小孩，有說有笑，親親熱熱。郵局、電影院、茶館，沒有一個地方人少。

買個什麼樣東西，給自己過生日？我繼續走在人群中，不知不覺經過照相館。五角錢在我和父親眼裡值個數，但照個最低價的單人標準相都不夠，櫥窗裡已經換掉舉著毛主席語錄戴著毛主席像章男女的形象，掛出了燙頭髮穿裙子擺出姿態的女人的笑容。對面是藥店，旁邊是百貨商店，我幾步走了進去。

從一個櫃台到另一個櫃台，看不出哪樣東西既是我要的，又是我能買的。化妝品有了種種新鮮玩意：口紅、胭脂、眉筆。我買不起，它們和「美容」兩字聯繫在一起，我不明白這兩字有什麼用。

我直接上了頂樓，站在那兒可望得很遠：長江對岸，江北青草壩，江北造船廠及古塔；往東能看到石橋廣場。石橋廣場在我的視線下，並不像走進去那麼龐大，它一邊靠菜市場，一邊是小塊相間的農田，另外兩邊是骯髒巨大無面目的建築物：鐵器加工廠、關押政治犯和長刑期重犯的省二監獄。

石橋廣場原先只是一個較寬敞的空地，本地人亂堆垃圾、廢磚，就無法種菜了。

我還在讀初二初三時，每週得停課兩天，義務勞動，從江邊挑沙子來填平大大小小爛坑，擴展成一個像模像樣的廣場。所有的小學中學生都得跟當地的成年人一樣勞動，下有定額，我每次都是戰戰兢兢地完成規定的數額。

石橋廣場最光彩的時刻，是開本地區的公審大會，臨時用木板搭起的台上架著震耳欲聾的高音喇叭，旗幟和橫幅豎幅標語飄舞在四周。公審會後，荷槍實彈的公安人員，押著犯人上卡車。犯人一律剃光頭，五花大綁，腦袋被按下，脖頸上掛著重重的大木牌，寫著「殺人犯」、「強姦犯」、「反革命犯」、「貪污犯」、「搶劫犯」，還有我不明白的「雞姦犯」，第二行是犯人的名字，畫著大紅×。卡車在南岸地區主要街道緩慢行駛，遊街示眾。沒幾年前，槍斃人就在廣場土坎上執行，示眾效果好，但場面喧鬧激動，開槍的人和挨槍的人偶爾會出差錯，打不中要害處，犯人亂嚷亂吼有辱偉大領袖偉大的黨。有一次有個犯人腦袋打碎，身體還朝觀眾奔了好一段，好些人嚇昏過去。甚至還發生過犯人掙脫捆綁，在殺場上忘命奔跑的事。此後，最後一幕斃人就改在無法奔逃的山溝裡進行。

連我也險些在這個廣場送了一條命。初中要畢業那一年，開公審大會，審判文革中得意過了頭的造反派，都是年紀輕輕的人，罪名是「打砸搶分子」。在派性武鬥時槍炮打死人，血債要用血來還。開公審大會時，學生由老師帶來受教育。起碼有萬人擠在這個叫廣場的地方，連牆上也坐滿了人。那天陽光普照，陡然響起炸雷，閃電交錯，幾秒鐘不到，下起大雨，正是宣判死刑即將執行槍決的時刻。公安人員不讓人撤離，大雨淋得每個人像落湯雞，沒人敢動。突然，靠馬路那頭的牆傾坍，隨著牆土倒下十多人。即刻全場炸了窩，神經繃得緊緊的人，從倒塌的牆、從倒下的人身上往外撲逃。我害怕得悚悚抖，躲在一邊不敢動。身後的人，尖叫著從這缺口往外擁，互相踐踏。會場大喇叭叫大家鎮靜也沒用，警車、救護車亂成一團。

「不該砍腦殼的砍了腦殼，敲了沙罐，挨了槍子，老天爺不容，要人陪著死啊！」說這話的是個蹲館子煤灰坑的乞丐，當天就被人告發，抓走了。

那天我一身是泥水回家，路上老看到三三兩兩的人，依著牆角擠著眼睛，鬼祟地咬著耳朵。

5

這個石橋廣場尚未完全修建成時，傳來毛主席逝世的噩耗。那也是個九月，凡爲修建廣場出過力的單位，才有資格參加在這兒舉行的隆重追悼大會，否則，只能參加在本單位自己搞的小型追悼會。這榮譽使所有能參加廣場追悼會的單位容光煥發。

石橋廣場白花黑紗一片，全地區的警備人員都帶槍出動了，森嚴莊重。從北京傳來毛主席定下的接班人華國鋒古怪的山西鄉下方言，通過廣場四周的擴音喇叭，眞是氣勢磅礴。唏噓聲逐漸變成哭號，我周圍的人都濕臉一張，哭最能傳染人。我當時十四歲，恐懼抓住我的心，淚水湧上我的眼睛，便止不住了，越哭越厲害。

追悼會後，老師和同學回校的路上，就像查牲口似地查看人的眼睛，是否流過淚？紅腫否？表情如何？以此來證明對偉大領袖的忠心耿耿。我的眼淚來得快也乾得快，眼睛不夠紅，微微有點腫，但我的面容憂傷，一如平日。平日我的抑鬱讓人不舒服，這時算是幫了我一次。

6

有一年連日暴雨，石橋馬路和街巷全是水。暴雨和大水把許多亂七八糟的東西都捲走了，雨水把石階洗得那麼白淨，直讓人想躺在上面睡個好覺。可是一看江裡，全變了樣：茅草篷、木盆、整棵樹，有時淌過一個身體，不知是豬狗還是人。

不少人划著自製的木筏，到江上拈自己想要的。最讓人羨慕的是從死人手腕抹下手錶，手錶很値錢，這不是偷搶：死人用不著手錶。野貓溪正巷有個漆匠，是個胖子，兩天抹了五支手錶戴在手臂上，走街竄巷的炫耀。被公安局銬走了。他一路哭罵，說他沒有像那些扒手，扒完後把人打暈往江裡推。

那場罕見的暴雨把一些搖晃的房子，連同家具和垃圾都沖走了，水館子這個吊腳樓卻奇跡般挺住，三天後水退盡，牆上留有點點霉斑，又開始營業。自那場暴雨後，水館子蒸出的肉包煎出的鍋貼餃子，香味漫過幾條街。有人說，是水館子店主的老爹使的法，他在峨眉山學過道術，他發的功，落在包子餡上。

我只看到肉好，分量多，蘿蔔纓、蒜、蔥、青菜，嫩得晃人眼。

走出百貨商店，上一大坡就是電影院。看一場電影，是我嚮往的。只要是圖像，即便沒色彩和音樂，我都不在乎。看一場電影，即使是放映紀錄片，祖國河山一片大好，中央首長接見外賓，飛機灑農藥，我都想看。都是父親開恩，私下給我五分錢看學校組織的電影，才能一飽圖像的眼福。我一人選擇看一部片子，是從未有過的事，這念頭使我激動。電影院黑糊糊的牆壁，假如那是一面玻璃，我會看見一個梳著兩條細細辮子、頭髮不多、臉無光彩、身體瘦弱的少女，這便是我。此刻，正在精神糧食與物質糧食之間做痛苦的思想鬥爭。

結論還是買吃的。我看著自己走下坡，穿過馬路，走向那家館子門口的櫃台。那兒已有十來人在排隊，等著新出籠的肉包。

有塊小黑板寫著包子、餃子、燒餅、小麵、饅頭、三角糕和豆漿的名稱，標明每一樣需多少錢和糧票，字跡歪歪倒倒，濃淡不一。我身邊只有五角錢，但我仍站在隊列裡。帶菜肉餡的包子，鬆軟，麵皮顯白還薄，牢牢抓住我的心。裡面四張桌子，皆長木凳，擠擠地坐滿人，有的人喝豆漿，有的人喝餃子湯，濃濃的乳白色，上面飄了星星點點的蔥花。

輪到我了。賣籌子的青年人剃了個小平頭，不耐煩地等著我說話。

我把手裡的五角錢怯生生遞過去，「兩個肉包。」

果然，他問：「糧票呢？」

「我忘了，」我著急地解釋：「反正兩角錢一個，兩個四角，剩一角抵二兩糧票，行不行？」我想我一定從臉頰紅到脖子胸口了。我從未自己買過點心，沒想到要糧票，況且糧票可當錢用，家裡不會給我。

賣票的青年人朝儲藏室叫了一聲，隨即從裡走出一個臉上打滿皺的女人，繫著白袖套白圍裙，沾了些麵粉醬油。她問了情況，說行。到蒸籠前，親自用大夾子將兩個肉包放在盤子裡。

「我不在這兒吃，我要帶走，」我說。

她在櫥窗邊擱著的一疊發黃的紙片上，取了一張，放上兩個包子，擱下夾子，又取了兩張紙墊著，叮囑道：「好生拿喲，燙得很！」

我捧著熱呼呼的肉包，聞著撲鼻的肉香，第一次感到幸福的滋味：這是我的生日，我在慶祝。

我沒從來的那條路回家，而是順水館子前的小街走，這條路坡坎多，但近一點。肚子開始咕咕叫，在下命令：趁熱趕快將肉包子吃了。可我還是咽下了口水，想帶回家去，與父母一同慶祝他們生下我。我一口氣跑上糧店旁的石階頂，一坡幾十步的石階看起來不陡，但一氣上到頂，就喘不過氣。

坡頂正好是三岔路口，一個老蔭茶攤緊挨著棵苦楝樹，樹樁連著塊生得奇型怪狀的石頭。我剛走近，就感到背脊一陣發麻，迅即轉身：一個穿得還算規矩的男人，站在一戶配鑰匙低矮的屋簷下，他並沒看我，在跟配鑰匙老頭說話。

一個正在等配鑰匙的人？我的心就放下不少。回過身，即刻又感到自己被盯住了，我的頭控制不住地轟轟亂響，我驚慌，說不出的驚慌，一個包子從手裡滑掉。

我急忙蹲下，一個包子還在紙上，掉在地上的那個，滾在老蔭茶攤下的一片滿是灰的樹葉上。我拾了起來，包子沾了灰，我吹了吹，灰沾在包子上，一動不動，我只得心痛地用手輕輕揭下弄髒一處的皮。

我站起來時，那男人已不在。這人很可能就是以前那個跟蹤我的人？今天他跟著我說不定已不止這一刻。今天是星期日，不上學。以前總是在上學放學期間我被盯梢，這次此人卻打破了以往的習慣。

是不是我剛才上坡上得太急，氣喘，眼花了？

決不是的，我清楚自己的感覺。肯定還是那個男人，爲什麼他隱蔽地跟了我十多年，今天突然冒出來——幾乎徑直走了出來？

這個地區強姦犯罪率較高。山坡、江邊，角角落落拐拐彎彎的地方多，每次判刑大張旗鼓宣傳，犯罪細節詳細描寫，大都拖到防空洞先姦後殺，屍體腐爛無人能辨認，或是姦污後推入江裡，使每個女孩子對男人充滿恐懼。我記起初中時一個女同學的父親被抓走的情景，她和她的妹妹們哭啼啼跟過幾條街。

「沒有堂客，又沒妓院！叫我啷個辦？」那個喪妻的男裝卸工吼叫著，像頭咆哮的獅子。說是他把鄰居的黃花閨女給誘姦了。

我不敢想下去，心裡一陣著慌，拔腿奔跑起來，直跑到中學街操場壩。週日放假，學校沒了喧譁，操場空曠，沒人在打球，連捉蚱蜢撲蝴蝶的小孩也沒一個。天空比操場延伸得更遠。我放慢腳步，走在雜草中被路人踏出一道清晰的小徑上，努力讓自己心定下來。

第五章

1

從碗櫃裡取出坦平的土碗，我將兩個包子放在裡面，小心地把黏在包子上透了油的紙揭去。碗櫃上有碗稀飯，我又渴又餓，端起稀飯，唏裡呼嚕一陣，統統灌下肚子。

父親進屋來，我拉亮電燈，雖然光線昏黃，但房裡的床、桌子、五屜櫃比先前清晰多了。

「父親，你和媽媽的，」我把裝包子的碗遞給父親。

「你呢？」父親沒拿。

「我已經吃了一個，這兩個是你們的。」

「你連撒謊都不會，五角錢哪能買三個這麼大的肉包子？」父親說：「你喜歡吃，你就吃吧。」

正說著，母親端著碗筷進來，把筷子插入牆上的竹簍裡。「六六，一早你就沒影了。也不幫媽舉竿竿晾衣服。人一大就不聽媽的話。也是，竹子都靠不到，還能靠筍子？養這麼多兒女，一個不如一個，」她越說聲音越不耐煩。

我說：「媽媽你別念叨我了，我有你最喜歡吃的東西呢。」

母親也看到碗裡的肉包，果然十分高興，竟然忘了問買包子的錢是哪來的。「買這麼貴的東西做啥子，你去哪點了？」

我說，我去石橋了。

她拿起包子的碗，想起什麼似地，問我在石橋哪家館子買的？

我說，當然是水館子，每個人都說那兒的肉包子肉餃子好。真是人多得很，還排隊。

我的話未說完，母親手一甩，把碗擱回櫃上。她扶住綳子床的柱頭，乾嘔起來。「水館子的包子，」母親噁心地搖頭，她接過我遞上去的濕毛巾，拿在手裡坐在床沿上。

「你這人太疑心了點，」父親不快地說。

「哪是疑心？」母親說：「那是啥子年？」

從母親不太連貫的話語裡，我聽出了個大概：災荒年水館子的包子是用小孩的肉剁爛做的餡。吃了包子的人還想吃，這才生意紅火，就像現在火鍋館裡的人，往湯料裡放大麻根、罌粟桿一樣。當年有人發現餡肉裡有手指甲，告發了。公安局把開館子的兩夫妻給逮了，館子給抄了閉了，好多年，店才重新開張，歸了街道合作企業。

「街上老太婆瞎嚼嘴，」父親說。

「那陣子肉多稀罕，可水館子的肉從哪兒搞來的？而且鮮得要命，比味精還鮮。說沒證據，也有證據。」母親說和她在一起抬了一兩年石頭的聯手，聯手三歲的娃娃也是那陣子失蹤，連個影也找不到。聯手最先一說起淚就叭嗒叭嗒地掉，後來不哭了，就跳進中學街操場壩那口古井。屍體爛在井裡發臭才被發現。那口井也就封蓋起來。母親說這個聯手最好，在一起抬槓子，從不把繩子往母親那頭移。

「你小聲點行不行？」父親正色道：「六六買的包子，她都捨不得吃，你不吃就算了，讓她也不敢吃，還盡扯些無根無據的事做啥子？」父親跨出門檻，到堂屋去了。

母親的聲音一下子提高了：「小聲點，小聲點，犯得著嗎？反正我老了，不怕。」房間裡沒有父親，母親的聲音降了下來。

我盯著櫃上裝有包子的土碗，那飢餓年代的傳說，在我出生之前，我用不著害怕，但我的生日就變得沒意思極了。我從母親旁邊擦身走過，拉開五屜櫃左邊第一個抽屜。

「你在找啥子？」母親注意到我毛手毛腳。

「信。」我手不停，翻撿針線盒、剪刀、鈕扣、梳子，恨不得把整個抽屜端出來，倒在地上翻個通快。「大姊的信呢？」我問。

母親說不在那裡。她扳起枕頭摸摸，一支小巧的口琴從枕頭裡滑出。我伸手去拿，母親一把擋開，樣子不是很兇，而是有點出乎我意外。母親怎會有這東西？看上去是什麼心肝寶貝似的，而且她犯不著對我如此。我從小沒有玩過任何樂器，不管哪件樂器都不會，玩具，也只玩過一個母親手做的布娃娃。

「哦，我忘了，肯定早晨洗衣服給洗掉了。」

母親說，她好像在掩蓋什麼事。我想她是故意的，並且不讓我看大姊的信。大姊一定告訴母親一些事，母親生氣，當即就把信撕了。

「我不相信，」我說。

「你今天吃了火藥，老跟我頂嘴？」

「大姊已經回來了，今天早上有人看見的。」

「看見就看見的，她愛回哪回哪去，只要別邁進我這個門檻，我就謝天謝地了，」母親的臉垮下來，一聽說大姊回來，母親全沒了平日盼望的勁。

母親又開始罵大姊是個惹事禍害蟲，不爭氣，從不聽她的話。跳樓、退學、嫁人，哪一樣事大姊問過她？要不也不會落到今天這步。「六六，」母親看著我，「你小小年紀也不聽媽的。」

我說：「我哪點不聽你的？我已經不是一個小孩，起碼，我連選舉權被選舉權都有了。」這話絲毫沒能達到提示母親——今天是我生日，反而使她情緒更壞。

「喲，還知道選舉權？」母親用嘲笑的腔調說：「誰要我就給他，哪年選舉不是服從規定就一個格子畫圈？教訓我們：字都認不得，還要民主？」

我幾乎要叫起來：「媽媽，今天是我生日，你怎麼會記不得？」潛意識中，我已經感覺到了這個生日不是一串數字中的一個，而是一溜兒不准逆轉的念珠中最特殊的一個，數過去，就會觸到許多不可知的禁忌。我本能地恐慌起來，想哀求母親抓緊我。這根維繫著我和命運之間的繩子，是個定時炸彈的導火線，在一點點閃出幽藍的火花，我感覺我已經準備跨出這一步，今天，就在這刻，我必須向母親點明。

我走到門檻邊，身體靠住木門。木門在半閉半合中承受我身體的重量，悠慢地吱咯響。我索性把門關嚴，我內心怕得要命，費了好大勁才穩住自己。然後，直撞進題目中去：

「你女兒即使被人劃了臉盤子、鏹水潑毀了容、強姦殺死了，你也不會哭第二聲。」

「啥子意思？」母親厲聲問。

「有個男的總跟著我。」

母親忽地一下站起，走過來，她用手摸我額頭上沁出的汗珠，「有這種事？」她盯著我的眼睛。

我故意扭過臉去說：「我在撒謊，你就這樣想好了。」

「我就曉得你這個人。你不搞得我不舒服，就要搞得自己不舒服，」她嘴裡這麼說著，眼睛還是沒離開我身上，忽然她推開我，拉開門衝了出去。

大約十來分鐘，母親回來了，喘著氣，對坐在桌旁的我說：「我就曉得你在撒謊，啥子人也沒有嘛。」她喘定了氣，接著問：「這男的像啥樣子？有多久了？你啷個不早給媽說？」

看到母親是眞著急了，我也害怕起來，「好久了……不止一次。」

我說那跟蹤我的人既不是棒小青頭，也不是口水涎涎的騷老頭，是比這兩種人都還危險的一個中年人。我沒正正面面看清過，要看清了，也不值得給你說了。我最後一句話，是有意氣母親的。

啪地一聲，母親把房間裡的電燈關了，火氣旺旺地吼道：「去，去，滾到閣樓上去。」

我一步跨出房間，把房門摔上。

我在堂屋站了一會兒，憋著氣上了閣樓。

2

想著母親一個人坐在暗淡的樓下屋子裡，我拿著書本，一個字也看不進去，不知她心裡在翻騰些什麼。我伸過手去按單放機的鍵，它像一個小搓衣板，是四姊和德華幾個月省吃儉用買的最便宜貨。我們走路都異常小心，怕碰翻桌子摔壞了這個全家共用的寶物。

「人生難得幾回醉，不歡更何待？來，來，來，喝完了這杯再說吧，好花不常開，好景不常在。今宵離別後，何日君再來。」

這首半個世紀前在這座山城被唱得爛熟俗氣的歌，有三十年之久是絕對黃色的禁歌，直到這一兩年才從革命歌曲的重圍中又冒了出來，帶著古怪的誘惑味。以前聽，多少能使心緒改變些，但這個下午一兩點鐘，卻讓我更加焦灼不安，在閣樓裡坐也不是站也不是。長這麼大，我是頭一回如此牽掛著母親，於是我關掉音樂，下了樓。

母親不在屋子裡。奇怪，她上哪兒了呢？

父親正蹲在院外空壩上，滿手黑糊糊，捏打著煤渣餅團。

父親若不是特別需要，誰去主動打幫手，他會不高興。母親相反，她經常故意不叫，考驗我們做兒女的，誰最勤快，誰最與她貼心。

院裡院外都沒母親的影，找不到她，我回到堂屋，在門檻前愣著，有人在我身後叫：

「六六。」

我順聲回頭，是大姊，她手扶我家的門。

我早上遇到的老太太說的事是眞的，大姊眞是回重慶來了。我這麼一走神，就聽見大姊不耐煩地喊：「六六，你耳朵聾了？」

3

大姊用水洗過臉，「啷個家裡一個人也沒有？」她邊問，邊拉開五屜櫃抽屜，取出一把斷了齒的木梳，又找到四姊用的一個小圓鏡。她吹了吹上面的灰，對著小鏡子梳一頭亂糟糟剛燙過的頭髮。

我半年多未看到她，她沒大變化，臉圓了一點，身子豐腴了一些，眼珠比以前更靈動跳躍。

「父親不在家嗎，我不在家嗎，怎麼說沒人？」

「喲，說不得了，」大姊臉上有了笑容，「么妹，你書比我讀得多。」

我忘了母親不願拿給我看她的信。我的心思不在上面。「我沒一樣事順心，」大姊說著，接下來她必定又是她那套離婚經，該怎麼辦？

我趕緊接過她的話，說：「我知道你早就回來了，何必搞得怪裡怪氣的？」

她笑著說，她就是不先回這個家。她到以前一起下鄉的朋友家去串門，就是要讓母親曉得了不舒服。她突然想起什麼似的，「哦，媽呢？啷個不見她？」

她的問題正是我的問題。我說中午母親還在，後來我下樓母親就不知到哪兒去了。

大姊酸溜溜地說：「不管媽，媽準是過江去城中心看二姊，媽心疼二姊，心裡沒有我們這幾個兒女。」

二姊運氣比我們哪個都好，讀的師範，一九六九年上山下鄉，師範學校的學生可以不去，免了受當知青的罪。分配時兩個有門路的人互鬥，僵持不下，讓她這種本應分到鄉村小學的人拾了個便宜，分到城中心的小學，搖身一變成了城中心人。生了個兒子，又生個兒子，丈夫對她也好。

「餓死了！餓死了！」大姊像帶股氣似地叫，翻鍋碗，打開碗櫃，發現兩個肉包，一手一個，吃將起來。「好吃，眞好吃」。她不到一分鐘就吃完，用手帕擦手。

「么妹，」大姊突然問：「你啷個臉色死人一張，難看得很？」昏黃的燈光下每張臉都一個顏色。畢竟是我大姊，許久不見，照樣能感覺出來。「是不是我一個人把包子吃了，我以爲是剩的呢。」

「你眞會說話，肉包子會剩？」我說完這話就一聲不吭了。父親和我捨不得吃，母親和我還爲這包子吵了一架。大姊在家裡雖排行老大，卻像最小。母親說她比家裡哪個孩子都會來事，發「人來瘋」，一點不懂事。

大姊可能是對的，母親到二姊那兒去了。二姊性格溫柔，做家裡事做教師都細心認眞，對母親算得上孝順，即使和母親扯皮，也是氣在心頭，不會像我們這三個姊妹那麼頂嘴對吵。二姊已經不住在家裡，她不時過來看父母，母親有時也過江去看她。今天，母親不留在家裡，就是有意冷淡我。

「今天，是我的生日。」我朝大姊聲音很高地喊道。本來這句話是準備對母親嚷出來的。

「媽媽都忘了，她從來都是故意的！」

「哎呀，怎個不早說？」大姊最會裝巧賣乖。「么妹，你該早點說嘛。這包子肯定是你過生日的。」她不笨，甚至給母親說起好話來，「媽不是忘了，不准那麼想。媽可能記錯日子了，嗯，她記舊曆。」

「不管舊曆新曆，她就是故意忘的。」我嘴上這麼說，心裡想你們記得也會一樣待我。生日不生日，反正我無所謂，像母親說的，讓我活著就不錯了。

「大姊給你賠小心。來，我給你梳個頭髮，換一種紮法。你看我的頭燙得還行吧，不像街上那些小卷卷刨花頭，也不像那種小縣分土裡土氣的。跟你說吧，是大姊我自己燙的。」

她不管我同意不，就關掉燈，把我拉到堂屋，讓我坐在一個小板凳上。堂屋光線好多了。對門鄰居程光頭的老母親坐在她家門前，背靠牆，眼睛瞇著。

「大姑娘了，要愛漂亮。來，頭仰起，梳個獨辮子，兩邊亂髮往後攏，讓頭頸和耳朵露出，讓你左臉邊的痣現出來。臉上有顆痣，吉星高照，厄運全消，不會像你大姊這麼命苦。」

她從我身後走到我面前，看看，讓我坐著不要動。

一分鐘左右，她從屋裡回到堂屋，把我長短不一的劉海梳了梳，剪齊。又把小圓鏡遞過來。我朝自己舉起鏡子，站了起來。鏡子裡的我兩根辮子已變成一根，這麼一來，眞有不少變化。我注意到，因爲髮式改變，臉頰和脖子顯了出來，我第一次喜歡起自己的模樣，高興起來。但我不想讓大姊得意，臉上表情平淡。

「啷個樣嘛？喜歡不喜歡，吭一聲。」大姊這天也一反常態，我越不理她，她越要討我個好。

「黃皮瘦臉一張，再打扮也是個醜樣，一看就是受你欺負的。」我把鏡子還給她。

「好，好，么妹，今天你生日，幾歲了？」

「六十二年生的，幾歲嘛？」

「十八歲，我的老天爺！我還以爲你只有十五、六歲呢。么妹，今天是你生日，大姊也不知道，知道就會給你帶個禮物。」

我鼻子裡哼了聲，心裡還是有些熱，禮物她是不會送的，能這麼說，就跟別人不一樣了。

「十八歲嘛，算一個大生日。這樣，你今天要我爲你做啥子事，大姊都願意。」她說得眞切，很誠懇。

「此話當眞？」

「當眞。我要騙人，可以騙的多著呢，還會騙自家么妹？」

我想了想，說，「大姊，我要你陪我到江邊走走。」

她笑了：「你那麼一本正經，我還以爲是啥子了不得的事呢。沒問題，我陪你去。」

4

我倆出了院子，下著石階，往江邊走。

我必須弄清，或至少明白一點點從小就盤繞在心頭眾多的謎團和陰影。所有的人都或多或少地知道一些什麼，但都不肯告訴我，他們在有意組成一個巨大的陰謀，我就這麼被框定在沉默之中。也許人人都落在別人「不言」的囚籠裡，別人不說的正是我急切想知道的眞相？不行，我決定把一切拋開，高考複習這種所謂的第一大事也擱在一旁，得問個明白，不然，我就活得太不清楚了——這麼十幾年！

我慶幸自己還未完全喪失看人的本能：我生日這天大姊回家，我就逮住了她，認准了她。

她比我大十六歲，生在我前頭十六年，對我負有推卸不掉的責任。肯定有些事與她有關。是命運讓她偏偏在這個時候回來，解答我的疑問。

大姊是唯一不與家裡其他妹妹弟弟抱團結夥的人。她和母親不停息的吵鬧，吵得最厲害時，眼裡充滿了怨恨，或許這是她在眾多兄妹中獨享寵愛，才會如此撒嬌。一九六九年毛澤東將鬧遍天下革命的紅衛兵，解散到農村邊疆廣闊自由的天地去，而大姊早在一九六四年就響應號召下鄉，實驗共產黨特有的失業對策，她是全國第一拔下農村的知識青年，比別人多受了好些年的苦。在農村待了九年才到四川邊界一個山區的煤礦當工人。

她在十八歲衛校快畢業的一刻，與一男生在校外散步。團支部書記批評了她，學校紀律不允許談戀愛。她說要男朋友又怎麼樣？大吵之中，兩人同時動了手。她一人受到處罰，不讓她參加元旦表演節目。她氣得說跳就從兩層樓高的地方跳下，腿骨折，進了醫院，被記過，因此「歷史有污點」。她不願寫檢查，卻直接去找校長。校長不主持個理，她將學生證朝校長當頭丟去，退了學回家。

街道辦事處的幹部動員她說：「長江三峽美如神話，巫山河裡的魚像桶那麼粗，煤用手帕包都不會黑。那是個好地方呵！」她相信了，偷了家裡的戶口本，註銷了城市戶口，她想與懲罰她的同學老師比比哪個最革命？

父親說他走船去過巫山，那裡的情況完全不是幹部們說的那麼一回事，苦得很，父親不准她去。要她去派出所把戶口重新上回去，她罵父親在造謠，是反革命。父親哭了。母親哭著去街道辦事處求情，被狠批了一頓，說你反對女兒去農村，就是破壞上山下鄉運動，你應該曉得擔當啥子罪名，走遍全國，也沒有人敢給她已經下掉的城市戶口上回去。母親被嚇壞了，眼睜睜看著她笑嘻嘻地走了。

同學笑她是傻瓜，母親罵她無法無天。

而我總懷疑大姊有什麼理由，急於離開這個家，她不想屬於這裡。

她見到我話特別多，話裡有話，眞眞假假，像逗我似的，從小如此。有時，她臉上表情豐富到誇張的地步。如果不這樣，當她在江邊洗衣服，濃密的黑髮盤上高高的額頭，看上去她還眞漂亮，不止一人說過她的眉和嘴像年輕時的母親。她的臉相，還有高挑豐腴的身材，不同於家裡其她姊妹兄弟。重慶女人小巧玲瓏，秀麗，沾了重慶山水雨霧地氣，性格陰柔。我大姊性格卻像男子，剛烈而火爆，敢動嘴，也敢動手，甚至用刀卡住第一個前夫的脖子，逼他簽字同意離婚。

她做什麼事都不想，先做了再說，做糟了，不屑於收拾，讓別人去著急。她在鄉下時，巫山縣城一算命八字先生說她命帶血腥氣，走盤陀運，吉凶難卜，四十歲左右若能躲過一大劫，才可血順氣返歸正路。

「說不信命還是得信，我四十歲左右肯定要出事，還是老實點過吧！」這是大姊幾年來老掛在嘴邊的話。

不過今天她的話不一樣，她比我落後幾級石階，朗聲罵道：「我今年滿三十四，按那老該死的算命先生說的，我只有幾年可活，幹嘛小小心心做人？我就要看到底會發生什麼？」

我轉過身，盯著大姊，劈頭蓋腦就說：

「你們有事瞞著我！大姊，你得告訴我！」

她沒聽到似地，急急往下走。我跟著她，不肯落下一步。沒有房屋和樹遮擋的江面，有兩個人在游泳。嘉陵江水較清，與濃黃的長江的水在朝天門匯合，中間像有條彎扭的線分開兩江水，在我們這山坡前，就全是長江的濃黃湍急了。我又重複了一句。

「告訴你啥子？」大姊不當一回事地說，「你剛才可許過願的，說今天是我生日，你啥子事都願爲我做！」

大姊朝我的背就是一下，問：「你今天是怎麼啦？」她的手眞重，我忍住了痛，沒說話，等她說話。她嘻裡哈哈一陣笑，「我許了願，就當然照辦。但你太正二八經了，好說好商量。我好不容易回來一趟，你和我就這樣走走，看看船，望望風景不好嗎。如果你願意，我就陪你過江去城裡玩，看場電影。」

「我是認眞的，你得告訴我！」我不理她的茬，同時，我感到絕望。一聲高於一聲江上的汽笛相互交錯，聚集在我眼前的空中。不止是這個下午，但就這個下午，我的感覺是如此強烈。在我聽來，每艘船的汽笛都是不一樣的，彷彿上面附有一個受傷的靈魂，在訴說自己的命運，令我不寒而慄。於是，我衝著大姊喊叫起來：

「你是知道的，對不對？你們一直都不想讓我知道一丁點，你們一直都在騙我。不管怎麼樣，大姊，你得告訴我！」

大姊無動於衷笑眯眯看著我。我的喊叫變成了哀求，聲音低得只有我和她兩人聽得見。

大姊收起笑容，說：「好吧，你想知道什麼？」

「到底爲什麼父親會視力如此衰退，在我生下後，就不得不提前病休回家？我決不相信那種說法。」

大姊問我，哪種說法？

我說，父親單位勞資科說是「梅毒後遺症」，還有院子裡的人也含沙射影地罵過。

「哪個雜皮、梭葉子、爛娼婦敢亂說！」大姊吼了起來。

我趕緊掩住她的嘴，我們離住房區並不太遠，她這樣大聲嚷，會有人聽見。大姊狠罵著，轉頭奔下又濕又滑的石階小道，道旁的垃圾臭得熏人，鼻子難受。她忽然閃進一個暗黑的山岩窪口，撲地跪下，朝石壁磕頭。

「你也來給菩薩磕三個頭！」她吼我。

「這是什麼菩薩？」我猶猶豫豫走進黑暗中。

「江邊白衣觀音，」她說：「文化大革命中砸爛，你沒見過。最近剛由行佛事的善人修起來。快讓觀音保佑全家。」

難得大姊提到全家福佑，我只好朝幽暗的石壁拜了幾拜。大姊又摸到潮濕的石壁下，捧了一掌水，低頭喝了下去。她讓我去喝。我想起我們院子牆後從坡上無數家流下來腥臭的陽溝水，連聲說「不」。大姊彎下身，又捧了一掌，送到我嘴邊，水從她手指縫滴漏著，「菩薩水，香的，治百病。」她認真而強硬地說。

我只得張開嘴，順從地喝下去，果真是清涼的泉水。「好了，」我說：「大姊，你也彎酸磨蹭夠了，現在該可以開始說了吧？」

「說什麼？」大姊卻反問我。

倒給她問準了。我想知道什麼？我想知道一切，但我怎麼知道大姊知道什麼？

等了一會，大姊說：「好吧，我講給你聽，關於我的身世，我只知道我的身世，其他事我可不知道。你還得答應我，保守我的祕密。」

我們在礁石邊坐下，面朝著翻卷出一片漩渦的急湍江水。

第六章

1

母親是乘船到重慶來的，大姊說，她是逃婚，她是個鄉下逃婚出來的女子，溜進這個巨大的城市，想叫家人再也找不到。

那天霧濃濃稠稠，一片片的，像破爛的棉絮。「到重慶了！」有好些人站在船舷吼叫。從臭熏熏讓人作嘔擠嚷的底艙鑽出來，母親走上甲板，吸了一口江上的新鮮空氣。岸上依山而建奇形怪狀的房子，古城牆下石梯一坡接一坡。越離躉船近，越看得眞切。碼頭上擠壓著接客送客的人：男的西服，禮帽；女的旗袍，高跟皮鞋，燙髮；手拿扁擔繩子的腳夫，抬滑竿的，兜售叫賣的小販，帶槍的警察。這一切都太新奇了，她一時忘了爲什麼到這地方來。

那是一九四三年，嚴冬尚未結束之時，霧很濃，霧卻是安全的信號，狂轟爛炸的日本飛機，要到霧期結束的五月才會再次讓這城市震動。這城市當時是國民黨政府臨時首府，抗戰大後方，許多醫院、大學、工廠、公司，包括牲畜也都遷移到此，依靠長江天然的河運交通，依靠四周層層疊疊山之屛障，這個又髒又潮的城市忽然一時成爲中國的政治文化中心。

幾天前母親從家裡跳窗逃出，忍著腰痛，趁著拂曉霧靄籠罩，走山路，一刻不敢停，親戚家沒人會收留她。雞叫了，天色變亮。跟上一夥上縣城賣竹席的人，她手裡只有從家中抱走的唯一的陪嫁物：一床麻紗蚊帳，大片白色中飛有幾隻墨藍的鳥。

當晚，母親隨著十來個少女上了沿長江開上來的客輪。她們的家鄉忠縣不過是一個小碼頭。

她們在鐵板的底艙，大統鋪。少女們和兩個招工女販子，擠著挨著睡在吵鬧的底艙裡。兩個女販子睡在最外邊，怕這些少女進紗廠前出意外。

聽著江水拍打著船嘩啦響的聲音，少女們愁眉苦臉。輪船淒厲的一聲長鳴離岸時，幾乎所有的少女都哭了。但母親沒聽見，她早就傻愣愣地睡著了，她睡得很幸福，像一輩子沒睡過覺似地睏，身體縮成一團，甚至都沒有換個姿式，翻個身。

2

母親從紗廠下班後，看到的是一個並不可愛的城市。春天來臨，離霧期結束還有一段平安日子。霧氣慢悠悠地在這座城市飄移，在山脊線上結成濃雲，山脊以北的上半城朦朦朧朧，山脊以南的下半城若有若無。街道淩亂狹小，彎曲起伏，貧民區的碼頭與沿江坡地區，吊腳樓一邊靠道路一邊靠崖，像一群攀附在山坡上的灰色蜥蜴。

大姊說的事發生在三十七年前，但我並不陌生，這個城市的工人住宅區，半個世紀以來，恐怕沒什麼不同，今日的房子只比那時更擠。

這座城市令人戰慄，有股讓人弄不清的困惑，時時隱含著危險和埋藏著什麼祕密。重慶男人走到街上，無論他裝束什麼樣，你都無法猜出他的身分。他可能是地痞，也可能是正人君子；可能是特務，也可能是順民；既可能是暴亂分子，也可能是祕密警察、袍哥、學者、賭徒、官員，或是戲子、二流子，或是扒手。重慶女人也一樣，無法以她的打扮舉止而定她是良家婦女，還是蕩婦、野雞。不管什麼人，都有點潮濕濕的鬼祟氣，也有點萎靡的頹喪感。

時間很快到了一九四五年，雖然這時，幾乎沒有了人們熟悉的警報聲和奔逃淒厲的尖叫聲，人們也忘了抬頭仰望天空，不再關心有否日本飛機的小黑點，防空洞開始門庭冷落，這個城市漸漸充滿戰爭勝利的喜慶。巨大的歷史轉機，與這個年僅十八歲的做工妹本沒有多大的相干。但命運卻讓她看到尚在田裡耕作的父母兄弟、她同齡的鄉村少女永遠看不到的東西。

大姊坐著的礁石面上有許多蜂窩似的蝕坑，她與我肩挨肩，說的事卻離我越來越遠。遠程的大客輪駛近朝天門碼頭，拉響汽笛，聽來像個廉價雇來的吹打隊在奏喪曲。太陽退到對岸江北，一層淡淡的紅暈浮於山頭。江裡零散的幾個游泳者，頂著衣褲往自家岸邊遊。這個城市的歷史太喧鬧，傳入我耳旁的聲音極雜亂，單憑耳朵，很難一字不漏地聽清大姊的話，我必須憑我的心去捕捉。

那天上午走進位於沙坪壩地區六〇一紗廠戴禮帽的男人，本來毫無興趣看一眼養成工的宿舍。他只是走過門口，聽見了一點奇怪的聲音，探了一下頭，他身後跟著跑的兩個小打雜也忙不迭地站住。大棚式房子裡兩排草墊統鋪，有股積久的汗臭。

一個少女被捆綁在木樁上，髮辮早已散開，有幾綹飄拂在她的面頰。漏進棚的光線像故意落在她的身上，顯得她皮膚健康細嫩，睫毛黑而長，嘴唇傲氣地緊抿，在憤怒中潮濕紅潤。工頭的皮鞭在揮舞，她掙扎著，有一股抗爭到底的狂野勁兒。

大姊堅持說，男人的這一伸頭，是我們家的第一個命運決定關頭，因爲他馬上被母親的美貌勾掉了魂。母親那天早晨的倔強，使那個袍哥頭兒覺得有趣，竟然還有這麼個鄉下妹崽，不僅不順從凌辱，被捆綁鞭打了還不願服個軟，也不願說個求情話，讓工頭下不了台。工頭正氣得沒辦法，轉身看見那男人，立即賠了笑臉來。袍哥裡認輩分，這個戴禮帽的男人輩分高得多，問了兩句，就走了進來。

那時母親抬起頭，因爲背光，走向她的男人又戴著帽子，來人的五官輪廓不分明，只覺得他個兒高，身子直直的。母親頓時害怕起來，想這下自己眞完了，她絕望地把眼睛掉到一邊去。因爲恐懼，她的臉通紅，呼吸不均勻，成熟挺拔的胸部一起一伏。

男人叫鬆綁。

母親這才正眼看清進來的是一個英俊的青年。他關切的眼神，一下子就觸動了她的心。

大姊生性浪漫，老是沒命地愛上什麼男人，我沒法阻止她的講述，也沒本領重新轉述她說的故事。我只能順著大姊的描述，想像這場一見鍾情中的邏輯：一個鄉下姑娘，敢爲貞操拚命，長相又俏，或許正是這個袍哥頭心目中看家老婆的標準。他自己也是個從社會底層爬上來的幫會小頭目，本能地不信任這個大城市裡，像蒼蠅一樣圍著他轉、賴在他床上的風騷女人。

他看了看母親，與工頭咕噥了兩句話，就匆匆走了。

母親那天被鬆了綁，躲過一難，又開始下班上班，很快忘了這件事，就像忘了她年輕的生命中已多次歷經的危急。她節衣縮食，想積攢錢寄回家鄉。兩個月後，一天放工時，著工裝的女工們正在過例行的搜身——廠裡怕女工帶走棉紗團、布片之類的東西——工頭卻滿臉笑容走過來，請母親到廠門外去。

她出了大門，一下愣住了：一輛新嶄嶄的黃包車停在那裡，每個金屬部件都亮得晃眼，穿著整齊的車夫恭敬地等在一邊。

3

那種時代，到那種餐館的男客個個西裝革履，頭髮鬍子修剪得體，女客則一律高跟皮鞋，燙著和好萊塢電影裡女演員一樣波浪的髮式，耳環、項鍊、別針、手鐲，把自己披掛得琅噹作響。旗袍也都是錦緞，開叉到時風該露的頂端位置。

大姊從小是個擺龍門陣的能手。和上輩人不同，她這一輩擺的已經是電影和小說。我那時才幾歲，總是縮手縮腳在一個角落，張著嘴，不作聲地聽這些回城探親時間過長的下鄉知青聚著講故事。他們坐在兩張床和地板上，擠擠團團地嗑著瓜子。恐怖的山間鬼魂，國民黨特務梅花黨。有時是親歷的實事：知青間談戀愛，與農民打群架，反抗鄉村幹部欺壓動了刀子，最後被公安局槍斃。故事一個接一個，有時全室哄笑，有時唏噓一片。

母親嫌我不做家務，老在閣樓下喊：「六六下來！」弄得大姊認為我討嫌，也趕我走。我每每做完了事，就在閣樓門口蹲著聽，以便再要做事時下樓快些。

我不知道這段家史，有多少是大姊在過龍門陣癮。說實話，大姊比我更適合當一個小說家。大姊沒有受完足夠的教育，她的黃金歲月都給文革耽誤了。怎麼追也追不回。有一次她對她過去的幾個知哥知妹說，命運不幫忙，要是能讓她做個作家，她的經歷足夠寫成好多部精彩的小說。我一旁聽著，替她抱屈，覺得她太可惜了。

但是在這時，我很難把她勾勒的母親那時的形象，與如今臂腿粗壯，身材上下一般大小、沒好脾氣、非常不女性化的母親合成一體。

我努力想像：母親穿了她最喜歡的靛青色布旗袍，襯出苗條玲瓏的身段，布鞋，沒有一件裝飾品，一頭黑髮光順地往後梳成兩條辮子，露出額頭，就是剪成短髮也行。但她的眼睛黑而清亮，和她的臉色一樣羞澀，在她微微一笑時，既溫柔又嫵媚，的確很美。大姊是對的，母親不可能沒擁有過青春。

坐在母親對面的那個男子，更爲神采飛揚。

他，一身考究的白西服，頭髮看來是在理髮店整治過的，體面，黑黝黝的頭髮，上了油，眼睛與眉毛有稜有角，長得比當今電影院門前廣告上的明星還帥，不像三〇、四〇年代電影裡的奶油小生，或戲台上的白面書生。八角燈籠光線柔和，桌上藍花邊盤碗勺碟，瓷面細膩，一式光潔透亮。星月上升到天空，山城萬家燈火閃爍。母親微微低垂臉，沒吃菜，雙手安靜地放在膝上。

他們在說什麼呢？母親竟然忘記了生平第一次穿羅戴綢進大飯館的拘謹不安，聚精會神地聽起那個男子講他自己的身世。這個身世，是那個男子說給母親聽，母親在不知什麼時候說給大姊聽，大姊在這一個晚上擺給我聽。

他說他老家在四川安岳，家貧，母親給人洗衣做衣，父親有力氣，給人抬滑竿。母親前後生了十一胎，只有第八胎和十一胎活下來。母親給他取了個小名「長生娃」，想他順當長大，盼長生平安；給弟弟取小名「火林娃」，算命先生說弟弟水氣邪氣重，求個吉利。

一九八三年安岳害瘟疫，又天旱，他的父母先後不到一週得病去世。當時他十四歲，弟弟五歲，他們成了街上的叫花子。有一天，他跟前經過一隊拉壯丁的人馬，其中一人很像早些年遠走他鄉的舅爺。他跟上部隊，做了當伙夫的舅爺的助手，這支川軍雜牌部隊兵員不夠，也就不趕他走，反正他不拿餉。部隊一九四二年入駐重慶時，他已成了憲兵隊的小頭目。抗戰時期，重慶袍哥已近六七萬人。川軍裡幾乎全是哥老會袍哥，他在禮字位第五排，難怪工頭見了他那副龜孫子相：禮字在低層社會影響大，職業袍哥結交有錢有勢兄弟，擺設紅寶，聚賭抽頭，買賣煙土，開鴉片梭梭館。

母親難以相信坐在面前的這個儀表堂堂的男子，曾經是個又髒又臭的叫花子。她的心慌亂起來，她水一樣流逝的生命中，除了一位從未見過面但可給父母兩擔米的小丈夫，沒有與任何男人聯繫在一起。

逃婚對母親來講是難免的，是她骨子裡刻上的叛逆性格。母親的眼裡盈滿了淚，或許在這個青年男子敘述他的經歷時，她就明白自己的一生，她未來的子女的一生，都不得安寧。

鑼鼓聲，爆竹，遊行的隊伍，使整個山城徹夜不眠，好幾個星期，都籠罩在八年抗戰勝利巨大節日般的歡慶裡。日本人投降，國民政府準備還都南京。重慶突然出現了權力眞空。袍哥勢力正在積聚，並更靠攏政府，政府也注重依靠地方勢力鞏固這個經營多年的後方。

母親和那個男子舉行了婚禮，婚宴辦了七十桌。母親被牽來拜去，暈頭轉向。喜房紅燭不是兩支，而是兩排，一直燃到天明。

不久，母親就懷孕了。於抗戰勝利第二年生下一個女兒。

大姊說，那就是她，她是流氓惡霸頭子和逃婚不孝婦的女兒，反革命子女。

4

原來大姊另有一個父親，她跟我們兄弟姊妹不一樣。說出來了，她似乎挺得意洋洋：流氓頭子也是好漢，我們的父親卻是個老實巴交的工人。我大吃一驚，對大姊不光彩的虛榮，很不以爲然。

跟所有人一樣，我一上小學就得塡無窮的表格，在籍貫一欄，塡上父親的家鄉：浙江天台縣。那是我眼前的長江，流過了千里萬里，將到達大海的地方。我從未去過，也聽不懂那裡的話。

父親的生日在中國正是六・一兒童節，我從小就記得。父親說話有很重的浙江口音，一說快，沒人能聽得懂。他講得稍慢一點，我能半懂半猜，就給人當翻譯。如果我討厭這個人，就故意翻錯。父親白我一眼，忙不迭地給人解釋說，他小女兒不懂，說錯了，請原諒。

冬天既潮濕又寒冷，家裡沒有燃料烤火取暖，有支氣管炎哮喘病的父親就容易發病，只能靠藥物支撐。嚴重時，也不肯去醫院住院。本來就瘦，一生病就瘦成一束枯枝。他個子本來不高，這時，就更縮了一截。他總是一個勁地捱，否認自己生病。發高燒時唯一的症狀是一股勁念叨：「回家。」

「讓他回浙江！」家裡姊姊哥哥異口同聲說。

「不行的，」母親反對，「他哪是要回去？他要去死在那兒。」

父親和四川大部分下江人一樣，由於抗戰才來到重慶。十五歲時到縣城跟人當學徒，先是倒屎倒尿，端茶遞水，後來背弓彈棉花。他心靈手巧，幫師傅拉線鋪棉絮，很快就學會了彈棉被整套手藝。一九三八年，他二十一歲那年國民黨在天台縣抽壯丁。鄉里的保甲長收了賄，將別人的名字改成父親的，他只得辭別家人，跟著部隊到了重慶。部隊就駐紮在南岸山上，他在通訊排，掛防空襲訊號。

一九四三年春天，正是母親從家鄉忠縣逃婚前往重慶的日子，父親所在的部隊開拔另一城市守防。路上，父親肚子痛絞得厲害，躲進樹叢解決問題。等他鑽出樹叢，部隊已成小芝麻點在另一架山的道上，舉著火把趕夜路。他當機立斷，朝相反方向走。準確地說，父親是一名國民黨的逃兵。逃兵是要被國民黨槍斃的，但解放後共產黨也不喜歡他這段歷史。當時，幸好無人注意，或許以爲他生急病死在行軍路上。戰亂之年，誰去調查一個士兵的眞死假活？他回到重慶，在招商局的船舶隊當了一名水手。

按照大姊的說法，父親一生之中眞正有膽有識的唯一一件事，是一九四七年那個春天與母親的結合。爲了與我的父親相遇，母親需再次出走，得再次逃離自己的家，才能完成她遇見父親的彎曲的路徑。這四年中，父親已在這個仍然是陌生、卻強要他留一輩子的城市做水手，他得等候一個自甘落難的四川女子，這是命定的。

大姊站了起來，我也站了起來。夜使兩江三岸變得美麗了一些，一輪淡淡的月亮升起在天空。行駛的船打著一束束白光，灑在江水波浪的一片黑色上，那山上江裡的小燈，像一隻隻溫柔的眼睛，忽近忽遠地閃爍。山坡上有人在吹口琴，被風一陣陣帶來，我第一次覺得口琴聲是這麼好聽。

大姊嘲諷地笑了，「我媽也眞傻裡巴幾的，爭啥硬氣，非要走，那個倔強勁，倒眞是像我。我生父，那個混帳男人，」大姊說了下去，「那混帳男人不僅常常通夜不歸，後來就帶了摩登女人回家。母親獨自垂淚，他看見母親哭，就動手打，一邊打一邊還罵：養不出個兒子的女人，還有臉！我早晚得娶個小。」

母親受不了，一氣之下一手抱女兒，一手拎包袱，就逃回了家鄉忠縣。家鄉待不住，按照家鄉祠堂規矩，已婚私自離家的女人要沉潭。母親在家裡躲了三天就返回了重慶。那男人登報找，還布置手下弟兄找，沒有下落。

5

父親在嘉陵江邊，一片吊腳樓前的石階上，看見一個年輕的女人，背上背著一個剛生下只有幾個月的嬰兒，在洗一大堆男人衣服。那些都是男船員們浸滿汗臭的衣服襪子。她洗衣服動作麻利，專心致意。洗衣婦個個都是瘋言瘋語，笑罵不斷，否則就接不到足夠的活兒養活自己。她站起身，雖然背上有個嬰兒，但遮不住誘人的身材。

她的臉轉過來，頭抬了起來。他入神地看著，不轉眼。他以爲她在朝他看，但他錯了，她不過是爲了舒舒腰，馬上就背過身，蹲在地上洗衣。早春二月，江水異常清澈，但冰冷，刺骨，她的手指凍得通紅，袖口挽得極高，頭髮梳了個髻，不知是怎麼梳的，竟沒有一絡頭髮垂掛下來，耳朵、脖頸和手腕沒一件飾物，整個人乾乾淨淨，清清爽爽。如果不是背上那個不哭不鬧的嬰兒，帶來了一點眞實感，他眞以爲這個女人是從另一個他所不知的世界而來。

沿江一帶山坡上的吊腳樓，大都住著與江水有關的人：水手、挑夫、小販、妓女、逃犯，人來人去如流水，租金也比城裡便宜得多。那個女人住在一間吊腳樓裡，除了洗衣，也接補補縫縫的針線活兒做。不提她的模樣，就憑她自個兒養活自己和孩子的勤儉能幹，理應是船員追逐的對象，可是沒有任何人去惹她，她似乎也安於清閒，謹謹愼愼地度著日子。

幹水上活這行當的人，哪個碼頭沒個相好。男人們怎會有意躲著這個女人呢？有明事的人點撥他：我看你八成給那個女人迷住了，跟每個見到她的男人一樣。這是城裡一個袍哥頭子的老婆，從家裡跑出來的。離遠點，別提著腦袋瓜兒耍女人？

一九四七年初春，對父親一生來講，是個特殊的分界線。他本對機械和器材有著天生的興趣，幾年來背熟了水道情勢，加上好學多問，沒多久就學會了駕駛。主流支流，下水上水，就這個蹲在江邊背著嬰兒在一心一意洗衣服的女子，總晃蕩在眼前，忘也忘不了。當她又像第一次朝他這個方向站起來，爲了舒動瘦痛的腰、腿和手臂時，他看見了她的全部：善良，孤零，渾身上下的倔強勁，她就那麼站在他面前了。

他把衣服送給女人洗，每次給的錢比別人多。不等女人目光示意他走，他便告辭，頭也不回一個。

「你看你衣服還是乾淨的，用不著洗嘛。」女人開口了，聲音很輕。他不好意思了，臉紅紅地愣在門邊。他實在是送衣服送得太勤了。

女人沒背嬰兒，嬰兒正睡熟在床上，女人的身子靈巧地一轉，遞出一個木凳，讓他在門口坐。

6

袍哥頭子四處找我母親，登報，派手下人專門到母親家鄉忠縣尋找，都沒有下落，一氣之下返回自己家鄉安岳，挑了個正在讀中學的姑娘。匆匆辦完喜事，安了一個家，自己一人回了重慶。他是地頭蛇，竟然找不到母親，就斷定母親已遠走他鄉。豈不知是身邊一個舞女在作鬼，她買通他手下人，不讓他知道我母親的下落。母親在江邊洗衣服時，曾瞥見過一個濃妝豔麗的女人，母親沒有在意。一九四七年春天，抗戰勝利的喧囂早已被國共兩黨內戰的炮聲取代。地方軍閥與各幫會宗教組織忙於擴大勢力搶地盤，市面上各種謠言紛傳，人心浮動。袍哥頭子沒心思管棄家出走的妻子女兒。當然，如果是個兒子，情形就不一樣了。

父親言少語拙，他只能靠行動，讓母親相信他的眞心誠意，下定決心請求母親與他生活在一起。他不像其他垂涎母親的男人，他不怕殺人如家常便飯的袍哥頭子。不過也可能父親是個外鄉人，不太相信四川黑社會的厲害。不管怎麼說，這就是目前這個家庭的正式由來。

大姊說到這一段時，三言二語打發過去，我幾次回到這個題目上來，她幾次虛虛地邁過去。我知道她不是對父母結合不滿——正是靠了這個婚姻，她才活了下來——而是覺得這種貧賤夫妻的事太實際，不浪漫。我找到過父親陪母親到城中心相館拍的一張照片，母親梳的流行髮式，穿了她最好的衣服，折價買的一件白底白花綢旗袍。日本投降時，急著趕回南京上海的富貴人家，帶不走的家當，就便宜賣了，那時有好幾條街有人專收專售。父親不在照片上，母親抱了大姊，端坐於一花台邊。照片上的小白花的粉紅，是後來大姊加上的顏色，給平淡的黑白照片添了點兒韻致，照片上的人在框起來的尺寸裡，眉眼很沉靜，甚至有點兒憂鬱，看不出她內心痛苦還是快樂。這是我能追溯到的母親最美的形象。

7

家裡有門親戚，我們叫他力光幺爸，但不和父親一個姓，我從來沒問，也沒想過，以爲是家裡認的乾親。他一來，就是母親不在家，也與父親關起房門，說話聲低得聽不見。看來他就是袍哥頭子的弟弟，大姊說的小名火林娃的人，大約文革開始，他就很少來我們家，以後也就沒見到過了。這也許和大姊說的與「反革命」幾字的瓜葛有關，彼此沒聯繫，也就減輕了禍事臨頭的擔憂。

力光幺爸的樣子，我已忘掉。

我只能在大姊身上，找尋那個她叫做生父的男人的形象。他不像一般重慶男人那麼矮小，瘦弱，他喜歡穿長衫，戴帽子，是個風流情種，偶爾吃點小醋。朋友義氣重，可以有難同擔，有福共用。這麼一個和母親有緊密聯繫的人，一個我從未看見過的人，無論多麼眞實，對我而言，也只是影子一個。

他曾被派去江北的兵工廠，捕捉在那兒半公開製造炸藥的共黨，卻一身是血敗逃回家，母親被嚇壞了。爲此，在袍哥中他沒有得到提升，在家中發酒瘋，砸壞結婚時客人送的所有的匾，用腳踩，狠抓自己的頭髮，母親才明白這男人日子並不一味輕鬆。時局一天比一天緊張，街上巡警和便衣增多，半夜也會聽到敲門聲，清查共黨。他常常不在家，突然回家，也會突然就走掉。這樣的日子，恐怕母親離開時也沒有多少留戀。

大姊說，這個男人走到哪裡身上都不必帶錢，到哪裡只要發一聲話，就有小嘍囉、小流氓跑前跑後，將錢遞上。

「流氓頭子罷了，這有啥子値得說的？」我不以爲然地說：「幸虧媽媽抱你出走，否則，解放了，你還會有好日子過？」我想煞煞大姊的傲氣。現在我明白了，她爲什麼老抱怨這個家窮。

「你說得有點道理，」大姊清清嗓子說：「哪條道，我都不會有好日子過。」

共產黨占領重慶前不久，一場大火在重慶上空騰起。火蔓延著，順著夏季的江風沿山坡往上卷。臨時板棚，吹到熱風就著火。泊在河灘渡口的木船躉船也燃燒起來，貧民百姓在火焰中奔逃。

母親抱著未滿週歲的二姊，牽著三歲的大姊，盡量躲避著尚在冒餘煙的房屋，沿江岸尋找父親的船。到處都是燒傷呻吟的人，狂奔亂逃的人，不相識的人蓬頭垢面、衣衫不整地聚在一起哭著。還有人在拾沒燒壞的碗勺，也有人用木桶往已經燒得焦黑的柱梁上潑水。大人尋找孩子，孩子尋找大人，還有人飛跑過街狂呼親人的名字。

有個孕婦在翻找屍體，認自己的親人。小孩燒死最多，身體縮成一小塊炭。一個老頭坐在石梯上，臉上黑糊糊的一條條傻掉了，他讓三歲的孫子坐在木箱上，等他回去從火裡搶東西，回來時箱子和孫子都不在了。

火熄之後，一船又一船運載江裡江邊的死人，往下游江灘的大坑堆埋。朝天門碼頭中心一個大空壩，卻在燒街上的屍體，架著柴潑著油燒，穿黑制服的警察站在一旁。死人的氣味跟著滾滾濃煙，罩住了整座城市。

母親聽到重慶飯店那頭傳來槍聲，說是抓到了放火的人，斃掉了。是否眞如街上傳言，是國民黨的消防隊在水裡滲了汽油，使火越燃越旺？還是共產黨地下組織放的火，以增添老百姓對舊統治者徹底絕望？

誰去弄清楚？這是個兵荒馬亂，每天要死上千上萬人的日子，重慶大火不過只是小災小難。

這場罕見的大火發生於一九四九年九月二日，它熄滅之後兩個月，即一九四九年十一月下旬，這座山城終於落入共產黨軍隊合圍之中，長江上船員大都棄船溜跑了，都知道在重慶這水道樞紐打仗時，船最惹禍。

父親捨不得船，哪怕是老闆的船。十幾個國民黨士兵把一個個封得嚴密的軍火木箱運上船。父親在刺刀下被迫駕駛船，他只得用棉被裹住全身，僅露出眼睛和手。船上溯長江，從第一聲槍炮響起，父親就用他對航道水勢熟悉的全部知識，大拐「之」字行進，躲避船外兩岸飛來的炮彈。押船的一個軍官大腿被子彈擊中，倒在駕駛室昏了過去。受傷的士兵慘叫著，血濺到玻璃上，跳入江，有的士兵趴在船舷後。父親的棉被上，血在一灘一灘漫開，船上的軍火隨時都可能爆炸，但是父親卻奇跡般衝到了目的地。

當官的掏出兩塊大洋賞給父親，算是租船的錢。然後，用手槍指著父親說：「我們要沉船！」他跳到岸上，給士兵下任務。

父親的膽子已掉光了，但是他把船開來本是爲了救船。他當沒聽見一樣，便將船掉頭往回開。在船離朝天門兩里路遠時，炮火過於猛烈。他怕船被打沉，便將船開向黃沙溪的河灘擱淺，想保住船。

那天，這個古怪多劫的城市已經很寒冷了，人們皆在搶購糧食或逃離戰區。母親又有了身孕，在通向江北桂花街的石階上，她拎著一麻袋乾胡豆，抱著二姊，讓三歲的大姊自己走。江面炮火不斷，風把樹刮得彎到地面，把硝煙刮進深藍色的霧中。母親跨進房門，血從她的身體裡流出，順著大腿冰涼地滴。

她小產了。房東太太從門口路過，說掉出的肉團若是一個瓣兒，就是一個兒子沒了，若是有兩個瓣兒，就是個女兒。她邊說邊用涮馬桶的竹棍去戳看，連連叫道：「是兒娃子，是個兒娃子呀！」

聽著房東太太離去的腳步聲，躺在床上的母親絕望了，她認定父親肯定死在運軍火的途中，屍體隨著船的殘骸在長江裡漂走。

可是父親從炮彈亂飛的江上回來了，臉被煙火熏抹得只剩兩個眼珠子在動，嚇得兩個女兒哭了起來。母親一把緊緊抱住從死神那兒掙脫掉的父親。

三天後，要父親運去軍火的部隊，被包圍重慶的解放軍部隊殲滅，被捕的軍官說出了那艘船，他對那個不怕死的年輕船長印象太深，但忘了說那兩塊大洋。

清算的鎮反、肅反運動，父親交代不清，運軍火的事，他寫的檢查詳詳細細，也忘了交代那兩塊大洋。父親得救於他的一技之長，憑著他對長江航運的瞭解和熟悉，被共產黨新政權留用了。長江上游金沙江一段，水流急，暗礁多，航標燈少，稍不留心，就會船翻人亡。父親被派去，算是對他優待處置。夜航加班次數太多，加班費不值幾文，他的眼睛開始壞了。

我很小時知道家裡箱底有兩塊大洋。父母低低的聲音爭論執得很厲害，不像院子裡其他兩口子吵架那樣呼天喊地，兇煞惡氣，他們的聲音畏畏縮縮。那時我人太小，縮在暗淡的牆根就跟不存在一樣。

「把大洋拿到銀行兌換了，再借些錢，找個好醫院，治你的眼睛，」母親說。

「算了，已經這樣了，治不好。」父親嘆息道：「再說，去兌換，不就不打自招了嗎？」當時我不明白他們怕「招」的是什麼，現在才覺得他們的小心無不道理。

8

大姊打了幾個大呵欠，望望山腰，稀少的幾盞路燈在那一片黑漆中特別亮。她說回去睡覺吧。

怎麼這就完了？我問：「你還沒有回答我的問題，哪來的梅毒？」

那還不明白，大姊說，袍哥頭從來沒有戒過嫖妓，他傳染給母親，母親傳染給父親。

我說，這中間隔了好多年啊，什麼時候發現的呢？父親結婚前就知道嗎？難道父親的眼睛不是開夜航累壞的？

「早治好了。哎呀你眞煩！」大姊嚷道。

她也許並非不願意說個仔細，而是認爲不值得，還對此有股不輕的怨恨。這是完完全全的中國貧窮市民生活，絕對無法浪漫化的怪物。我們這一帶骯髒潮濕長著苔蘚的牆上，「包治性病，藥到病除」招貼處處可見：

尖銳濕疣龜頭爛痛

滴蟲陰癢菜花肉芽

尿口紅腫陰道流膿

這類廣告的讀法我始終弄不清楚，上下左右前後怎麼念，都是一堆亂糟糟的恐怖符號，老在指向最令人恐怖和羞恥的一些東西，在陽光最亮、即使社會最革命化、號稱全世界唯一無性病之國時，這些廣告也沒有完全消失，八〇年代初又是貼得滿街滿巷。我從來不敢看個明白，也從不知道誰在醫治，誰在求醫。大姊一打住，我也被自己嚇得沒有追問下去。

第七章

1

昨天上完晚自習出來，我發現歷史老師辦公室的燈光還亮著，就走上那幢斜頂大樓。他在看書，但我覺得他在等我。看見我進來，他就笑了。「你想喝水吧？」他指指桌上的茶杯說：「你不在乎就喝我的杯子，我這刻沒病，向毛主席保證。」

我沒去拿茶杯，站在辦公桌前。窗外飄起了小雨，辦公室燈光柔和，我心裡有種找到家的感覺。他的心情比以往任何時候都好，眼睛裡閃著光澤。

他住在他父母的木結構平房裡，一個房間隔成兩部分，有個小後門。我不太清楚他父母的經歷，只知道解放後某一年的某一個政治運動起，他父親成了受管制的「反社會主義分子」，開除工職。到底什麼樣的人算作「反社會主義分子」，連歷史老師也說不清。母親先是在銀行做職員，後也沒了工作，在家做些縫縫補補的事。他們早就不在人世了。他家房基是個斜坡，後門石塊壘起五六級，粗壯的黃桷樹枝椏往鄰居家伸延，那家人房子只有一間，就以黃桷樹依岩石搭了個吊腳樓。

歷史老師家後門還有棵葡萄樹，藤葉蔫巴巴的，欠肥料欠愛護。他有個弟弟，在文革武鬥中死去。他弟弟死後，那棵葡萄樹突然竄長，枝蔓四處勾延，纏著黃桷樹，貼著牆和瓦片，枝葉茂盛，而且果紅甜香。從樹葉上掉下的豬兒蟲也綠得瑩晶，蠕動著肥壯壯的身軀，葡萄引來許多偷摘葡萄的人。

在月圓的半夜裡，後門外面有怪叫和哭鬧聲。「是死兒變鬼，成樹精爬在樹上了。」鄰居九歲的小孩，中午睡了一覺，揉揉眼，直匆匆走到街上逢人便講。他滿街滿巷走，被趕回家的母親當街賞了幾巴掌，才把他從夢遊中喚回，罰他在有齒的搓衣板上跪著。

大人打孩子，天經地義，看熱鬧的人只看不勸。就跟到江邊看淹死的人，山上看無頭屍體、路上看突發病昏厥的人。人們的眼睛一般都睜著，很少伸出援手，倒不是怕死鬼替身。生生死死瘋瘋傻傻本是常事，不值得大驚小怪，每人早晚都要遇到。

歷史老師說他有幾個朋友，常在一起聚聚。「你來，你可聽聽他們談文學。你自己來挑挑書看。」他的口氣裡真有種希望我去的意思，這是他第一次誠懇地把我當平輩。他們都是一群有同等經歷或背景的人，幾個人聚在一起，讀書談文，討論共同感興趣的題目。聽自己改裝的收音機，他們不像這裡的一般居民，只有收香港電台的流行歌曲，他們聽別的節目，收別的台：美國英國的中文短波廣播。這些是我想都不敢想的事：收聽「敵台」這罪行，三十來年，都是要判重刑的，雖然到一九八〇年已查得不如前些年那麼嚴了，干擾音也不那麼強了，但一提起這兩個字，還是讓人心驚肉跳。

這地方，暴雨若下起來，非常驚人，從山坡上能看見閃電和雷雲，在江面狂飛，但暴雨不會長過十分鐘。就跟重慶人胸中有氣得出，氣未出盡就收場。叫人受不了的是這個城市長年細雨綿綿，非要把每家每戶的木家具霉掉爛掉，所有的蟲類都趕出牆縫，湊熱鬧到餐桌前聚會一番，才稱心如願。

細雨下起時，石板的街面全是泥漿，滑溜溜的。雨下得人心煩百事生，看不到雨停的希望。冬季雨天特別多，買不起雨靴的人，就只能穿夏天的涼鞋。冰冷的雨水從腳趾往外擠，凍得渾身直打顫。

細雨，有時細得變成了霧，在空中飄忽不落，看不清遠處，更看不見江對岸，僅僅聽得到江上的汽笛呼喊著，相互警告。

在這麼一個細雨天，我順江往山坡上爬，石階不平整，好像一踩就會滑動。我戴了頂舊斗笠，竹葉已從折斷的邊框伸出根鬚，斗笠前沿成串滴水，必須身子朝前傾，雨水才不至於灑在身上。

歷史老師家的門是假合上的。據他說，鄰居是不去他家的。好像是有什麼鬼祟？越可怕對我越是誘惑。我站在他家屋簷下，心裡怕怕的，叫門。

等了好半天，也沒人應。

我輕輕推門走了進去。一張婦人的照片端正地在書櫥上，她的頭髮雖說是全中國一樣的掛麵式，但攏在腦後，漆黑油亮，橢圓臉，脖子邊是件毛衣，外套了件粗呢的大衣。這感覺讓我怦然心動。不用指點，我知道是他的母親。和他像極了，她的神色像有話要對我說。

在屋角有個用水泥糊補起來的瓷瓶，看得出原有古色古香的鳥樹山水。有一台老式唱機在緊靠書櫥的獨腳凳上。窗外的竹林，被雨打得青綠一片。過道有粗粗細細的竹竿，擱在橫空的兩個樑柱上，洗過的衣服串在上面，在這細雨天裡耐心地陰乾。

屋子裡許多地方，椅子、床頭、櫃子都擱著書，還有報紙。他和他的朋友都嗜書如命。他們聚會時可以一晚上不說話，各人看各人的書，也會一夜吵鬧不休，爲書，爲書中人的命運。

有好幾次，我就這麼在夢裡去歷史老師家。然後像他那些聚會的朋友們一樣，在房間的一個角落裡坐下來，手裡捧著一本書，聽他們說話，整段整段背誦書裡美麗的篇章。

也可能我膽小，見生人不習慣，也可能我心懷鬼胎，不想讓他的那批朋友看到我，我從未去敲他的門。我只需做著到他家去的夢，就覺得每天的日子變得短促而好過一些。

文革開始時，我四歲，文革結束，我十四歲，十年有七年時間本應坐在教室裡，大部分時間卻在義務勞動：造梯田支援農村，在工廠垃圾堆裡扒拾廢鋼鐵，甚至夜裡摸進工廠，偷好好的零件去交給收購站，換回一張交了廢鐵多少斤的證明條子。

每學期期末，專會打小報告的班幹部們總是控告我，說我表現最差。我害怕鑑定上「品學」出毛病：「不熱愛勞動」「不關心集體」，或者「對國家建設不積極」「政治活動不踴躍」。父親站在最亮處吃力地讀了，沉下臉不說話。母親識字不多，看不懂，又不相信父親說的，就去求人讀，知道後覺得太丟臉，回來加倍發脾氣。

我的鑑定一年比一年糟，有一年期末鑑定簡直轟轟烈烈：資產階級思想，看舊得顏色發黃的厚厚的小說，不止一次扯路邊的花放在書包裡；政治覺悟低，不願寫入團申請書，還說不想湊這無聊的熱鬧；從不願向老師和班幹部「交心」，不虛心接受群眾幫助；團結同學不夠，課間休息時間不接近群眾。這是小組意見，依座位排的十四個同學互相就學期表現，提優點缺點，我不知自己爲何就成了眾箭之矢。班主任意見一欄總是：同意小組意見，希該同學接受經驗教訓，認識錯誤，改正錯誤。

好像就是那一年我第一次見到歷史老師？如果我記得不錯，他是在我上初中的學校代過一週或是兩週的課。但是我不會去注意他，正如他不會注意我。我那時不注意男人，他呢，也不覺得我有什麼可注意的，恐怕至今也不認爲我有什麼吸引人之處。

如果他不再次出現在我的生活裡？如果他也像老師、同學、鄰居，一樣對我冷漠？不，他不會像那些人。他出現在我的生命裡，我心裡該充滿感激，我想這便是上天對我不薄。

這個夏天剛開始時，喜歡搗弄無線電的三哥，不僅自己裝配收音機，還喜歡幫人修理。有一天把別人不要的一個小收音機修好，給了眼睛不好使的父親。

我從父親那兒借來，半夜裡調旋許久，才聽到歷史老師說過的電台，那是我第一次知道《聖經》，裡面一個溫和的聲音說著：

我雖然行過死蔭的幽谷，也不怕遭害，因為你與我同在；你的杖，你的竿，都在安慰我……

我一生一世必有恩惠慈愛隨著我，我且要住在耶和華的殿中，直到永遠。

這些話就是說給我聽的，不然我不會如此激動，眼裡噙滿淚水。我是在那個偷偷收聽短播電台的晚上愛上《詩篇》、愛上《雅歌》的。我不管這個神來自何方，只要祂能走入我心中，就能保護我。我對著寺廟裡的菩薩畫十字，對著十字架雙手合十，常被人笑話。有人指責我褻瀆神明，我卻不認爲有什麼錯。

2

收音機報導，長江二十六年來最大一次洪峰，正從長江上中游湧向下游。我記得一九八〇年九月還有一件事，是與這則消息在同一天宣布，婚姻法修改草案規定：法定結婚年齡男二十二歲，女二十歲。但黨提倡晚婚，男女年齡相加應到五十歲。按法定年齡結婚，不會上法庭，自有主管單位懲罰你，因爲你膽敢按法律行事。

可能天生營養不足，發育遲緩，我十八歲這年，別人還叫我「小姑娘」，我自己也並不覺得是個成人，雖然再過兩年就到了法定結婚年齡。這個讓不少人高興的「重申婚姻法」，與我毫不沾邊，男女之事，好像還離我太遠。

每份報紙，只有四版，油墨與紙張的劣質，手指總弄得很髒。在石橋廣場這樣不算小的街上，總會有木框或玻璃架將當日的報紙——《人民日報》、《重慶日報》、《光明日報》掛出來。玻璃框很少，因爲有人砸，不是偷報紙，而是砸著好玩，跟砸路燈一樣，晚上大多地方黑壓壓一片，只有野貓溪的幾條街可見到路燈，說明這帶的無賴年少嫌疑最大，手還留自家情。就算每個街燈都能點著，南岸的大多巷子本來就沒有路燈，落定在黑暗裡，與亮亮堂堂的城中心不能比。

3

歷史老師對報紙的關注，超過對身邊發生的事。他說：「上海的亭子間，巴黎的閣樓，不知出了多少作家畫家，一個人的艱苦就是這個人的財富。」不過他也說：「一個人再強，你也強不過這個世界，你得不到本是烏有。」他還說：「瀑布一直在那裡，無人知悉，直到河流把它顯示出來。」

我喜歡他這樣對我說話，我覺得這些話非常深刻，太值得我欽佩了。這些字詞，一定是他和他的朋友們在一起時才運用，他說這種話和上課時完全是另外一個人。我不由自主想，他開始把我當作朋友，認爲我可以懂得他的語言。

我對報紙興趣增濃，這就是一個觀望身外世界的窗口，我連邊角小塊文章也不滑過。報尾，常刊登一些大型文學月刊的欄目廣告，有一天我讀到北京的一份文學雜誌《當代》三期的廣告——報告文學《冬天的童話》。作者是一個敢講眞話敢對現實不滿的青年遇羅克的妹妹，遇羅克堅持「不管你是什麼出身，都應受同等的政治待遇」的立場，在文革中被槍斃。他妹妹寫了他和她自己在那些年的不幸遭遇。

讀到廣告，我就從他那兒找來雜誌看。邊讀邊抄好些段落在日記上，很感動。還雜誌時，我想和他談談，說到遇羅克一九七〇年被槍斃時，才二十七歲，他突然叫我別再說下去，他的口氣非常粗暴，好像這事與他有關似的。

這出乎我意料外的舉動，叫我大惑不解。當我與他把話題扯到別的事上時，他才變得正常了，不過極其冷淡。

那天下午放學後，從他辦公室出來，我在學校圍牆邊的石頭上悶坐了許久。除了我，我想沒有哪個女學生會去找他說功課以外的事？論相貌教書，他不比其他的男老師好，有什麼了不起？不就因爲他知道我對他的感覺特殊，他就可以想怎麼就怎麼對待我。我氣憤又傷心，一個膽小怕事的人！我不必看重他，更不必理睬他。

晚自習的鈴響了。是他的輔導課。

學生溫習功課，有問題就向老師提出。有時，老師會針對某一普遍性問題，重新講解。他和其他老師不一樣，總坐在講台上，看誰舉手就到誰的桌前。他還喜歡坐在最後排，手裡拿的不是講義課本，而是報紙。他經常弄些摸擬試題，發下來，讓學生做。

那晚答考題，時間比背書過得快，兩個小時的時間即刻就完了。趁著人多，我溜出教室，走在校內小路上，他竟趕了上來。

「你走那麼快幹什麼？」他問。

「怕鬼跟著。」

「在罵我？」

「哪敢？」

「你這小鬼。你在生我的氣。」他握住卷報紙深深一聲嘆息，「不過跟你說話，我不感到累。」

他這麼一嘆息，一承認，我不理他的決心，馬上煙消霧散，無氣可出了。不過，我走得仍舊很快。

他建議，從校大門口走。

「好吧。」我同意了，時間晚了，學生已走散，我不必故意繞開校門走。

那個晚上，我是第一次和他走得那麼近。那近，是由於身旁沒有其他人，月光照耀著傾斜的碎石子路，樹葉在風中沙沙響。我們默默地走著，到應該分岔的路口，我側過身，停了下來，想對他說再見。

可是他好像心緒很好，他對我說，他想等到下一段路再聽到我說再見之類的話。他感覺出我害怕什麼，我的臉在發燒般燙。我朝他看了一眼，他沒注意，夜色把我的羞澀及莫名的驚慌遮住，我心安多了。

快到苗圃水塘，我站住，不往前走了。

「怎麼，不願意我送你？」他站在我右旁。他說這話時，我扶了一扶快掉下肩的書包帶子，不料與他的手指碰在一起，頭一抬，我和他的眼光碰上了。

我的心猛烈地跳動起來，他的身體和我的身體靠得是這麼近。這時，我低下了頭，聽見自己很輕的聲音在說：「我快到家了。你請回吧！」

他點點頭說：「你還有一段路，別走小路。不用害怕。什麼都是注定的，要逃要躲，效果不會太大。」

我背著書包，轉身往坡下走，沒有回頭，直到肯定他再也看不見我時，才停下來想，他剛才跟我說什麼來著？

如果我回過頭去，歷史老師一定仍然站在路上目送我下坡。只要我朝回走，走近他，我一定能看見他的臉上那只有我能看見的悲傷，他的性格不許他講出來。假若我能體諒別人，假若他能直接向我說出來，或許我們能彼此心靈靠近。

而我正被自己內心的欲望折磨著，盼望他握住我的手，把我抱在懷中，親吻我。

母親從未在我的臉上親吻，父親也沒有，家裡姊姊哥哥也沒有這種舉動。如果我在夢中被人親吻，我總會驚叫起來，我一定是太渴望這種身體語言的安撫了。每次我被人欺辱，如果有人把我摟在懷裡，哪怕輕輕拍拍我的背撫摸我的頭，我就會忘卻屈辱。但我的親人從未這樣對待過我。這裡的居民，除了在床上，不會有撫摸、親吻、擁抱之類的事。沒有皮膚的接觸，他們好像無所謂，而我就不行。我只能暗暗回憶在夢中被人親吻的滋味。就這一點，就證明我不正常。

歷史老師沒有，幾乎沒有碰過我任何部位的皮膚，可能他也害怕？

4

退水後，又長又寬的岸灘，沙泥裡混著鵝卵碎石，躉船跟著水面下沉，鏽黃鋼纜繃緊在地面。被波浪鑿打得傷痕累累的大礁石，猙獰地立在江水中。在漲水時讓水手膽寒的巨石，退水時變成一個形如烏龜的小島。

每年夏天，遠遠近近的人，都到江邊較平緩的石灘地段去洗澡。我們不說游泳而說洗澡。下江洗澡的人，翻動著或凸或扁的肚皮，與江水遊耍著。精瘦的小男孩們，打水仗、扔沙彈，一律光赤著身子。泊在駁船邊的貨船上的水手們，熱得發慌，黑亮著一身皮肉，栽個迷頭，泡進一江黃湯裡。對我們這些從未見過私人浴室廁所的人來講，有一江水，不管何種顏色，怎樣折騰都是福氣。長江從上游高原奔流到四川盆地中央，在重慶這一段，水勢已經不太急湍。但每年夏天江裡仍舊淹死不少人。很多是洗澡特膽大的，也有船翻扣斃在江裡的，被謀害扔到江裡的，當然也有對這個人世滿腔怨恨一頭栽下水的。死得再光彩，走得再冤枉，都一樣，長江絕不會被填滿。

「快走嘍，看水打棒！」滿街滿院吼聲像鑼鼓。幾條街上的人，趿著拖鞋，捧著飯碗，順坡跑向江邊。

看死屍，是南岸人日復一日刻板生活少有的樂趣。在彈子石渡口下端的迴水沱邊，有個鋸木廠。那兒水緩，岩石高，鋸屑總把那一段江水攪成一種怪怪的濃湯。屍體沾裹著木屑，顏色不明不白，腫脹得像一段樹木，很難辨認出淹死的是什麼人。他們的衣服褲子早就被水流沖走，或是彆扭地裹在身體某一段，雖然幾乎赤裸，卻不易看出男女。不過，只要奔來圍觀的人中有親人或仇人，泡得發紫的臉，七竅裡就會流出鮮紅的血。

可惜，淹斃者「認親認仇」的可能性不大。大部分屍體，從上游不知幾十幾百里外漂來，如果不在這骯髒的江灣靠岸，就會再漂上幾百里幾千里，到更遠的異鄉。但是，如果他們漂到岸邊的時間，在淹死七天之內，還會維持最後一個性別特徵：女的仰著，男的俯著。我開始知曉男女之事後，想起這些不幸者，心禁不住怦然一動：江水泡得那些男男女女肉爛骨銷，不就是在擁抱他們，給他們最後的愛撫，性的愛撫？

在這幢斜頂樓兩層的辦公室裡，我感覺到夜色紫裡泛藍，殘留白晝的熱氣，附近水田裡的蛙鳴把亮火蟲吹出樹叢，耀眼地飛舞。

當我一開口對歷史老師說話，就感到高興，他喝著茶，不時眯著眼睛瞅我。

三哥在江邊洗澡的人堆裡，又瘦又黑。母親老是數落三哥：「你不要命，我還要你的命。」三哥的耳朵不進椒鹽，哪聽母親的？他的命是輕輕拈來的，隨隨便便耍的，我從來沒見他破一點皮。

三哥身後老有兩三個淌著鼻涕的小破孩兒，不管三哥理不理睬，仍涎著臉，提著鬆垮的褲衩，赤腳跟著他們的英雄。

大姊的第一個女兒還只有兩個月時，三哥看著嬰兒粉紅的臉蛋好耍，趁打瞌睡的大姊不防，偷偷把嬰兒抱下江去。他撤開手，讓嬰兒在江水中自個兒撲騰。大姊忽有所感地驚醒過來，跳下床，院內院外找得呼天搶地，看見三哥托著嬰兒回來，濕淋淋的衣服還滴著水，頭上沾著一根黃蔫蔫的稻草。「她不用教就會游。」三哥說，不把大姊的怒吼當一回事。

母親氣得臉色煞白，但也沒有動手打他，晚飯照舊給他多添了一碗。

「水打棒，早晚的事。」大姊恨著母親，臭罵三哥。

三哥瞪了一眼大姊，聳聳鼻子，就竄出院門，溜個沒影了，準是下江去洗回頭澡。

「老三，你回來。」母親著急地叫道。「孤頭鳥，沒良心的家什。」

我的腳不聽使喚，往堂屋外走。母親一清二楚地對我說：「六六，你不許跟著去！」她急急收拾一個自己手縫的布包，裡面裝了換洗衣服和鹹菜，趕回廠裡去。她一週回來一次，總忘不了把我打整一番：絕對不准下江洗澡，單獨一個人更不行，到江邊看在岸邊耍也不行。水裡會伸出手爪，拋出套子。水不認好人，更要抓娃兒。

從我能聽懂話能走路，母親便不斷地說水的可怕。我這個江邊長大的舵工的女兒，竟然從未學過游泳。沿江住的男孩女孩，沒有一個不是好水性。而我，也從來不是個聽話的孩子，偏偏聽進了母親不准下水的話。

我害怕渡江，說不出來的怕。尤其是節假日，人多，像牲口擠著，艙頂有救生衣，翻船往往就一眨眼工夫，誰能搶到救生衣？有次我下坡準備過江，正看見渡船翻在江中心：一江都是黑乎乎的腦袋，像皮球浮在發怒的江水中，一冒一沉，嚇得我在坡上坐了下來。

歷史老師沒像平時那樣，聽我說下去，而是笑話我怕水，不敢游泳，說我喜歡給自己找藉口。他說，游泳很簡單。女孩子學蛙泳好看，說著他站起來，走向我。繞著我走了半圈，從背後抓著我的雙臂，我的皮膚即刻火燒火燎。他的手大而溫暖，非常有力。讓我的手向前伸直，隨著他的手一起划動。他的神態很坦然，以致他挨著我的後背時，我都沒覺察出他的心眼。

突然明白後，我臉一下紅了，氣惱地甩開他的手，退後一步。

他板著臉說：「你不想學就算了。」

房間裡真靜，我感到有什麼事要發生。過了好幾秒鐘，我什麼也未等到。我感到自己又做了一次小傻瓜，就往門口走。

「不多待一會？」

「不。」我說著走到門口，把辦公室門的把手握住，「我把這門關上？」

「不用關，」他仍站在原處。

拉著書包帶子，我轉過身勉強笑了笑。他沒動，兩眼專注地看著我。「想來就來，要不要我送？」他說。

「不。」我說完，長嘆一口氣，彷彿想把胸中的抑鬱悵惘吐個乾淨。

我走出那幢樓好遠，眼裡噙滿淚水，他可能根本就不喜歡我，也可能就是有意玩弄我，就像小說裡那種男人，騙女人上當，然後把女人拋棄。

他就是那樣的男人！我在回家的路上把他恨死，決定今後再也不理他了。但在晚上躺上床時，我禁不住又想著他，我不明白爲什麼要逃跑？是我不對。我撫摸自己的臉，想像是他的手，順著嘴唇，脖頸朝下滑，我的手探入內衣觸到自己的乳房，觸電般閃開，但又被吸了回去，繼續朝身體下探進，一種從未有過的感覺傳遍全身，我閉上了眼睛。

整個白天，我在努力拒絕回想與他在一起的情景，沒有想過他一分鐘。黑夜籠罩，一切歸於寂靜，歷史老師的形象便出現在我的腦海裡。

如果那會兒他動手抱住我，我會怎麼樣，掙扎還是順從？

我的臉紅著，耳朵裡老鼠在樓板夾層跑動，天窗外不知是哪家的嬰兒在委委屈屈地哭啼。過了一陣，堂屋裡有人在咳嗽。我輕腳輕手在床上坐起來，咳嗽聲就停了，一躺下，那聲音又響起，故意不讓我睡覺似的。

堂屋有個樟木棺材，又重又大，是我家對門鄰居程光頭為他的老母親做成的，用了他一個長工休假。棺材比我的年齡還大，我還在滿地爬時，就在最裡端的石牆一邊擱著了，冷冷冰冰的，有一張不夠長的塑膠布搭在上面擋灰。裡面堆了陳年穀糠殼，不知誰把一個不下蛋的母雞放在裡面，一睡就是幾星期，弄得程光頭站在天井，叉腰跺腳罵爹罵娘。雞主人忌諱罵棺材會落得晦氣，但也迎著程光頭對罵開了，好像是他的雞受了委屈。

程光頭是駁船上的伙夫，船停在江北維修，放假回家。清晨打太極拳，夜晚拉二胡，都是看不得聽不得的水準。他愛摸自己剃剪的光頭，不等頭髮長出，就要用剃刀仔細地刮掉。每回從船上回家，還未到院門口，就開始叫起「媽，媽，」一直叫進院門，跨入堂屋右側自家門老母親跟前才停止。他的父親在日本人空襲重慶時喪命，母親才三十出頭，未改嫁，兩隻三寸小腳，獨撐著一艘打魚船在嘉陵江上，把他拉扯成人。母親如今已是七十奔八十的人，病病歪歪，大都在屋裡躺著。

婆媳不合，在這條街是家常便飯。可他家的情形有點特殊。他太有孝心了，半夜也會從老婆床上跑到母親床前，幫母親掖被子，怕母親受涼。老婆後來受不了，一氣之下住進紗廠集體宿舍。院子裡的人聽見「媽，媽，」的叫聲響起，就上前搭訕：「喲，孝子回來啦。」他笑嘻嘻地點點頭。

蓋得嚴嚴的棺材，母雞在裡面沒有悶死也是怪事一樁。文革中程光頭做過工宣隊，去過北京，參觀過先進經驗，回來後津津樂道，是我們這一帶最見過世面的人。那幾年他把棺材搬回自家半截敞開的閣樓上。堂屋貼滿語錄、忠字、偉大領袖的畫像。一大早他指揮院裡人向偉大領袖做請示彙報，沒有人敢不來。那時我還未上小學，我不會唱歌，聲音細而尖。

除夕夜的飯菜太香，窮人家平時吃得節儉，過年還是有好吃的，藕燉肉骨頭、鹽炒花生米，特別是涼拌紅蘿蔔絲，上面澆了平時不會有的香噴噴辣滋滋的辣椒油。但母親不管我們有多饞，都不讓我們先動筷子，統統趕出房間，讓我們在冷溲溲的堂屋或天井站著。她一人在房內，天知道在幹些什麼，嘴裡心裡念叨著什麼。母親說不這樣，祖先會不高興。

「祖先都不在了，啷個會知道？」我不識好歹，姊姊哥哥們都閉嘴不說，我偏要說。

「亂講，祖先這陣子就在我們邊上站著。」母親恨了我一眼。

等一家人可以坐攏在桌前，母親指著桌上碗筷說：「你們看，剛才筷子頭朝外，現在頭朝裡了，祖先來過了。」

「來過了。」四姊附和。

「六六，你拿筷子改不改？」母親逮住了我。我舉著筷子，一副不知如何是好的茫然狀。

「你看，筷子不能握在頭上，在頭上，你以後會離家遠走，再也回不來。你拿近點，這樣就總會待在父母身邊。」

我的手移到筷子中部。

「不行，這樣也不對，你耳朵生翅膀了，總聽不見我的話？不能叉開筷子，叉開了，你守不住錢，會一輩子窮。像這樣，拿穩，大拇指和二指壓在一塊。看你，教都教不轉，得了，你今天先吃飯，明天給媽改過來。」

姊姊哥哥端著飯碗，埋頭吃他們的飯，像未聽見一樣。

一到清明節，父親有時一人，有時也帶上我和五哥去山坡挖清明菜。小心摘，留住根。他說這樣明年我們還可以摘到，餓肚子那幾年就是連根也吃了，到現在野菜越來越難找。

這種野菜，奇怪極了，只在清明節前鮮嫩嫩，過了節就顯出老相，即使是清晨露珠亮亮地滾動在菜葉上，也那樣，有點像女人的生命。它葉不大，也不寬厚，生有一層淡白色的毛，茸茸的，一小棵一小棵。用清水洗淨後，切碎，放入和好的麵粉裡攪混，用手拍扁，一個挨著一個，放在炒菜用的鐵鍋邊上。待鍋底水乾，便揭開蓋，把鍋傾斜地在灶上轉動。熟的清明菜有股清香，黏黏連連的，有個好聽的名字：清明粑。

父親叫我們吃清明粑時別說話，他的嚴肅勁和母親祭祖先時不一樣，有種讓我們畏懼的東西。父親遠離家鄉浙江，在戰火連綿、生死未卜的行軍途中，遇到鄉親，才知道了父母早已去世，他的祖先之魂，太遠了一些，不容易召到漂流他鄉的兒子身邊。

第八章

1

拂曉前我醒了，再也睡不著。大姊在床那頭，她睡相不好，腿壓在我的身上，我把身子往牆裡輕輕挪，蓋著薄被單側身對著牆壁。

那些早已逝去的年代，大姊在江邊不過是匆匆畫了一幅草圖，她很明顯略去不提一些至關重要的筆墨。她說的一切並不能回答我的問題：爲什麼我在這個家像個多餘者？

我躺在床上，腦子從來沒有這麼活躍過，連呼吸都變得急促，越想疑惑越深。六〇年代初共產黨發現鼓勵生育之愚蠢，這塊耕作過度的國土，已擠不下那麼多人。於是，七〇年代猛然轉到另一頭，執行嚴格的計畫生育。基數已太大，爲時過晚，政策和手段只能嚴酷：一家一胎，男紮女結。

中國人多了，難道我也多了？

天亮時我就便祕了，肚子極痛。很奇怪，我心裡一有事，就會便祕。這原是從小就有的毛病，南岸女人常見的病。

家裡沒有衛生間，只有尿罐夜壺暫時盛一下。人一多，就沒法用。院子裡沒有廁所，得走十來分鐘彎扭狹窄的泥路，到半個山坡的人家合用的公共廁所。廁所沒人照管，女廁所只有三個茅坑，男廁所我從未進去過，但知道比女廁要寬一倍，多三個茅坑。這一帶的男人爲此常誇耀，「女娃兒生下來就該有自知之明，看嘛，連茅坑都少一倍。」

公共廁所從大清早就開始排隊，女廁所隊伍長得多。拉肚子著急的人，年齡稍大的女人繞到廁所後，到沒遮沒攔的糞池，不顧臉地扒下褲子，蹲在邊上。男人可以隨便找個什麼地，最多跑到江邊解決問題，之後，學貓和狗，用腳把河沙扒攏遮掩上。

公共廁所門前那些蓬頭垢面衣衫不整、腫眼皮泡的排隊者，會讓人誤以爲是一家早食店，那些人是爲了買油條包子。

我老聽人不斷地說紅爪爪，女廁所才有的一種怪物。說是從茅坑下會突然伸出一隻鮮紅的手爪爪，抓爛你正暴露無遺的下部。嚇得人都不敢上廁所，或憋在家裡，須叫上足夠多的人去壓陣。公安局破了案，說是壞分子耍流氓，用紅藥水染塗滿手，躲在茅坑裡裝神弄鬼。也有另一種說法：公共廁所少，不夠用，有人想出毒招，編恐怖故事，嚇唬人不敢上廁所，編故事者才能順當地拉屎。

女廁所的三個茅坑髒到無處下腳，白蛆，還有拖著尾巴發黃的蛆，蠕動在坑沿，爬到腳邊。

想在家裡方便，好不容易等房間沒人了，門剛一閂上，走進布簾內就聽見了朝門口來的腳步聲、敲門聲。有時忘了閂上門，隨時都有人跨進這間共用的屋來，我就只得屏住氣息，一聲不吭地等著人出去。經常，生理要求一下子就消失，那些應排出身體的東西留在肚子裡。

2

廁所裡女人經常拉出寄生蟲。從肛門裡鑽出的蛔蟲，有時多到纏成一團，亮晶晶的，有點粉紅。打蟲藥並不貴，但費心打蟲的人不多，認爲吃藥打蟲沒什麼用處。蟲在沒油水沒營養的腸子裡，四川話說：「沒撈撈，」就會不打自下，另找轉世投胎的辦法。

那是個十歲左右的女孩，圓臉，脖子瘦長，和我年齡差不多，她住在糧店那條街上。不清楚她怎麼跑到我們這一帶的廁所來，想是路過，或是那一帶的廁所隊伍更長。我已排到廁所內等，第二，馬上就輪到了。

春天剛過，夏天來到，廁所裡氣味已很濃烈。她蹲在靠左牆的坑上，突然張開大嘴，張開眼睛、鼻子，整張臉恐怖得變了形。蟲從她嘴裡鑽出來，她尖叫一聲，倒在沾著屎尿的茅坑邊上。排在我前面的矮個子女人走過去，把女孩往廁所外空地拖，一邊沒忘了警告我，「那個坑該我了，不准去占。」

女孩被放倒在空地上，因爲沾著屎尿，排隊的人都閃避地看著。矮個子女人叭叭兩個響耳光刮在女孩臉上，不省人事的女孩嚇得醒過來。矮個子女人嗓門尖細地說：「有啥子害怕的，哪個人肚子裡沒長東西？」

母親對我們四姊妹說，新鮮蔬菜水果，我們享不到那個福，但你們得講衛生，生小孩後要格外注意。天冷天熱都得在睡覺前清洗，和腳盆分開，單獨一個盆，十女九痔。你看你們幾個都沒生痔瘡，全都靠我從小到大關照。

我母親有便祕，我們家四個女孩都有，住在江邊貧窮地區的女人，很少能倖免。儘管我母親再節約，也肯化錢從店裡買消過毒的衛生紙做草紙，不像其他人家用舊報紙、寫滿字的作業本、包食物的紙。我們從小就知道到近郊農村田坎去挖茅草根，摘竹葉尖，煮水、泡水喝，這類土方能緩解便祕。但清熱解毒最有效的是苦瓜籽，熬出的水極澀，捏著鼻子往嘴裡倒。喝完後，趕緊用冷水沖掉苦味。這裡的女人，與這個地區一樣，下水道總是個問題。

的確，這屎拉得實在不容易，多少雙眼睛盯著排泄者的前部器官，多少人提著褲子，臉上冒汗憋著大小便地候著。年齡大的，蹲上茅坑，享受自己一時的獨占權。有些排隊的人，則會毫無顧忌地盯著沒門擋蔽的茅坑，她們嘴一敞開就難以封住了：誰的誰的子宮脫落，肯定是亂搞男女關係；誰的誰的下身生有紅斑濕疹，是婊子，賣逼的，不爛掉才怪。

排隊緊張，上廁所也緊張，我總要帶樣東西，裝作不在意地擋在自己面前，有時是蒲扇，有時是一本書或書包。要讓衣褲和鞋不沾著屎尿，又不讓蠕動的白白紅紅的蛆爬上自己的腳，又不能讓擋著自己的東西碰著茅坑的台階，還得裝隨意，不能讓等著的人覺得我是有意不讓人看我的器官。否則，碎嘴爛嘴婆娘們必定會說我有問題，什麼好東西遮起來見不得人？

那天我在公共廁所看見人吐蛔蟲時，突然失去了便意，輪到我，我卻走開了，排隊的人稀奇地看著我。

後來我的嘴裡也冒出過蛔蟲，見過一次這種事，身臨其境就不那麼恐怖。我沒暈倒，但反應依然不太對勁：我端著一碗熱騰騰的飯豆，那些紅豆子煮爛後，吃起來很粉，易飽。我剛走到天井，豆子扒進嘴裡，還未咀嚼，便哇地一聲從嘴裡鑽出蛔蟲，整整一尺長灰白色肉蟲子，掉在地上還在蠕動。我未尖叫，而是把手中的碗當球一樣，朝上拋去，用勁太足，碗竟擱在瓦簷上，豆子從半空墜落下來。地面的青苔上灑了烏紅的一顆顆豆子。我閉上眼睛，淚水奪眶而出，不顧一切地猛踩那在地上甩動的蛔蟲。

這件事，我不願意告訴任何人：一件本是很痛苦的事，被我的動作弄成魔術表演，大半滑稽小半可怕。

父親帶我去石橋的藥鋪抓了三副藥。父親說，中藥好，中藥沒副作用。烏梅、川楝子、檳榔片、木香、川椒、乾薑、大黃等等一大串奇奇怪怪的名字。這些亂七八糟的東西放入盛了水的瓦罐裡，微火熬。熬好的湯藥，我盛了一碗又一碗，狠著勁往肚子裡灌。要是母親在家多好，一星期才能見到她一次，以前我無所謂，這一天才覺得非常想念她。

當天晚上，我的肚子就氣鼓氣脹，像有妖精鬧騰開了。

我拔腿往院門外跑。

別去廁所，父親叫住我。待我進屋後，不等我閂門，父親在外面把門反扣了。他在堂屋坐著，把守著門，不讓我的姊姊哥哥和鄰居們闖入。

3

每天傍晚，太陽落山之際，便有近郊農村生產隊來收糞便做肥料。

「倒桶了！」擔著大木桶的農民，天熱下雨，頭上都一頂舊草帽。他一聲吆喝，整條街的人都從自家門後、床下、用布簾遮住的角落裡，端出存放糞便的尿罐、馬桶和夜壺，小心翼翼，像捧著祖宗八代的靈位似的。不知從哪年做下的規定，倒尿罐是我的任務。往收糞便的木桶裡倒完後，用淘菜水、洗衣水和竹涮子涮乾淨，再捧回家。洗尿罐的髒水順著石坎流下坡，那一坡樹長得又粗又壯，枝葉繁茂。

萬一我錯過了農民收糞便的時間，就只得把笨重的尿罐，提到公用廁所的大糞池去倒。雨後路全是泥水，溜滑，好幾次我跌倒在地上，屎尿潑了我一身，黃陶泥的尿罐摔成幾瓣。我爬了起來，趕緊奔回家，用箢箕裝灶坑下燒過的煤灰，鋪在潑灑在坎溝沿和泥地的糞便上。再掃進箢箕，倒進糞坑。弄髒的地很難清除乾淨，自家灶下的煤灰都扒完了，還不夠用，又去求鄰居同意扒他們灶下的煤灰。我怕過路的街坊罵街直指父母祖宗的本領，不管有多遠，被挨了罵的父母一定能聽見，當然要把氣出在我頭上。

每次闖下這種爛禍，我總是覺得哥哥姊姊，還有父母，和街坊一樣漠然地站在院外的台階上，俯視我滿身惡臭緊張地忙亂。

或許他們那樣做，不過是爲了提醒我，做錯事就得受罰。但我卻無法往心寬處想。他們爲什麼不肯伸出手幫我，而總讓我看到自己是個多餘的人。

很小，我就有這種感覺。

記得十二歲那年一個下梅雨天。母親見我一動不動，就問我怎麼還不走？小學已敲過頭遍上課鐘聲了。

我手吊著書包帶子，怯生生說，老師說就我未繳學費，放學後，我已被留下來兩次。

母親的腰傷應早好了，不知那天她爲什麼沒去上班。她坐在了床頭，看著我說：「好像剛繳過學費，怎麼又要繳了？」

「那是上一學期，」我的聲音不大，但臉已漲得通紅，要錢的本領我永遠也學不會，哪怕向父母要錢。

母親半晌沒作聲，突然發作似地斥道：「有你口飯吃就得了，你還想讀書？我們窮，捱到現在全家都活著就是祖宗在保佑，沒這個錢。你以爲三塊錢學費是好掙的？」

每學期都要這麼來一趟，我知道只有我哭起來後，母親才會拿出學費。她不是不肯拿，而是要折磨我一番，要我記住這恩典。姊姊哥哥們，最多讓他們要兩三次便給了，不像對我。母親對我不是有氣，而是有恨，我對她說：

「當初你就不應該生我。」我把書包緊抱在懷裡，身體蹲在門檻邊，咬住牙齒，生怕眼淚掉下來。

「不錯！我當初就不該生你下來！」——可是母親沒說這句話，這是我從她的目光裡讀出來的，那目光冷極。我扔了書包，出房門，穿過堂屋陰暗的光線，我的心在嚎叫：我不想活，這個家根本就不要我！

樓梯在我腳下吱嘎響。我沒有抓扶手，而是三步併兩步地奔上閣樓。

我站在布簾前的床邊，摸出四姊枕下一面小圓鏡，舉起來照自己。如同每次梳頭後的動作，可這次我左照右照，都看不見自己的臉。

四姊走進閣樓，我問她這是怎麼回事？她聽見我的話，雙眼馬上睜圓了，嚇死一般衝下樓梯，大聲喊叫母親，叫二姊，叫三哥。她的聲音尖厲悠長，像唱歌一樣悅耳。我面對鏡子，鏡子仍是鏡子，沒有我。鏡子墜落在地板上，沒碎裂，只是反了個面，兩個胖娃娃擁抱麥穗玉米的豐收景象。

我不再屬於自己了，我感到自己倒在地板上，雙腳奮力朝外一蹬。

一片喧嘩聲，有人湊近盯著我說：「她收屍了。」

我收屍了？我死了，才十二歲，就這麼死去？我的結局原來是這樣。這一刻，我輕飄飄地，不著邊際，沒根沒依的，原來死如此簡單、輕快和鬆馳。

我在圍攏的人群中察尋母親，我想對她說，要她燒掉我的日記，它在床底下。我看不見母親，我在拚命找她，用一種只有她和我才明白的語言，繼續對她說：別留下我的模樣，燒掉我僅有的那幾張照片。很快，另一種感覺升上來：追悔莫及，難以言說的懊喪。我渴望再活一次，哪怕比前一生更痛苦。我還剛剛開始活，我不想死，我就是要活！就是要不顧一切地長大！

彷彿有人在扳起我的頭，很重，很痛。上樓梯的腳步聲不像是母親。

4

天井裡人極多，站著蹲著，以舒服但不雅觀的姿勢，圍著一個走街串戶的中年男人。無論他在哪個院子停留，都會帶動一批人觀看。

他捉住乳毛未乾的公雞，反剪雙翅，小雞便乖順地伏在地上，伸長脖子，可憐巴巴地瞧著眾人。中年男人去掉絨毛。帶刀刃的鐵鉤輕快地插進去，「擦」地一下拉出一塊血肉。右手的拇指和中指去掏。被閹割的雞的卵子被放進碗裡。雞主人一般都要卵子，拿去熬湯喝。

這裡人相信吃啥補啥。殺雞鴨，經常把苦膽摘下往嘴裡吞，說是要大清熱，還得趁新鮮。雞胃鴨胃的內皮剝下，洗淨曬乾，一個能賣兩分錢，化食，通氣。菜市場肉案上，牛鞭粗長地掛在最醒目的地方。

閹雞的主人若不留卵子，可以少付一角錢。中年男人將就小刀叉起卵子，從褲袋裡摸出鹽瓶，撒上鹽，然後用一塊不知原來是何種顏色的布，對折包好後，放入帆布包裡。

被閹割的小公雞，歪倒縮在堂屋樓梯角落，不再有雄性的高叫，沒人看牠一眼，人不知道雞也會痛。

烈屬王媽媽的孫女，有張蘋果臉，很稀罕。這條街的孩子，在成人之前，都瘦骨仃伶。院子裡的人端著飯碗，到院門外吃走走飯。她要上小學了，有人問她長大做什麼？

「騸雞巴。」她一清二脆地答道。

這個女孩如果明白她說的是什麼，長大必是個最徹底的女權主義者。但是南岸的人認爲她沒出息，女孩被父母打了一頓。遇到人問她長大做什麼時，她不作聲了，有時候還是冒出一句：騸雞巴。她可能腦子有問題，閹割雞巴血淋淋的場面，對她刺激太大。

聽大姊在江邊講母親的事之後，我生病躺了一天。

我掙扎著從床上起來，腳吊在床邊，伸進圓口單扣黑布鞋，覺得閣樓不像睜開眼睛時那麼旋轉，牆仍是牆，桌子仍是桌子，一旁布簾仍掛擋著另一張床。屋裡就我一人。我右腳先下地板，落在肉墩墩的一個東西上。我驚異地跳開，低頭去看，一個比我腳還大一兩公分的老鼠，抽也未抽動一下，躺在那兒。

從床底下抽出兩根細條的木柴，我把老鼠夾起，一步步走到閣樓門外小木廊，準備下樓梯。老鼠像活了似的，從夾著的木柴中蹦出，彈在樓梯口上，直落在堂屋地上。我終於止不住大叫起來。

廣	告	回	信
板橋郵局登記證			
板橋廣字第83號			
免	貼	郵	票

235-62

新北市中和區中正路800號13樓之3

印刻文學生活雜誌出版有限公司　收

讀者服務部

姓名：＿＿＿＿＿＿＿＿ 性別：□男　□女

郵遞區號：＿＿＿＿＿＿＿＿

地址：＿＿＿＿＿＿＿＿

電話：（日）＿＿＿＿＿＿＿＿（夜）＿＿＿＿＿＿＿＿

傳真：＿＿＿＿＿＿＿＿

e-mail：＿＿＿＿＿＿＿＿

INK

INK PUBLISHING

讀者服務卡

您買的書是：________________________________

生日：　　年　　月　　日

學歷：□國中　□高中　□大專　□研究所（含以上）

職業：□學生　□軍警公教　□服務業
□工　□商　□大衆傳播
□SOHO族　□學生　□其他 ____________

購書方式：□門市 _____ 書店　□網路書店　□親友贈送　□其他 _____

購書原因：□題材吸引　□價格實在　□力挺作者　□設計新穎
□就愛印刻　□其他 ____________（可複選）

購買日期：_______年_______月_______日

你從哪裡得知本書：□書店　□報紙　□雜誌　□網路　□親友介紹
□DM傳單　□廣播　□電視　□其他

你對本書的評價：（請填代號　1.非常滿意　2.滿意　3.普通　4.不滿意）
書名_____　內容_____　封面設計_____　版面設計_____

讀完本書後您覺得：

1.□非常喜歡　2.□喜歡　3.□普通　4.□不喜歡　5.□非常不喜歡

您對於本書建議：

感謝您的惠顧，為了提供更好的服務，請填妥各欄資料，將讀者服務卡直接寄回或傳真本社，我們將隨時提供最新的出版、活動等相關訊息。

讀者服務專線：（02）2228-1626　讀者傳真專線：（02）2228-1598

天井裡有個剃頭匠，用一個刷子清掃一個男人的脖頸。還有兩個男孩在院門檻上，給白晃晃的蠶餵桑葉。天井靠水洞邊，有人在倒涮禍水。

我驚駭的叫聲，不過是又尖又細的輕輕一嚷。院子裡的人仍是各做各的，我叫第二聲時，父親從樓下探出腦袋問：「六六，什麼事？」

我指著樓梯下死老鼠躺著的方向，喉嚨哽住說不出話來。父親眼睛不好，看不到。對門鄰居程光頭動作快，拿著夾煤球的火鉗，一邊夾一邊說：「喲，見血了。」

「見血了？」程光頭的老母親這會兒耳朵特清晰。

「見血了！」程光頭回答。

「見血就好，就順當。」老太太說。

「是一腳踩死的？」程光頭扯開喉嚨朝我喊。

我點點頭。

「一腳踩死好。」老太太看不見我，她在自家門口內的圓凳坐著。「一腳踩不死，不能再添一腳，就得用別的方法，」她慢吞吞說。

「會啷個樣呢？」程光頭比他的老母親還煞有介事。

「補第二腳，耗子哪怕死了也有兩道命，就會生鬼氣，纏得院子裡雞飛狗跳嘍。」老太太說得很肯定。我聽得倒抽一口涼氣，回到閣樓裡。

這天晚上，四姊和德華未回家。大姊也沒回家，不知上哪兒去，她一定是故意不回家，爲了避免我的糾纏，她知道我不向她刨根問底是不會甘休的。夜裡又響起嬰兒的哭啼，挑人心煩。我感覺身體好多了，手摸額頭，溫溫熱熱，不像白天那麼發燙，明天就能打起精神去上課，我很想見歷史老師，和他好好說說話。

5

第二日上午，我聽到樓下有人在問我的名字，聲音熟悉極了。我趕快走到閣樓外小木廊上，歷史老師站在堂屋。在父親注視下，我慌忙請他走上閣樓。

「沒有你坐的地方，」我結結巴巴地說，同時手腳緊張得不知如何擱才是。我站在小桌子邊。生活和幻覺總難一致，但也許是我想像得太多了，他才會竟然在我未想到的情況下，來到我這個陰暗發霉的閣樓。雖然我從不諱言家窮，現在他到我家，一下子逼近了我的私人生活，我沒做好準備，我強烈地感到赤貧的恥辱。

「你願意，你就坐床邊。」半晌我才說，我仍舊站著。

「你生病了？」他就坐在我的床邊，看著我。「我猜著了。你昨天沒來上課。晚上我的輔導課，平時你都來的。」

我頭一歪。

我沒作聲，他的聲音在閣樓裡聽來有點渾厚，也比在教室裡清晰。他說：「沒事吧？」

他見我沒話，這才去環顧四周，說比他料想的條件還差些，但他很喜歡這個我從生下來就住的閣樓。「你說你經常從天窗望天上的雲，與在江邊看雲不一樣：雲不是朝同一個方向飄。」

他記得我說過話，記得很清楚。但感動我的不是這個，而是他說他喜歡我家的閣樓。

這時，歷史老師拿出一個大牛皮紙信袋，遞給我。

「給你的，」他說。

「書？」紙袋是封好的，一拿過手我就猜，「什麼書？」

「你等會兒沒人時再看，」他眼光似乎有點發顫。

我抬起臉來，沒說謝謝：我有好多話要對他說。但我喉嚨堵塞著，說不出一個字，我繼續望著他，傻癡癡的。

他卻站了起來，說上完課，正好有其他事路過這一帶，他就拐下了野貓溪副巷，順便來瞧瞧。

原來他並不是專門來看我的，我正失望的時候，突然感到他的手放在了我的肩頭，我的手握著紙袋，緊張又激動。我怕他的手從我的肩頭移走，他的手眞就移走了。他表示要走，「你想出去走走嗎？」我騰地一下站了起來。

「去爬爬山，怎麼樣？」

我沒吱聲。我若和他一起走出去，院子裡的人會搬弄是非。

我的想法看來被他揣摸透了，不等我說話，他就說他先走，下午二點三十分左右，他在第五人民醫院門診部門口等我。

我送他下樓，在天井石階前停住，直看著他的身影從院門口消失。

「誰呀？」石媽的聲音在我的背後響起。

我想果不其然，這個多嘴婆，說不定就一直守在我家的樓梯下，算著時間。這是我這一輩子，第一次有個成年男子來找我。

「你不說，我也曉得，他父親是個牛鬼蛇神，不就是滿南岸打爆米花胡豆的糟老頭家老大嘛。這個人成了家有老婆孩子，哼，他來找你做啥子？」

「不關你的事，」我冷冷地說，朝堂屋裡走。

正對著我家房門的板牆上，掛鐘指著十一點四十五分。這個鐘要麼遲兩分，要麼快兩分，發條定時上，及時扳正鐘點，也沒用。

上閣樓後，我仔細地撕開紙袋，從中抽出一本挺厚的書：《人體解剖學》。封面寫著是醫學院的課本。我糊塗了，一翻開，就看到插圖，男人的裸體，正面背面；女人的裸體，正面背面，都插了長針似的標明名稱，乳房、陰部、陰毛、睾丸等等，全是些我從說不出口的字眼。我的心猛烈地跳起來，趕緊把臉埋在書頁裡，過了幾秒鐘，才抬起頭迅速地朝四周的牆看，小閣樓還是原樣，只有我一人。我再低下頭來，看生殖器官圖，我第一次感到我的陰唇好像在微微啓開，陰道裡像有一條舞蹈的火蛇，扭動得使我難忍難受。

「該死！」我罵道：「我的老師是個流氓！」

第九章

1

四川話朗讀毛主席語錄非常好聽，有調有韻，不太整齊，朗讀就前呼後擁，波瀾起伏，跟戲班子一樣。聽久了四川話朗讀毛主席語錄，人極易生幻覺，半醒半睡的。

從七〇年代初開始，有好幾年，經常有「反標」出現學校廁所裡，在校門口石牆上，有時乾脆寫在地上，一般都是簡單而乾脆的「打倒毛主席！」。既然打倒，爲什麼還尊稱主席？不能問，因爲這是極端反動，不能「擴散」的。公安人員和學校對每一樁反標當大事清查，突然襲擊收繳全校學生的書包，查對學生筆跡，直到最後抓走小反革命分子，然後再逼供出隱藏在其身後的老反革命分子。小孩放回，開除學籍，大人就可能十幾年回不了家。每次都興師動眾，滿街談論。

公共廁所裡，相互對罵娘之痛快，這城市或許是全國第一，少兒寫「反標」犯罪，也幾乎占全國之首。「反革命」三個字，是最危險的罪惡，最嚇人的災禍，亂塗一筆就跳了進去，輕輕一揮捅大樓子攪得滿城風雨，如此誘惑，使好些無知的小手癢癢的，既恐懼又刺激，渴望試一試不能寫的那幾個字。

上小學時，有一次打掃學校公共廁所，一起打掃的同學都走了，只剩下我一個人，就止不住想亂寫一些嚇唬別人也嚇唬自己的字。我沒寫成，沒把自己和家裡人弄成「現行反革命」，是因爲我掏鉛筆時，看到一幅實在太怪的圖畫，木炭畫的，畫得很拙劣，器官不成比例。看得我臉發紅，透不過氣來。聽人說這些都是男孩子，半夜爬進女廁所幹的。

反標大部分也是男孩子寫的，公安局查人時卻不分男女，一視同仁。

我把歷史老師給的《人體解剖學》埋在枕頭下，不放心，又放進書包裡，生怕家裡人瞧見。這不是我生平第一次見到這種圖畫，但這次完全不一樣：照片上被槍斃的男人，天井裡洗澡的男人，他們的器官叫我恐懼厭惡，髒得如同廁所裡的畫，而這本醫學書上的裸體與器官，我卻感覺潔淨，甚至很美，危險而誘惑。我手按住胸口，全身開始出虛汗。

樓下房裡掛鐘「噹」地響了一下，一點了。我與歷史老師約好兩點三十分。走江邊的路，抄小道爬上位於半山腰的第五人民醫院，時間來得及，可慢慢走，我的腿軟得幾乎邁不動了。我想責問他，給我那麼下流的一本書，居心何在，算什麼老師？

2

自來水管前，排著長隊，沒水，水桶都候著，順路邊歪歪扭扭，站五六個人。太陽出來得較晚，但在午後突然變毒。屋陰下站著人。我高興自己出門前抓了頂天晴下雨都用得上的草帽。房檐下的人在抱怨：「再不來水，莫說人要渴死，連桶也要爆開了！」

往野貓溪輪渡方向一直是下坡路。

一個全身髒兮兮的女人，站在廢品收購站門前的小石橋上。每次走到這一帶，就可能遇見她。小石橋連接兩個被溪水隔開的山坳，但溪溝裡淌著的都是附近工廠流出的污水，在陽光下閃著深黑紅色的油星，有時發出綠藍的光。這女人眞是很髒，身上的衣服遮得也不是地方，據說有三十幾了，還是一個女孩子的臉龐，乳房也是一個女孩子樣的。她的身體飽滿，有著豐腴的大腿和臀部。每隔一兩年她的肚子就大起來，春天隆起，夏天挺起，秋天就會蔫下去。誰也不知她把肚子裡的孩子生下後弄到哪裡去了，就像沒人知道她的名字和來歷。她在街上被人吐口水遭人追打，餓了就吃館子裡的剩飯或路上小孩掉在地上的饅頭，夜裡走到哪就睡在哪。

人們說，她是花癡。

收購站的小石橋欄是她最喜歡待，也是唯一任她待的地方。收購站裡的兩個老頭，一個將舊報紙、塑膠鞋子、爛布片、壞膠鞋、碎玻璃、爛銅鋁鍋等等，從門口搬進屋；一個記帳，撥著算盤，對著一個小窗口遞出皺皺的毛角分幣。

我有記憶就看見花癡了，她的眼睛混濁，十根手指黑乎乎的，身上能搓成泥條。冬天穿一雙大大的臭膠靴，夏天光腳，收購站前滿地是玻璃片，她的腳毫不在乎。不管見男人或是女人都有可能扒下褲子，但她總是張開嘴笑呵呵，不像所有正常人那麼仇恨人，成天開會批鬥階級敵人。

四年前，街道委員會傳達「四人幫」被捕。會一開完，老百姓很高興又一批大人物倒台，又一批整人的人被人整，一戶戶人提著臉盆、腳盆、燒飯鍋、炒菜鍋，敲打著出自家門上街遊行。鑼鼓、鐃鈸、紅綢、二胡、爆竹，劈裡啪啦就遊上了大街，赤著胳膊光著上身吼著口號。

跟著遊行隊伍的人越來越多，小孩子最多，圖個稀奇，但也壯了聲勢，沒人管地大鬧一場，衝著石橋廣場馬路遊去。

我也在遊行的隊伍中，走上中學街的石階。這個世界到底會出現什麼樣的大變動，我不太懂，只知道毛主席死了，要悲傷，毛主席搞文革的助手「四人幫」被抓了，要慶祝，大家都得一個樣。正在這時，我看到花癡逆著我們走來。秋日白燦燦的光線下，她臉不怎麼髒，頭髮被人剪得像個男孩，但渾身濕漉漉的，可能被人要弄推到江水裡去過，一件破舊的男人制服緊貼她的身體，肚子扁平。她與遊行隊伍交錯而過。

我退出遊行隊伍，走到路邊的電線樁樁後面，著迷地看著花癡。她走得專心專意，無論這個世界發生了什麼，將要發生什麼，都與她無關。

江水還是黃澄澄的，長江比嘉陵江更髒，看著熱，腳浸入，卻是涼爽舒服的。我們住在江邊的人，對江水有一種特別的依戀。遠離江邊的人，歡喜只是一股勁，背過身去，就會把江水忘卻。我們住在在江邊的人，和不住在江邊的人，一旦走在同一旅程上，那麼，我們總是盡可能地和江水靠得近些走。不住在江邊的人，嘲笑我們傻勁，老是拾起石片打水漂。他們說，江嘛，看看就是，江很討厭，過江過水，耽誤時間，誤事不說，翻船的話，連命也搭上。

但江水就像流在我們的心裡，我們生來是江邊的人。下坡上坎停息時，總喜歡停下來轉過臉去遙望上幾眼，看幾眼江景，又能爬一大坡石階。

我上了山腰，喘著氣，第五人民醫院門診部的房子在平路盡頭。那兒沒有歷史老師，我到早了。

3

斜對著第五人民醫院門診部大門，我縮在一棵樹下，我怕走到門前，不僅僅是擔心熟人碰到，生平第一回約會一個異性，我緊張。

他是我的老師，他該準時，很明顯時間早過了兩點三十分，也未見到他半個人影。我站的地方，能從醫院大門經過的人中輕易辨認出他。我揭下草帽，當扇子不停地搖動，其實我不熱，只是煩躁。他一向說話算話，沒有水過我，起碼在這之前，他沒有過，一定是他明白自己做的醜事——用那麼一本誨淫的書，公然引誘一個處女，現在不好意思了，被我逮住了。

我得等下去。

急診病人，被臨時做的滑竿抬進去，後面跟著焦急的病人家屬。「買熱糍粑，黃豆粉裏的又香又甜的熱糍粑！」門口的大路上背著竹簍拎著口袋的附近農民在叫賣。

如果他能如約和我去爬山，站在山巔上，聽著陣陣松濤聲，俯瞰眼前這條中國最大的河流。在山巔看起來，它就如一條柔情蜜意的布帶，繞著對岸城中心那個半島，在朝天門碼頭與支流嘉陵江匯合，寬寬綽綽繼續朝另一個城市流去。行駛的船，使河流搖動出波瀾。因爲距離遙遙，聽不清楚，船的汽笛聲。一股股山風，拂動我的衣服和頭髮。

我感覺到，這個情景裡其實只需我一人，就我一人就行了。

夕光披了滿樹滿地，賣糍粑的人仍在路上來來回回走，叫賣著。我餓了，肚子開始抗議地叫喚，下班的人絡繹不絕地從身前經過。我莫非記錯了地點，或是聽錯了？爲什麼他這樣讓我等呢？而我竟然能夠在這個充滿蘇打水味的地方，等了整整一下午，我要告訴他：你心裡怎麼想的，我已經明白了，你不好意思說的話，讓我來向你說。

人人都可以欺侮我，你不能；你若欺侮我，我就把流血的傷口敞開給你看。這麼一想，我心裡突然既委屈又辛酸，差一點流出眼淚。他的確與所有的人不一樣，很輕易就能讓我爲他哭泣，他總能使我忘掉自己，變得非常脆弱，不堪一擊。我不過是想喜歡一個人，想愛一個人。現在一旦點明，我才知道這種情感與身體某個部位有奇怪的牽連，一處受到觸動，另一處就會湧出黏黏的汁液。

4

我在第五人民醫院門診部門外傻等時，我家已亂成一團，連很少摸上閣樓的父親，也在閣樓裡，還有二姊、三哥。他們給四姊餵藥，餵綠豆汁，一杯又一杯灌水。

四姊吞服了敵敵畏，她以爲這種有毒的殺蟲藥喝幾口就會死的。當她睜開眼睛，堅決地拒絕去醫院。她的手幾乎都要把床柱頭抓碎，是三哥答應她，不讓她去醫院，才使她鬆開手。

父親發現樓板上沉重的一響，藥瓶墜在樓板上的聲音，接著刺鼻的藥水從瓶子裡流出，穿過樓板縫隙滴到樓下。

四姊一定是在我走後，把預先準備好的毒藥，從堂屋的哪個角落裡取出，到閣樓她的床上。左想右想，最後乾脆什麼也不想，決定喝了藥，一走了之，一了百了。

四姊在我們家長得最漂亮，和大姊的粗獷不同，她兩條細眉，不用描畫，黑淡有致，眼睫毛和眼睛最動人，乳房高挺，留著齊耳的短髮。那陣子，街上一些從不登我家門的婆婆嘴，老與我父親搭話：你家四姑娘眞是一夜就出落成人尖尖了！

母親不止一次和父親說，別看四妹模樣兒生得俏，我只怕她命最苦。

母親心裡更明白窮人家漂亮的女孩命薄，但四姊出事如此之早，依然讓她吃了一驚。四姊與德華熱戀了好多年，原是同一村的知青，他倆沒結婚，怕回不了城。不管是同當地農民還是和知青在農村安了家，按有關規定都比單身知青差回城條件。四姊與德華信誓旦旦，永不變心，待兩人都回城才結婚。稍有辦法的人全都走後門通關係離開了，村子裡已剩不下幾個知青。一九七八年德華一回城不久，考慮就很實際：有可能四姊一輩子農村戶口，命中注定是個農婦，他將一輩子受窮受累。開始追求他的女同學——廠裡支部書記的女兒，婚姻能改變一切，還說不定能提拔成幹部，不再當工人。

除了我們家的人，誰都不認爲他做得無理。至於愛情，在戶口面前不過是個笑話。四姊寫了厚厚一封信給家裡，求母親想一切辦法使她能離開農村，否則，她只有嫁給當地農民。

母親當然沒有辦法，她既無門子，也不會通路子，更沒有拉關係的金錢。她只有流淚，著急，怨自己，恨不能把自己的性命交出，只要能讓四姊回城。

四姊知道德華開始變心，急得沒辦法。她只能一橫心，賴在重慶不回。直到德華答應斷絕和女同學的往來，才回農村想辦法。她動身回農村前，鄰居的一個熟人串門，當時四姊說著說著，忍不住就哭了起來，那人動了慈悲心腸，問四姊願意不願意去郊區一家合作單位當小工挑灰漿桶？她根本不用想，就答應了。

四姊走上母親的路，成爲挑沙子磚瓦的工人，母親叫零時工，她叫合同工。四姊早出晚歸，上下班除了過江，還要換兩次車，每天一身臭汗回家，誰也不想理睬，我和她之間越來越沒話說。

德華上班的地方離我家並不太遠，工廠在彈子石渡口上端。他斯文，白淨，長得俊氣，我第一次見德華，以爲他是古典小說連環畫裡走下來的書生。

他來我家，總搶著做家務，挑水、理菜、炒菜、洗碗，也很有禮貌。母親卻記著他對四姊三心二意的事，不喜歡他。不愛說話的父親也對德華冷淡，父親認爲他太女相，命不順。天一晚，父親就在堂屋對著閣樓叫，說路上不好走，天又黑了——明顯是下逐客令。但父母的種種暗示明示都沒用，四姊硬拉著德華住進了我家，她只有靠這個辦法讓他最後實踐娶她的諾言。

我和四姊、德華三人住在閣樓上。爲避開他倆，我經常到街上昏暗的路燈下看書，半夜才歸，我的眼睛近視，度數上升。房間太小，他們做愛的聲音吵醒了我，我便大氣不敢出，緊閉著眼睛，裝著熟睡，有時乾脆摸下床到堂屋去傻待著。

兩床間一層布相隔，他們沒法避我。家裡再有別的人，房間裡更沒法做任何事。到江邊或山上去，他們沒有結婚證，若被治安人員和派出所的人抓住，侮辱一頓，還要通知單位領導，寫檢查。偌大一座城市，想來想去只有山頂那座破爛的電影院能安身，趁放映電影時一片漆黑，親熱一兩個鐘頭。

父親問德華：「你去上班還要把皮鞋擦亮？」

「去了再換鞋，」德華說。

「那不麻煩？」

「不，不，」德華答道，連早飯也沒吃就出了院子大門。父親對剛回家的母親說，那就是前奏，他認爲德華不會和那個女同學斷，恐怕已追上了手，這下眞要和四妹斷。人總是往上爬，住在我們家小小閣樓裡，他不會甘心。

5

德華正在上班，被叫到我家。他看到四姊頭髮紛亂，面頰灰白，眼睛裡光都散了。樓下房間的痰盂放在她的床邊，裡面的髒物和水，有股嗆人的氣味。除開四姊外，屋裡的人眼睛都在他的身上。這種場面，他沒有預料到，一下慌了，他沒有經驗。他感覺到這一家子的人都恨不得咬了他，撕了他。二姊對他狂吼，三哥的拳頭好幾次舉起，又垂下了。

這場面很快便使德華服氣了，四姊的自殺換來了結婚證書。

母親給四姊準備的新被子，四姊和德華往白沙沱婆家抱去時，對門鄰居程光頭的妻子站在堂屋說，「你們倆個啷個不懂？結婚的被子白的一面在外頭，不吉利。」

當時沒人答話，若應對一句，比如，「被子不吉，人大利！」或者說：「風吹太陽曬，霉運就離開」，都行。最好的辦法是就近任何一個可摔破的東西：碗、水瓶、瓦片、玻璃杯，任拿一個砸在地上，便破解了這句本來不應點明的話。就像吃飯碰掉筷子，就得說「筷子落地，買田買地」，才可俯身去撿。

但是匆忙之中，四姊和德華忘了老輩人的教訓，沒有說任何話，也沒砸任何東西。恐怕就是在這時，一團肉眼看不見的兇氣投向了他們。

程光頭在老母親終老離世後，不打太極拳，也不拉蹩腳的二胡，他查《小學生字典》研究八卦與陰陽五行。他對我父親說，他母親突然死去，是他家灶的位置不對，不該朝南，與他母親的生辰八字相沖。

他往自己身上的血管扎針，他的脖頸、手腳，尤其是手背，針眼斑斑。改變經脈，能長生不老。一旦得氣，可以半個月不吃飯，「辟穀」進入仙境。現在政府規定人死全得火化，哪兒也沒地能埋人。他母親未能享用上的棺材，被他裁成一小塊一小塊木頭，疊成一個八卦仙陣，他坐在陣中間，卻邪氣迎罡風。

這座山城鬼氣森森，長江上、中游，本是巫教興盛之地，什麼妖術名堂都有人身體力行。我不能確定氣功靈不靈，但我相信程光頭真是有功，不然怎麼半月不吃飯？不過，三年大饑荒時期，父親也有過幾天吃不上一頓飯的日子。看來，練氣功還是會有用。

第十章

1

晚上，我回到家，家裡已浪靜風平。德華回他母親家籌備結婚的事，二姊在家過夜，與我擠一床。大姊與四姊睡一床。

二姊和大姊互相看不起，一碰就鬧彆扭。大姊火爆，有氣話藏不住；二姊心細，凡事心裡自有主張，她身體弱，幾次發高燒，險些斷了氣。母親說，她是二道命，回頭人，老天照顧，考上自帶伙食培養小學教師的半工半讀學校。她天生矜持，可以不向父母要一分錢，步行幾個鐘頭，從學校走回家，而不向父母提一句車費。她的褲腿和鞋子全是泥，回家後洗淨腳，就一聲不響地用剪刀尖挑腳底的血泡，手抖也不抖一下。二姊快畢業時，正是我上小學一年級，她和一個男同學帶著我，破天荒地上苗圃拍照。男同學戴了個眼鏡，拿著個有半截磚頭大的照相機，讓我手扯住一枝枝椏，他不說笑一笑，而說看看天！看看天！

我們從苗圃照完相回到家，父親把二姊單個叫到屋裡，父親說這個男同學嘴太甜，眼睛溜轉，這種人靠不住終生。十多分鐘後，二姊就把男同學送走了。之後，男同學再未來家裡。那卷膠捲拆下時，不小心曝了光，二姊後悔地說：「一張也沒有，太可惜了！」二姊在這麼說時，神情黯然。

母親的一個熟人看中二姊，把侄兒介紹給她。侄兒是一個軍工廠的造反派頭目，口才一等人材一等，二姊去找他，他正在廠裡的牛柵裡忙著。牛棚設在一幢大樓底層，窗子全被堵死，不見光線，從裡面傳出來一聲長一聲短的慘叫，被拷打的另一派人在嘶叫毛主席語錄。

二姊沒敢看，嚇得拔腿就走，她這一走，倒也對，若攤上那位造反的幹將做丈夫，她就眞要後悔了。文革還未接近尾聲時，那位青年被投進了監牢，判了二十年徒刑。

二姊是我們家唯一聽從父母之命媒妁之言結婚的人，她的生活最安定，也最幸福，人人羨慕。

房間時早就關掉了燈，大姊在另一張床上問：「六六，你今天下午跑到哪兒去了？父親說你中午就不見了。」

「上學去了。」我睜開眼睛回答。心想，你不是同樣也不在家！而且有意躲著我似的。我本來平躺，這時翻身側睡。

「你沒有去上學，我曉得。」大姊說。

「那還來問我做啥子？」我輕聲咕噥了一句。

2

三哥是長子，在家裡很霸道，父母寵他，他也認爲該受寵。一九六七年他十五歲時，街上所有同齡的少年，都抓了個紅衛兵袖章戴著，就他幸運地擠上火車，到了北京，看毛主席。他從北京回來的那個夜晚，像變魔術一樣，從身後抓出幾顆玻璃紙包的水果糖，把當時年齡還很小的四姊、五哥和我給迷住了。

從一九八〇年夏天開始，他就在和父母鬧彆扭。這陣子，他正在樓下房間裡向母親發脾氣，四姊的事是起因。母親說他不顧家，白養了他。爲了脫離開家，不和父母五哥擠在樓下房間裡睡，他就跟街上一個姑娘神速結婚，當了人家的上門女婿，事後才告訴父母。「你的媳婦，從不叫我一聲媽，」母親說。

「她不叫，是她的事，」三哥一步從屋裡跨到堂屋說：「反正我們從小長到大都未靠過你們當父母的。」他扔下這話就蹬蹬蹬走了。

閣樓裡的三位姊姊聽見了，都未作聲。

三哥從未與家人提起他在鄉下的經歷，也不提回城後在宜賓輪船分公司扛包當裝卸工的事。他有理由抱怨，是三嫂說出來的。

七〇年代中後期知青開始回城，各級領導幹部文革練厚臉皮，分配工作時開後門越發倡狂無忌：有後台的分到辦公室，行了賄的分到船上學技術，無權無勢的統統當裝卸工。三哥他們一批青年裝卸工，鬧了一場罷工。按「中華人民共和國憲法」，工人有此權。工人階級是國家的領導階級，黨領導工人階級，一看見「鬧事」，就趕忙打電話，讓保衛人員和公安局趕來準備抓「爲首的反革命分子」判重刑，甚至死刑——這是共產黨鎮壓罷工的老辦法。但這一次罷工的青年們逮住了領導收賄的實證。文革後期慣用高壓手段的領導，見到自己的尾巴被揪住，只能採取「和平解決」。罷工總算有了結果：青年裝卸隊全體人員，重新分配。三哥分配到長江上游通航的頭一站躉船當水手，這是父親曾徑下放走船的航線。他明白自己受到了處罰。三哥咬著牙在那兒一幹就是六年，憑著他自己四處貼尋人對調單位的手寫張貼，在一九八〇年年初，二十九歲時才回到了重慶，在一個水運隊躉船當水手。

在我小時候，有一天，母親坐在堂屋板凳上，我蹲在地上，和她一起拆舊毛衣，準備洗過重織。管這一帶的戶籍，一個剛開始有鬍子可刮的小青年，制服筆挺，走進院子。母親站了起來，向他點頭問好。他的臉卻掛著，訓斥母親：「老實改造。」母親臉上的笑容即刻凝固，低下頭說：「對，對，對。」我埋下頭，臉紫紅。好些年過去，我始終難忘那個比我大不了幾歲的戶籍無緣無故給母親的羞辱。

最早插隊的大姊、曾遠行他鄉的三哥、挑磚瓦的四姊，都有理由認爲不必與父母多打交道，父母幫不了他們，反倒使他們倍受欺壓。雖然母親送他們下鄉當知青時，都愁腸寸斷地流淚。我的姊姊哥哥，還有我，我們因年齡的逐步增長也都明白這樣的處境：怎麼闖也闖不出好前途。父母是什麼命，子女也是什麼命。

3

四川麻辣火鍋，本是全國聞名，經過清苦的六、七〇年代，火鍋又重新給重慶添了驕傲的色香味：千變萬化，只要是能吃的都可用於火鍋。不分炎熱的夏天，還是細雨紛揚綿綿不盡的春天，不管寒冬，還是秋晨，任何時候，包括夜裡三點鐘，任何場合，包括小巷子裡陰森的小店，或堂堂氣派的大餐館，都架著火鍋。

院子裡人在擺龍門陣時說，街上館子裡的火鍋，看看不得了，吃起來絕對不如以前純粹的辣辣麻麻。

這話有道理，那時，蔬菜、豆腐、血旺，就可以使一個沒有新衣爆竹雞鴨魚的年過得難以忘記。

很冷的天，忘了是哪一年的除夕之夜，穿兩層襪子也冷得直跺腳。大姊從巫山農村回來，一家人圍著小鐵爐子在屋裡。吃的是白水蘿蔔青菜火鍋，有點肉，早被撈盡，星星點點的油飄浮在滾燙的鍋裡。

父親說：「菜沒了，讓四妹去洗菠菜來燙。」
四姊說：「讓六六去。」
母親同意，叫我去。她讓我洗菜時不要多用水，卻要專心。我答應著，拿了理好的菠菜去天井，在大廚房掏洗。
大姊燙了一筷子由我淘洗好的菠菜，吃在嘴裡，即刻吐在碗裡，連聲叫有沙。
三哥站起來說：「去，重洗。」
大姊問：「你是不是說話了？」
我搖搖頭。
「肯定說了，」四姊嘴裡有菜，含含糊糊地說：「她經常一個人對牆壁說話。」
母親說：「難怪你洗的菠菜不乾淨。」
我一時未回過神來，他們一齊大笑起來。我反應過來，說：「我眞的沒說話，連跟自己也沒說話。」他們笑得更厲害了。
我火了，把剛端在手裡的飯碗往地上一擱，對母親說：「我不吃飯了。」
母親說：「不吃就不吃，你讓出地方來，讓姊姊哥哥坐寬點。」
我站了起來，走出房間。

「人這麼小，脾氣倒還不小。」聽不出是誰的聲音在我身後響起，堂屋裡沒燈，沒有一個人跟來。我出了院門，穿得少，外面冷極。院門外路燈被人用皮弓彈滅了，黑壓壓一片。對面朝天門碼頭的港口客運站大樓上的大標語在閃爍，似乎聽得見隔岸稀疏的鞭炮聲。我一路往公共廁所去，那個地方可避風寒，這個除夕夜不會有人。我小心翼翼走進滿地是屎尿的廁所裡，兩隻腳踩在兩處乾淨一些門背後地上。盡量少吸氣，避開一點濃重的臭熏熏的廁所氣味。我就站在那裡，渾身哆嗦，腦子十分清醒，幾個小時幾個小時地站下去。

到天亮，家裡人才找到我，他們找了一夜，上上下下幾條街。誰也沒想到我會在廁所裡，是大姊尿急了，上廁所才發現了我。

我以爲母親這時會對走進屋子裡的我，說兩句軟軟的話，她用眼睛瞟了瞟我凍得發青的臉和嘴唇，自顧自地脫了鞋子就上床了。大姊嬉笑著對母親說：「看來得對么妹好點，不要看她老實，不愛說話，不聽話，說不定她會比我們有出息，以後媽媽老了還要靠她養老呢？」

「喲，曉得發善心了。」母親說：「少說這些攙水話。我才不靠她，包括你們這幾個大的。我老了，誰也不會來照顧，我很清楚，她以後能好好嫁個人，顧得上自己的嘴，就謝天謝地了。」

4

大廚房裡，一個瘦高女人在用抹布擦蓋著油煙的灶神爺。供灶神爺的壁龕高，有個巴掌寬的坎，停電時經常被人放蠟燭和煤油燈。不停電，則放上醋、醬油瓶之類的東西。

那是張媽，她住在院子最裡端一間房，有個令全院人羨慕的陽台，七平方，擱滿了種仙人掌、蘭草、太陽花、指甲花的花盆。陽台有水洞，下雨不會積水。除了花盆，還有兩個水缸、一個裝著自製榨菜的瓦缸。據說她是妓女，她男人在武漢碼頭用一串銀元把她買下，也有人說是解放後妓女全關起來「改造」，她男人一分錢不化就把她領來。瓜子臉，白晰的皮膚，單眼皮，瞅人時目光會飛起來，很與人不同，讓人看了還想看。

「你的眼睛會飛？好，我叫你飛！」她丈夫用工裝皮鞋狠命踢她。她被踢得一身青腫，也從不喊叫。她是我見過身材最高挺的女人，足足有一米七個子，脖子和腿的修長，我對她的面貌反而印象模糊了。

若她的臉不是常有青紫塊，不管化多少錢買，這個女人值得。可惜她養不出一兒半女，人說這是妓女生涯留下的後遺症。她總是默默少言語，很少有人肯與這個已經無法隱瞞身世的妓女說話。她彎著身子在空空的陽台上，靜靜地收拾被丈夫搗碎的花盆，收拾完後，又會重新去購買花苗種植。

張媽有個抱養的兒子，總有些紙頁發黃的厚書，趁文革之亂偷來的。那時稍有意思一點的書都是禁書，沒書可看。不過哪怕有書在售，我們這條街上的人哪有錢買書？買個糖含在嘴裡，買雙尼龍襪穿在腳上，也比書好百倍。我家除了我的課本，就找不到別的書。

張媽總背著兒子，讓我借閱他那些來歷不明的書。有一次，我在她家發現一本手抄本，第一頁已掉了，裡面的字跡不工整，但也可辨認出大概意思來，講的是重慶解放後不久，國民黨潛伏下來特務要炸毀這城市的故事。引子是打更老頭在一條陰森森的街上，聽見結滿蛛網早已沒人住的樓房裡，有奇怪的聲音，就推開門，上樓去察看，被嚇死了。讀到這裡，我也嚇壞了，好像聽見恐怖的腳步聲，幽幽響起在這個冷清的院子裡。我壯著膽子看下去，直看得院內院外人都詭詭祕祕。

聽好多人說，還有一本流傳全國的手抄本《少女之心》，已經傳進了這個城市。書不長，情節也簡單，裡面盡是男女之事詳細的描寫！那是一本最毒的壞書！爲擋住資產階級腐朽糜爛的流毒，公安局對全市學校採取了好幾次襲擊行動，搜書包，追查抄寫之人，進一步追查炮製此書的壞分子。不知多少人爲此書進了監獄，甚至送了性命。我充滿好奇地等著張媽的兒子傳過這本書來——張媽不識字，我要書，她就拿給我看。但這本書，她兒子可能藏得太緊了，我很幸運，始終沒能看到。

張媽的寶貝兒子被兩個公安人員從院子裡帶走，勞教了好幾年，或許就跟這本書有關係。張媽哭天潑地，咒書燒書，鬧得轟轟烈烈。

我想起有一個深夜，張媽端著一盞煤油燈從後院走到前院，爲兒子開門，兒子在門外抱住一個農村來的姑娘不放。張媽光著腳丫，穿著拖鞋，就站在門裡候著。我赤腳站在閣樓的小木廊上，正好看到那個情景，張媽不敢驚動他們，又不好讓他們到屋裡，只是不時用手去遮護風吹著的煤油燈，燈芯的微光照著她苦惱的臉。

講共產黨帶領窮人鬧革命的革命小說，倒是可以從學校裡借到。千篇一律的描寫，也吸引我，我喜歡小說裡窮人要翻身得解放的那一股子氣。我也要翻身，第一要在家裡翻身。

母親的一件舊黑絨呢短大衣，她給大姊二姊四姊穿，一個接一個輪著空換。我想試一次都不行，母親說我穿上太長。四姊說穿爛了，也不給你穿。半夜我恨不過，就對她說：「我要翻身！」

好吧，讓你翻個身！四姊在床上往牆根擠讓出一個地方。

那年我十一歲，我想穿母親黑絨呢短大衣，想極了。我終於等著家裡沒有人的時候。拿著剪刀剪掉大衣一截，用黑線把邊裹好縫上。我把改短的大衣穿在身上，喜滋滋的，覺得周身都暖暖和和。

事發後，二姊把我拉上閣樓，她取出小木廊倒掛在欄杆上的長板凳，放在兩張床間，門上門，逼我趴上去。

我緊緊抓著木凳的腳，眼睛盯著地板。二姊從床下抽出木柴，扒掉我的褲子，打我的屁股，嘴裡嚷著：「你還不認錯，還要強？你恨啥子，你有啥子權利？」二姊那麼小的個兒，哪來的氣這麼狠地打我？我忍著淚水，就是不求饒。木柴刺鑽在屁股肉裡，沁出血來，二姊才住了手。

二姊橫了心打我的事，我一直未和人說，對父母也沒說。可能由於這件事，她對我另眼相看。同學捉了班上一個蓬頭垢面的女生身上的蝨子，趁我不注意放在我的頭髮裡。二姊發現我總是不停地抓頭髮，扳過我的腦袋一看，發現生有密密麻麻的蝨子。二姊用煤油澆了我一頭，找了塊布把我的頭髮嚴嚴實實包起來，不讓出氣。我頭悶眼花，約摸等了一個鐘頭左右，二姊才解開布洗頭。看著漂浮在臉盆水中的一片黑而扁的蝨子，我的皮膚起了一層雞皮疙瘩。

用煤油悶死蝨子，使我的頭皮頭髮大傷，髮質細而脆，本來就不黑亮，此後就更加發黃。

第十一章

1

大姊把我叫出去，說今天你別去上學，陪我。我本來也不願去學校，我不想見到歷史老師，他讓我等了個空，他誘騙少女，又欺侮少女。

在窄小的巷子拐來拐去，大姊停在糧食倉庫旁的一個院子門前，讓我一人進去，叫她的一個老同學出來。她這次回重慶，心神不定，老在找什麼人似的，像是故意找事做，好忘掉她又一次失敗的婚姻。我說：「你沒有不敢做的事，你怕啥子？」

大姊求我幫個忙。

「是個男的？」

「人小鬼大！女的女的，你快點進去。」大姊催促道。

跨入院門就是一大坡石階，比我家所居的院子小多了，住了幾戶人，我找到天井左手第一家，一個老太婆在剪幹紅辣椒，她聽我重複好幾遍話才說：「不在。」

我問：「啥子時候在呢？」

「不曉得。」老太婆不再理我了。

我走下石階，對站在院門口的大姊說了情況，大姊說，那老太婆是她同學的媽，即使女兒在，也不肯讓女兒出來。臭老婆子，耗子精！

她說這個女同學和她一起下鄉到巫山，在同一個公社，以前關係不錯，爲一點小事彼此就斷了聯繫。

大姊說一九六四年她到農村，一看同在一村的四個女知青，便再清楚不過苦日子開始了：一個母親是地主家庭出身；另一個是反革命子女；第三個，父親解放前隨部隊去台灣，屬敵特子女；第四個，災荒年父母雙亡。全是家庭成分有問題的，被哄騙下鄉，都成爲響應黨的號召的英雄。夜裡有猿猴啼叫，跟鬼魂在叫一樣，知青夜裡不敢單獨出門。這個原先樹木成林的地方，大辦公社大煉鋼鐵大饑荒時，把樹砍毀了。知青住的村子還獨剩一棵很大的黃桷樹，知青沒柴燒，要砍樹。

農民說，砍不得，砍了要出事。知青不管這些迷信，砍了，就此中了邪。一個女知青生小孩死在巫山，墳還在那兒。沒多久另一個女知青被區裡幹部霸占姦淫，一直忍氣吞聲，最後和當地農民結婚，難產而死。當地風俗，產後死的只能夜裡十二點後出葬。那是一個大雨天，天黑路滑，抬屍體的人和棺材全部跌下懸崖。

兩個男知青受不了當地政府對知青的不公正待遇，拉了公社二十來個知青要進深山打游擊，準備了大刀、長茅。大姊沒參加，是因爲覺得躲進深山，日子一定更苦。隊伍還沒拉進山，就被全部抓獲，兩個頭頭被判了十五年刑。

「他們平反沒有？」我問：「現在每天報紙都在說糾正錯案。」

「平啥子反？牢一坐進去，人就會整垮了。」大姊把話又繞到剛才那個女同學身上，說看來只有找到她，才能找到另外一個男知青。當年他對大姊有情有意，大姊沒當一回事，現在她後悔了。

大姊的第一個丈夫在一個縣煤礦當小幹部，夫妻吵鬧無一日安寧，丈夫怨恨得跑去黨委控告，說自己和妻子階級路線不同，將大姊的生父養父的事全部抖了出來。第二天全礦貼滿了大字報，揪鬥黑五類翻天，他就在台下看著她被鬥。

「不提他了，我本來就不應該和這種人結婚。」大姊說。

「我還是覺得那個姊夫好，起碼比你第二個丈夫好。」

「一個比一個差，再找一個也不會好。結婚不是爲了找好男人。但離婚卻要拿出命來幹，隨便哪個鬼地方離婚都得他媽的單位黨組織批准才行。」她說著把頭往旁邊一揚，先我兩步台階在前了。

纜車道上，麻袋裝的糧食堆得齊整的車往山上，已被卸掉貨的空車往山下。一隊搬運工，在底端下船裝車。另一隊搬運工在纜車頂端——倉庫大黑鐵門裡卸貨。與四周房子相比，那片倉庫區的房子，是南岸最結實的，處處是紅字警告「閒人免進」、「注意防火」，和毛主席語錄「深挖洞，廣積糧，不稱霸」。

我們走到纜車道下的橋洞旁，我對大姊說：「你還沒有告訴全部事，你上次說時間太晚，答應一有時間就告訴我。」

「我已說了好多不該說的事。」但大姊嘴邊馬上掛了一絲笑容，「你命還是比我好，你看那年這纜車壓的就是五弟。當時你還沒讀小學，還不到六歲，就曉得一個人跑去坐船，到從未去過的白沙陀造船廠找母親。誰也沒想到你能。」

「你記錯了，我是走了很久的路。當時我身上哪來坐船的錢？」我說。

「好吧算我記錯，不管怎麼說，一個五歲半的小孩能走那麼遠的路，沒迷方向。看來你還是這個家裡的人。」

「你這話是什麼意思？」我突然警覺起來。「爲什麼我『還是』這家裡的人？」

「就是嘛！」大姊口氣一點沒變，「看你爲五弟的事能吃這麼大的苦，你還沒懂事，我那時二十二歲了，從巫山農村回家生大女兒沒有多久，就明白你不會像我，你是這家裡的人。」

「爲什麼我在這個家裡不會『像』你？」我差不多抓住了大姊的衣服。我不知道大姊是說漏了嘴，還是有意賣個破綻引我上路。

五哥拿著小竹箕，裡面已有不少乾豌豆綠豆，都是我和他從纜車上的鐵軌和石縫中一粒一粒撿的。纜車上貨卸貨間總有不少孩子，趴跪在地上，用手指挖從麻袋裡漏出的豆子米粒，只是不像災荒年搶得那麼兇。饑荒算是結束了，糧食還是不夠吃，大人還是讓孩子去拾，拾一點算一點，幾天積下就是半土碗，頂一頓飯的糧食。一九六八年初夏，我記得我在纜車道外的沙灘，發現草裡有幾根香蔥，很興奮。但我聽到纜車啓動的鈴響，就警覺地站起身來讓開，手裡滿是泥沙。

那天上午，向上開的纜車是空車，向下滑的纜車裝貨，從倉庫運糧食到江邊的船上。空車上坐著四五個男孩，五哥也在其中。開纜車的師傅和裝卸工人，沒管這些幾乎是熟面孔的孩子。一個孩子從五哥的竹箕抓了一把豆子，從不與人爭鬥的五哥，從那孩子的竹箕裡抓回一把。那孩子一用勁，就把坐在前邊的五哥推下車，纜車的後輪壓住了他的左大腿，開纜車的師傅馬上停車。

我隔得不遠，看得眞切，跟著五哥慘叫聲哭喊。家中幾個姊姊哥哥，唯有五哥對我最好：他從不欺負我，還教我識字。有吃的自己不吃，也讓我吃。他因爲嘴有殘疾，愛躲著人，被家裡人呵斥，也不吵不鬧。

聞訊趕來的二姊，背起五哥就跑，一路血流灑下來。二姊扯下五哥的褲腰帶，紮在他鮮血淋漓的大腿根。我回過神，跟在他們的後面。

武鬥最兇的時候剛剛過去，兩派繼續上繳武器，但同時還在使用大炮、輕重機槍和坦克，市區水陸交通時而中斷，電、自來水供應緊張。石橋廣場診所和區一院那天都沒開門，怕醫治武鬥一派受傷者，另一派知道了來砸來打。

二姊敲開醫院的門，在那兒大鬧起來，說小孩被纜車壓了，與派仗有什麼關係？醫生被二姊那股拚命的氣勢洶洶嚇住了，正在猶豫是不是收下五哥。我一個人奔出醫院，沒有回家，而是對直朝江邊跑。天上烏雲騰騰，連雷也未響一個，立即下起雨來。雨把遠的山巒拉近，把近的山巒推遠。

我沿著江邊不知走了多少小時，等我在造船廠找到母親時，雨已變小，輕輕渺渺地飄灑，陰鬱的天色，暗如傍晚。母親戴著草帽正在和聯手從船上往岸上抬油漆桶，看到泥人似的我在叫她，她扔下扁擔就奔了過來。

大姊在我前面走出了好遠，我趕了下去。她剛才說的話，我怎麼想都不對勁，我得抓住這個機會，不想讓她溜掉。

「你性急啥子？」大姊沒像上次那麼推來推去，爽爽快快地說：「我還沒講到在新社會，我是什麼樣的身世。」

2

袍哥頭子被捕了。一九五〇年，共產黨決定用大兵力剿四川的反共游擊隊。同時對城市實行紅色恐怖，大鎮反大肅反延續了好幾年。重慶逮捕了所有袍哥頭目，各種道會門的頭子。城裡的幾個刑場有一度每天槍斃上百人，斃掉的人大多沒人敢去認領，就挖大坑埋了。南岸的刑場在柿子溝，被槍斃的還有歷來不管廟外之事的寺廟主持法師，好多老頭老太、虔誠的佛門信徒，爲法師之死暗暗悲泣。但這一帶的老百姓，卻興奮得天天茶館客滿，也許是重慶人喜歡吃辣椒，吃出來的好事性格。

「這年頭，死個人比死隻雞還容易。」父親嘆著氣說。

母親叫父親閉嘴。她挺著大肚子，抱著女兒在家裡戰戰兢兢。

有人悄悄給她捎來口信，袍哥頭子在監獄裡，要她帶女兒去監獄看望他。母親猶豫不決，在床上輾轉反側，難以入睡。清晨，母親雙眼紅腫，出了家門，她沒有帶大姊。

母親大著肚子在監獄門口小房間裡，報了名字，登了記，卻沒能被允許見面。反落了個記錄在案，坐在回南岸的過江輪渡上，她氣惱萬分。

母親得到口信已晚了好幾個月，袍哥頭子早被綁赴刑場。那天是大鎮壓，據說，赴刑場的途中死刑犯們在車上暴動，一群死囚跳車亡命沿街奔逃，手提機槍只能就地掃射。

擁擠的船艙裡十分悶熱，母親抹去臉上的淚珠，定了定神。她早就不應當爲這個男人哭了，可還是沒能止住。船舷外洶湧的江水，一浪一浪，搖晃著她的身體。

還是多年前，有一次母親和袍哥頭子在街上坐人力車，遇到敲敲打打長長的隊伍，紮斷了街口。披麻戴孝的孝子孝孫舉著哭喪棒在前頭，棺木後面，身穿素衣的人抬著紙糊的轎、馬，抬著綢緞製的禮服、官服，薄絲絹掛在靈幡上。奏樂鳴炮，燈彩搖紅。

他對正觀望出殯發愣的母親說：「別羨慕別人，等你媽百年後，我一定爲她大辦，請和尚道士做法事，超度亡魂，擇吉日吉地下葬，祖墳風水好，後人才會發跡。」他摸准了母親想對鄉下的外婆盡孝的心事，這一招很準，她是心領了。

外婆死在重慶，死在母親家裡。鄉下大舅二舅砍了竹子，做了滑竿，把病倒的外婆往重慶抬，靠張嘴問路和半乞討，走走停停，走了四天三夜，好不容易捱到重慶的江北，搭乘船才過了江到南岸。母親一見他們就哭了，說：「爲啥子不寫信來？我就是借錢也要讓你們坐船來！」兩個舅舅頭上按照鄉下走親戚習俗，纏了條洗白淨的布，都成灰色了。院子裡的人說，是抬來一個死人，頭上纏的啥子裹屍布？兩個舅舅急著要回去。母親湊了二十元路費，叫他們坐船。

大舅說不坐船，「二妹，你這些錢我們回去能做大事。」

母親送外婆上醫院，醫生說治不好。母親去抓草藥熬，那段時間我家的房子裡全是草藥味。外婆臉和身體瘦得只剩下一把，肚子裡全是蟲，拉下的蟲像花電線一樣顏色，扁的。外婆按住肚子縮在床上，睡也不是坐也不是。只過了一個冬，小年剛過，大年未過，直到那個寒冷的半夜，外婆一聲尖銳的呻吟後，就痛昏死在家裡尿罐上。母親把外婆扶上床，外婆醒過來說的唯一的話，就是要求她把還在鄉下挨餓最小的弟弟弄到重慶來，讓他有口飯吃，讓他識幾個字。看著母親點頭，外婆才咽了氣。

一九五三年外婆死的那天，母親打來一盆溫熱的水，用毛巾給外婆擦臉、脖頸和身子，把外婆冰冷的手貼在自己的胸口。外婆穿著母親手縫的衣鞋停在一塊舊木板上，在堂屋緊靠我家房門邊。沒有人號咷大哭，沒有請人來做道場，沒有花圈祭帳，也沒設靈堂，一盞燈芯草點的菜油燈，一閃一閃照到天亮。外婆被草草埋葬在三塊石山坳的野墳堆中。

一年後母親的小弟弟從忠縣鄉下拿著地址，一人問路來到重慶。這個十一歲的少年到我家時，穿件老藍布長衣，一條爛褲，從頭到腳又髒又臭。大姊還以為是農村叫花子，叫他滾開。母親從屋裡出來，止住大姊，告訴她：「這是你么舅。」

么舅只上了四年學，就私自翹課去挑河沙掙錢。母親知道時，他已在一家機械廠找到一份零時工，他說自己學習成績不好，認爲自己拖累了姊姊一家。母親要他別去廠裡當抬工，回學校，讀不走，就降一年二年級讀。

么舅不肯，說他得養活自己。

母親說你不聽話，我就當沒你這個弟弟。

么舅給母親跪下，磕了個響頭，就住進廠裡集體宿舍。

么舅偶爾也來我家，與母親話頭總轉到外婆身上。么舅說：「以爲解放了打倒地主，日子會變好些，沒想到還是差吃的。媽爲節省，只喝井水。」

母親說：「媽死了，我後悔沒給她留張照片，現在想看媽，都想不起她是啥樣兒？只記得媽梳了個髻。」

么舅說：「媽和姊姊樣子像。媽被哥哥他們抬走時，媽拉著我的手不肯放，我追她追了好幾匹山。」

母親說：「那陣只想到媽病，盼她病好，哪想到她死？」

外婆咽氣時也未諒解母親當年逃婚的事，這也是母親的心病。母親一次次夢見外婆到她床前來找她，倒也未提逃婚的事，這是外婆驕傲，不願提。外婆只是埋怨母親，說母親不管她，說她依然餓肚子，孤孤單單，遭人欺。外婆還說她找三姨——她的親外侄女，卻怎麼也找不到。母親也從未找到三姨的墳，三姨一九六一年餓死後，據說是被埋在長江大橋南橋頭的山坡上。那時還未興建大橋，野樹野草亂石成堆，沒立個碑，就等於消失了。修建大橋時，早被推土機鏟得一根白骨也不剩。

母親是在外婆死了十七年後，夢見她十七年之久，才把外婆的墳打開，用一塊白布裝殮屍骨，放好在一個小木箱裡，讓么舅送回家鄉，葬在老房子後山坡外公的墳旁。之後，母親再也未夢見外婆。家鄉來重慶的人說，外婆的墳前一下雨，總生出一片地木耳，黑黑的，在有月亮的夜裡去摘，回家不洗就能吃，不沾沙土。

3

未到晚年，母親的眼睛就總是不乾淨，每隔一會兒就得用手絹擦，不然，就被綠綠的沾液堵住眼角，又痛又癢。「這是懷孩子時惹上的，」她對我們說：「不管有天大的事發生，在懷孕時，別哭，別像我，落上這種病醫都醫不好。」

我現在明白了，母親是指她懷孕時，去探監，路上哭得太傷心。

大姊不太相信母親敢去監獄探望。在這件事上，大姊對母親的懷疑或許真有道理，她做女兒的，對這點應當最敏感。

「你父親就這麼死啦？」我拉著大姊的手，這個男人，與我沒有太大相干，卻讓我心裡一陣難過。我與大姊握在一起的手，從來沒這麼緊。

不料過了一會兒，大姊猛地蹦出一句叫我莫名其妙的話：「他就那樣死，就好了。」

她挑了塊石頭坐下，背對著江面，不待我問，就說起來。

那是一個星期天，許久沒有走船的父親的消息，母親抱著三歲的三哥，帶著大姊過江去輪船公司打聽。走到朝天門，母親換了下手，把三哥抱在右手邊。港口旁的一大批人和車相混的馬路，不下雨也陡而滑。心事重重的母親沒注意一輛板車急滑而下，等她發現，板車已近在咫尺，她抱緊三哥往路沿一讓，朝嚇呆的大姊喊：「跑開呀！快點跑開！」她閉上眼睛，大姊不被撞死，也會被撞個大傷，那板車翻掉，拉板車的男人不死也會受重傷。但板車奇跡般煞住了，雙方都嚇了個半死，一張口，卻都愣住了。

是袍哥頭子的舅爺，他直呼母親的姓名，連連叫道：「是你啊，你們母女倆讓我找得好苦！」他雙鬢已開始發白，袖子和褲腿挽著，穿著一雙沾滿泥灰的膠鞋。

這個場面很戲劇性，但大姊的生平多一分少一分巧合已無關要旨。總之，母親知道了袍哥頭子並未死，未處決他，他陪了殺場，嚇了個尿滾尿流，答應交代。他全招了，吐出了他所知道的全部關係。交代交代，就痛恨起國民黨來了，他那麼拚了性命，也不過是一個被玩於股掌的小卒。他終於看清了自己的命運：小卒就是被棄在前沿的，當犧牲品給收拾掉。為啥子不吐，吐個痛快？

他待在牢裡，一點也沒內疚。由於他的坦白，受他牽連的人全部抓獲，他以為自己會被許諾的那樣，放出來。沒過多久，他就明白自己上當了，不僅未放他，而且還要他繼續交代。

「我已交代完了，」他掏心捶胸地說。

「沒有，你還得老老實實全部招出來。」

他聽到這話還是不明白，他的確不明白共產黨的政策。

他先被關在緊靠著白公館的一幢房子裡。白公館和渣滓洞，是國民黨關押黨內反對派人士和共產黨地下人員的兩所監牢，一九四三年建立的搜集情報培訓特工的中美合作所就設在那兒。解放後這地方被共產黨作為活教材：這是美帝國主義對中國人民犯下的滔天罪惡！這是國民黨蔣匪幫屠殺我們烈士的鐵證！每年的十一月二十七死難日，烈士墓前都有成群結隊的少先隊員，爲他們胸前的鮮豔的紅領巾頭上飄揚的五星紅旗握緊拳頭，誓言錚錚。這地方的烈士名單經常改變，文化大革命翻出不少烈士原來是叛徒，民主黨派的人不算烈士。後來又說沒有叛徒，全是烈士，審查死人比活人還難。取材於此的革命小說《紅岩》的作者，最大的英雄，文革中被說是叛徒，他跳樓自殺，頭顱著地，當即死亡。砸在地面上的一隻眼睛緊閉，另外半邊臉上的一隻眼睛撐大了一倍，幾乎蹦出眼眶，是我從小看到的死人照片中最恐懼的一張。

袍哥頭子一到這地方，肯定也明白了，歷史最樂於開玩笑，監獄總是輪流坐。白天被槍逼著去挖煤幹苦力，只有夜裡才想到命運顚來倒去。他不能容忍自己當初的招供，既不符合袍哥的江湖規矩，也不符合他做人的準則，他一開始後悔，就明白一切都晚了。

4

但是母親不可能再去探過袍哥頭子，因爲很快他就被移到南岸的孫家花園——關押重犯的省二監獄。

在朝天門碰見舅爺，使母親和久未有聯繫的舅爺家有了往來，災荒年快結束時，母親才讓大姊去認舅爺一家，當時她在衛校讀書。袍哥頭子後來娶了那個姑娘，生了一女一兒，和袍哥頭子的弟弟一家在一九四九年前到重慶。大姊管那女人叫二媽，管袍哥頭子的弟弟叫力光幺爸。他們住的吊腳樓爛朽，從樓板的漏縫中能看見輕緩流動著的嘉陵江。

大姊說，那家人日子過得也很難，爲了生存，她的同父異母的妹妹就只得跟社會上那種女人一樣，跟不認識的男人睡覺。

我說：「當妓女。」

「不准說這個詞」大姊聲音大得吼了起來。

「一直這樣？」我問。

大姊說當然是那些年，現在她不知道。那個妹妹也不願見她，可能怕她看不起，那家人和她也沒了往來。

大姊的生父作爲一個沒骨頭的好漢，苟延殘喘活了下來。但沒有多久。一九六〇年，由於他交代好，被押回老家安岳勞動農場，本想可以在那兒熬到自由的日子，卻不行了。沒吃的，農場裡犯人的伙食只能餵石頭人，這年十月下旬他得了水腫病，終於支撐不住，再也不能幹活，就倒下了。

天冷地凍，不幹活就沒吃的，連野菜野草也分不到一棵，他最後咽氣時雙手全是血抓剜土牆，嘴裡也是牆土，眼睛大睜著，才三十六歲。沒人收屍，丟在大墳坑裡了。死了好久之後，從那兒逃災荒出來的好心人，路經重慶才把這噩耗轉告。

同一年，在母親的家鄉忠縣關口寨，附近能吃的關音土都被挖淨，吃在肚子裡，都發脹了，解不出大便，死時肚子像大皮球一樣。大舅媽是村子裡頭一個餓死的，大表哥從讀書的煤校趕回去弔孝。到忠縣前的豐都縣，飢餓的慘狀便不忍目睹，插著稻草賣兒賣女的，舉家奔逃的，路邊餓死的人連張破草席也沒搭一塊，有的人餓得連自己的娃兒死了都煮來吃。過路人對他說：「小同志，別往下走了，你有錢有糧票都買不到吃的。」

他這個孝子回學校後一字未提母親是餓死的，一字不提鄉下飢餓的慘狀，還寫了入黨申請書，讚頌黨的領導下形勢一片大好。他急切要求進步，想畢業後不回到農村。家裡人餓死，再埋怨也救不活。只有順著這政權的階梯往上爬，才可有出頭之日，幹部說謊導致饑荒，饑荒年代依然要說謊，才能當幹部。

5

越往下探究，越更深沉無底。飢餓與我結下的是怎樣一種緣由？在我將要出生的前幾年，外婆、三姨、三姨夫、大舅媽、母親的第一個丈夫，和我有血緣沒有血緣關係的親人們在一個個消失，而我竟然活了下來，生了下來，靠了什麼？

我沉默了，腦子裡反反覆覆全是一個個問號。

五〇年代這條街的人和其他街上的人一樣，聽毛主席的話，由著性子生小孩，想戴大紅花，當光榮媽媽。有的女人一年一胎，有的女人生雙胞胎。相比之下，母親生育能力，就算不上什麼了。到一九五八年，家裡添了四姊、五哥。在四姊前一個哥哥生下來就停止了心跳，打了引產針，好不容易死嬰才下來。母親大出血，人昏迷不醒，但她還是醒了過來，這是一九五四年春天的事。

「你這狠心腸的媽，差三天就該生了，去江邊洗衣服做啥？你把兒子悶死在肚子裡，害死了他。」護士對躺在病床上的母親埋怨道。

母親臉上出現了淺淺的笑容，輕聲細語地說：「死一個，少一個，好一個。」

護士不解地走開了，這麼無情義的母親，恐怕她是頭回碰到。

母親無可奈何的自嘲，或許達到了自我安慰的目的，在她第一次和男人會面時，她早就看清自己的命運，她的孩子們的命運。不出生，便可避免出生後在這個世界上所有的痛苦和磨難。母親這樣的想法，當然有她的道理。大生育導致人口大膨脹，不僅我是多餘的，哥哥姊姊也是多餘的，全國大部分人全是多餘的，死再大一批也無所謂。

大姊說來說去繞不過大饑荒年代，該我出生的時候了。那一年大姊已是十六歲的姑娘，性情不安躁動，那一年她明白了她的身世，對母親更是恨上加恨。大姊說到這兒時，我的心也急促地跳動起來。

第十二章

大姊站在一九六二年春末的細雨中，戴著一個大斗笠。她在野貓溪江邊，在停貨船的躉船前等父親。

江上各類運輸船遠比客船多，開得慢悠悠的，細雨飄霧時，汽笛更是聲聲不斷。她不知道父親在哪條船上，濛濛細雨變成了瓢潑大雨。她著急起來，不時在沙灘上走動兩步，但還是等著，她心裡正燃燒著對母親的怒火。

父親已三個月沒有回來。當她終於看到父親扛著隨身衣物走上跳板時，她就迎了上去。

父親回家就開始打母親，他從未動手打過她，結婚十五年來，這是第一次。

母親的第八胎，若按出生存活算是第六胎，才四個多月就很出懷。母親不躲開父親的巴掌，只是用手護著肚子，「求你別打，不要傷了娃兒。」

父親馬上就住了手，但痛苦得蹲在地上。母親想去拉他，又不敢。母親抱著架子床的柱子，流著淚說：「你說怎麼辦，就怎麼辦，不就行了！」父親站了起來，薄薄的一扇門被他弄得哐噹哐噹響，二姊三哥嚇呆了，四姊五哥哭叫起來。父親連轟帶打把他們統統趕出門。

緊掩的房門擋不住父母的爭吵，不斷有哭泣聲，兩個人都在哭。二姊牽起四歲的五哥到院門外，三哥四姊跑掉了，大姊沒有露面。到晚上還不見孩子們回來，父親才出去找。下了一整天的雨停了。大姊拿著斗笠晃悠悠地進堂屋，她想溜上閣樓，被母親看見，只好隨母親回到房間裡。

一跨進門檻，母親就叫大姊跪下。大姊彈著斗笠上的雨水，裝著沒聽見。母親扯過斗笠，給她一掌。大姊避開了，嘴裡罵了一句。母親氣得臉都白了，走過去抓住大姊，大姊竟然還手。母親有身孕，行動不太方便，但個子比大姊大。母女倆鬧得天翻地覆。院子裡的鄰居都來觀看，但誰也不上前勸阻。直到被雨淋得一身濕的父親，帶著大大小小四個兒女回來，才把大姊一把拖開。

「你怎麼敢和你媽對打？我可以打，你做女兒的卻不能動手，」父親對大姊狠狠斥責。

大姊哭著說：「父親，我是幫你呢，你還幫媽？」她一扭頭就衝進沒點燈昏暗的堂屋，從圍觀的人群中跑掉了。

大姊停止講下去，她說她只能講到這兒：母親懷上我，她和母親打架。

我怎麼逼她也沒用，她掉頭就走了。

一個大問題放在我面前：恐怕我也和大姊一樣，得自己去弄清我是誰。這個貌似極爲普通的家庭，祕密非常多，也許南岸每個破爛的屋頂下，都有一屋子被捂起來的祕密。大姊這頭斷了線，四姊自顧不暇指望不了，二姊即使知道也不會說。周圍的人都迴避我的問題，我已感覺到謎底會令我非常難堪。但越這樣，我越急於想解開這個謎不可。

記得幾年前有一次大姊坐長途汽車跑回家，衣袖上有血跡，她說她又另有所愛，要離婚。丈夫來抓奸，未抓著，嚇唬她要去黨支部告她，要鬥她作風敗壞。兩人打起來，她用碗砸過去把他砸傷。

母親說：「你怎麼嫁一回離一回，一回比一回瘋狂，不吸取教訓，也不聽我的話。」大姊一把拉住我，對母親說：「全是你，你自己是個壞母親，你沒有權利來要求我，我就是你的血性。」她們兩人爭吵的話，好像跟我有關，但剛開始吵，兩個人就合起來把我趕出去，再接著吵。

我愣在門外，父親走了出來，他把我拉到八號嘴嘴院子下面的峭岩上，坐在我的身邊。他那時眼睛在白天可以看到江上的船，不清晰，如一個小黑點正朝東移動，他清楚那就是他一生中最愛的船，駛下去，就能到達他永遠也回不了的家鄉。

2

這天下午最後一堂課下課鈴聲響後，我正在整理書包，歷史老師走進教室。我們一起下樓梯，走到空曠處，他未提二天前失約讓我久等的事，彷彿沒有這件事，自然也談不上道歉。他只是問了問我複習功課的事，受傷害的感覺重新在我的心裡翻起，我轉身快步走開。

他叫住我，「有事對你說。」

我停了下來。一停下來，我就後悔，我不該如此輕易就向他讓步。但我已經停下了，沒法再走開。

他說很抱歉那天讓我空等。公安局和校黨總支找他去談話，說他家裡常有聚會，公安局不相信他們是在讀書，認爲是在組織反動集團，散布資產階級自由化思潮。學校方面對此事很害怕，有可能開除他的教職。訓話結束後，他趕去約會地點找我，我已不在。此後他的朋友也一個個被公安局找去調查，再不敢上他家。

汽車從我們身邊駛過，塵土直噴到臉上，我們也未躲，各自心裡擱著心事。不知走了多少站路，才發現我們是朝西面走。

「看來我們得吃點東西。」他不由分說，把我帶進一家離街面較遠的小館子，三張桌子都空著，我們在靠窗的一個桌子前坐下後。坐著等菜時，他問：「怎麼啦，還在生氣？」

我說：「開除回家，你怎麼辦？」

「重新當工人唄，」他笑笑說：「做工是我的老本行。」

兩碗綠豆稀飯，一碟泡菜，一盤涼拌藤藤菜端了上來。他又叫了五加皮酒，說是他在修繕隊做零時工時，從房頂上摔下來弄壞了腰，多少年了，腰痛還是沒好，喝了酒，就覺得肌肉鬆弛多了。他讓我喝酒，我遲疑了一下。我以前從沒有喝過酒，只在逢年過節時，在父親杯子上呷一口，極不喜歡那刺鼻的味道。而這會兒，歷史老師正在苦惱中，我得讓他高興。我拿起酒盅，喝了一口，發現沒有自己以前想像的那麼討厭，一點兒也不扎喉嚨，很香。

「你喜歡，」他說。

我笑了。

我說起了我家裡的事，一九四七年我母親與父親的相遇，一九四九年這座城市被共產黨攻陷前後的事，我複製著當年的衣著，當年的天氣，當年的石階和江水。他關切地聽著，讓我說下去。但什麼話也沒說，只是給我再要了一碗綠豆稀飯。

看到他的眼光，我忽然覺得自己很自私，我不倦地把自己的痛苦統統扔給他，而一點也沒想到他。

「你災荒年是怎麼活過來的？」我停下來問他。

他笑笑說：「恐怕每個家庭都差不多，恐怕每個家庭又都不一樣——對每個人來說，很不一樣。」

他說想照這樣的思路往下寫，寫成一本書，想寫他對生活和命運的感受。大姊也這麼說過，大姊想寫她自己，那是發洩，是對不公平的命運的訴怨。他說，他想找到一種新的表達方式，北京有一些寫作的青年人，也正在走一條新路子，作品貼在西單民主牆上，油印成小刊物叫《今天》，但是被禁了。公安局給他們的讀書會施加壓力，也就是這個背景。他就是寫了，也不想發表，不到時候。

我把酒盅推到他面前，他推了回來，我握在手裡。剛才聽他說要寫書，我的心一下子被牽得遠遠的。

「別怕，不會喝醉的。」他看著我說。

我把酒盅推了回去，說：「還是你喝吧。」

「你喝一口，就全歸我了。」

我於是喝了一口，接著又喝了一口。我覺得臉紅了起來，記憶力出奇地好，口才也出奇地好，一個結巴也未打。我說到我出生前家裡親人因飢餓而死，也說到大姊幾次大吵大鬧離婚。我猜想，她想藉換個男人換一種生活。

歷史老師接過我的話說，你大姊用耗盡自己生命力的方式，對付一個強大的社會，她改變不了命運。

這個社會，既得利益階層組成一個統治集團，一個新的特權階級。我們老百姓只想在公共廁所加一個茅坑，當幹部的，不管小官還是大官，他們有自己專用的抽水馬桶、浴室、電話、傭人、奶媽。飢餓時期哪聽說餓死過一個幹部？這些人的第一條準則是鞏固特權集團的共同利益，並且傳給自己的子女；第二條是在這集團中往上爬。這第二條經常與第一條產生矛盾，由此鬧出禍及老百姓的政治變亂。

有兩個文革。第一個文革是幹部們互整，不被人整倒，也會整別人。既然吃政治這碗飯，就得手拎著腦袋瓜，既然享受特權，就得冒被整的風險。有什麼可抱怨的？本來這就是他們選擇的。不管是當事者，或是當事者的後代們，現在如何憤恨寫文字控訴文革，受造反派迫害，都太可笑了。另一個文革是老百姓的文革，他們藉毛主席在黨內與劉少奇等人搶權的機會，做了造反派來發洩報復。但是造反派在六九年就挨整，整了十一年，現在幹部們還要整膽敢造反的老百姓。

我不眨眼地盯著歷史老師，他說得激動起來，手在桌子和胸前畫著。第一次聽他說這麼長的話，好像他也並不在乎我是否聽得懂，也不問我是否同意。我感覺他的神情有點可憐，他比我有知識有學問，但也一樣苦悶需要人理解。在感情的需求上，我們是對等的。

小酒瓶早見底，酒盅裡還留有少許酒，歷史老師不時拿著，不時放下，舉棋不定。他笑他自己，說他是第一次和除他妻子之外的女性，在外面吃飯，平日一人在家吃飯，就更簡單。他的臉，不知是喝了酒發紅，還是點出這件事令他害羞。我轉移視線，只看進進出出的店主，另外兩張桌子坐了人。

小館子裡仍很清靜，窗外太陽正徐徐往山下沉，大概只有五六點來鐘。店主用一把蒲扇在搧涼一鍋新做的稀飯，可能七八點時，來吃飯的人會多些。

他第一次提妻子，一句帶過。我聽別的老師說過，他妻子在一所小學工作，做辦事員，不教書，女兒只有七歲，就在妻子的學校上學。好像都不在南岸，在另一個偏遠的郊區。他想告訴我他家裡經常沒有別人，我知道他的暗示，可我沒有接他的茬。

「你的眼睛能代你說話。」他說這話時，聲音很快，「你藏不住，你的思想，包括你每個小小的念頭，你的眼睛都告訴了我。」

對此，我搖了搖頭。

你知道嗎？我在心裡對他說：我唯獨藏起了我的孤獨，我拒人千里之外，我絕望的需要總想把自己交給一個人。但是我不能讓我的眼睛說出這種渴望，我怕它們洩露我的內心，以致我不能與你的眼睛對視。

3

他們兄弟倆：弟弟略高，哥哥略結實，兩人的面貌都略帶點憂傷。父親病亡後，母親辛辛苦苦把他們帶大，他們相差四歲，形影難離。文革開始，造反了，他們先是在家操練毛主席語錄，用語錄辯論。然後他們走出家，都做了造反派的活躍分子、筆桿子，造反派分裂後兩人卻莫明其妙地參加了對立的兩派。

這樣的事，在這座幾百萬人口的城市算不了什麼稀奇。在一九六六年、一九六七年和一九六八年，連在家糊布殼剪鞋樣的老太婆，都能倒背如流好多段偉大領袖或偉大副統帥的教導，講出讓人啞口無言的革命道理，家裡人經常分屬幾派，拍桌子踢門大吵。

很快就出現軍人拉一派打一派的局面，軍內各派借文革互相清算。「八一五」一派有駐守重慶的五十四軍在後面支持。後來派駐重慶的五十三軍，支持「反倒底」。人們這才發現這城市有那麼多巨型國家軍工廠，現在被不同派控制，這城市成爲文革武鬥全國第一戰場。各個制高點、交通要道、江上山上高音喇叭日夜狂吼，經常夜裡戒嚴。在一九六七年上半年開始動刀動棍，七月就眞槍眞炮地打起來。

那時，兩江三岸幾乎每家床底下的雜物都被拉出來，床底放上席子。床上不睡人，堆放著棉被，疊放所有的枕頭。每家都以爲如此，可防隨時從江上和對岸射飛來的子彈和炮彈。許多人家備有槓子、鋼釬。抗戰時期防備日本飛機空襲，在山坡上挖的防空洞，因爲是石洞，保存之好，可能世界第一。後來，七〇年代爲了準備打核戰爭，又加深加固，再挖鑿一批，城市的內臟早就像蜂窩，到處是一個個相連或不相連的洞穴。當時，武鬥一發生，離防空洞近的，一條街的人都去防空洞躲藏。每天天未黑盡，不管天有多熱，都趕緊閉掉大門，用槓子頂住門，各自把鋼釺剪刀菜刀等自衛傢伙，備在方便的暗處，早早熄了燈。

謝家灣醫學院有一夜武鬥，機槍架著射擊，坦克也開出來打。誰也沒見過那陣勢，特別是中學生大學生，慌亂中不擇路奔跑，翻牆的人太多，牆隨著人倒，壓死的人不比打死的少。

八月，武鬥進一步白熱化。

「八一五」和「反倒底」兩派，為長江上的決戰做了足夠的準備。南岸、城中心、江北要害之處都設有強火力點。貨船輪渡都停航，江上冷清空曠得異常。連城中心的中心地帶解放碑交電大樓，「反倒底」的「完蛋就完蛋」廣播站，九頭鳥式高聲喇叭也暫時啞了。天空安靜得發白，沒人在意氣溫上升悶熱。靠江岸住的人們見勢不妙，紛紛躲在床底下、防空洞裡。

「紅配綠，醜得哭，紅配紫，一泡屎」、「閏七不閏八，閏八用刀殺」。一九六七年八月八日，我正是能隨口念叨這些諺語的孩子中的一個。我的三哥的膽子賊大，那年他十六歲，登陸艇往兩江三岸射炮、江上大戰時，他一人跑到面對朝天門碼頭的八號院子嘴嘴，趴在岩石上看個痛快。

父親彎著身子，貼著房子的牆壁躲避子彈，去逮三哥。父親急出汗，邊走邊大聲叫：「三娃子！三娃子！」我快五歲了，好奇地悄悄跟在他後面。

嘉陵江流入長江的地方，船的殘骸碎塊有的在燃燒，有的冒著濃煙。一艘登陸艇靠近江中的烏龜石，屁股在水中，頭還在江面上，正在下沉。另一艘登陸艇往下游那頭開得快沒影了。

八號院子嘴嘴沒三哥的影，父親往江邊的石階走，一回頭看見我，一隻手指著家的方向吼道：「回去，快些給我滾回去！」

父親的樣子真兇，我愣了一下，就沒命地往家裡跑。

三哥說一看到登陸艇下沉，他就奔下長長的石階到江邊，潛入水裡，撈到一個摸起來不錯的東西，游上岸來一看，只是一個塑膠長筒，裝著十多個羽毛球。原來被打沉的艇上，是些好體育的學生。父親冒著彈雨把三哥抓回家，往床底下一塞，他還在得意地整理羽毛球。

「反倒底」從下游軍工廠開上來的登陸艇，從嘉陵江殺出「八一五」的炮艇和一艘小火輪，在江上對戰。兩艘軍艇，四周都是用裝甲車的鋼板焊封的掩體，僅留槍炮眼。「八一五」大部分是學生，也有工人，裝備也不錯，但顯然不是「反倒底」登陸艇中轉業海軍的對手。「八一五」的炮艇被打了十二個炮眼，主機被擊中，來不及掉頭逃走，就進水朝下沉。

歷史老師親眼看見他們這一派射出的一顆炮彈，擊中對方的小火輪，轟地一聲爆炸開來。

他最初也不能確信弟弟在小火輪上，據「八一五」裡的人講，弟弟這種「秀才」，本來在岸上「後方」，自己跳到了小火輪上的。處理打撈屍體時，只發現了弟弟的透明邊框深度近視眼鏡，那副眼鏡，以及一堆江中撈上來的不知何人的斷肢，一起埋在沙坪公園紅衛兵烈士墓區裡。當年，這個全國武鬥最厲害的城市，有不下二十處比較集中的武鬥死難者墓區，專門葬著一批又一批誓死保衛偉大領袖的人，至今只留存沙坪公園一處，某些墓碑上有的有姓名，大部分連姓名也沒有，當時墓都做得很堂皇，刻有毛澤東書法大瀟大灑的詩詞和語錄。文革中期派別被解散後，就無人看管，碑石七歪八倒，長滿荒草，成了一大片亂墳。

他的母親聽到噩訊，正在家裡編織絨線衣，鋼針插進手心，一聲未叫得出來，中風死去。

他退出派仗，回到家裡，家裡已被弟弟那一派來抄砸過。

「八月八號，打槍打炮」，成了這城市一個新的諺語，表示不吉利。時隔十三年，有人將自己的親屬從沙坪公園紅衛兵烈士墓區挖出，重新安置時，嚇得魂飛魄散，「是冤鬼哪！冤鬼！」屍體只剩骨頭，這沒什麼大驚小怪的，奇怪的是頭顱骨全變成了綠色。有人說是由於射進腦袋的銅子彈，隨著腦子爛成水，染得滿顱骨銅綠。

誰都看得出來，歷史老師在小館子裡談論這類事時的平淡態度，是裝出來的，是強行壓制住內疚自罪。說起一九六七年八月八日這場武鬥，我覺得他關於兩個文革的精彩分析站不住腳：如果造反派搞的是「老百姓的文革」，為什麼互相往死裡打？

他說：「成天說造反派蠻橫，其實造反派控制局面時，知識分子平頭老百姓很少有被鬥自殺的，等到軍隊掌權，『清理階級鬥爭隊伍』，人民才受到空前的迫害。」

他這話是對的，從我上小學二年級開始，到處都是自殺的「五一六」分子，清理出來的「國民黨殘渣餘孽」和「反動文人」。那幾年江上的屍體多到都無人再去看熱鬧。

我坐在那兒，手在桌子上襯著臉龐，早已忘了吃飯，一點兒也沒覺得時間已從身邊滑過去，夜晚已降臨。

一直到分手後，我才想起書包裡那本《人體解剖學》。他說的事，眼光那麼高遠，觀點那麼深刻，與這本書完全不一致，我竟忘了把書還給他，也忘了責問他為什麼如此卑劣？他還沒走遠，我叫住他，我們倆在路燈下漸漸走近，他的臉被路旁樹枝的黑影遮沒，像是一個沒有面目的幽靈。

「怎麼啦？」他問，他聽到我沉重的呼吸。

「還你書，」我坦然說，一字一句：「書我看了，也看懂了。」我把藏到身後那本書拿出，放在他的手中。在我的目光注視下，他拿過書轉頭走開，明顯有點驚慌失措。

這是我第一次在精神上占了優勢。看著他很快走遠，不知為什麼，我突然感到欲望的衝動，我心跳個不停，骨盆裡的肌肉直顫抖，乳房尖挺起，硬得發痛。我不得不雙臂緊緊環抱自己的身子。

4

一路上，無論怎麼被夜風吹著，我也冷靜不下來。腳踏風琴聲，嗡聲嗡氣地從路邊的托兒所石牆內傳出來。

找呀找呀，
找到一個朋友，
點點頭來握握手。

裡面的小空霸孩子們在丟手絹。小小孩只有白天在這裡玩，怎麼在晚上七八點鐘呢？幾條街都有股糞臭，是挑糞的農民弄灑在路上，也可能是廁所糞池滿溢出來？悶熱，沒有晚風，倒聽到樹葉嘩嘩響，水溝卻沉默地淌著。

一走進六號院子，就看見人比往日多，有其他院子和不是這條街上的人，本來院子人不少，一多幾個人就擠翻了。「生了個兒娃子！」「石媽的福氣好，抱孫了！」堂屋裡四姊和德華一人坐一木凳在吃飯，五哥也回來了，父親在房間裡搬弄半導體收音機。

我扔掉書包，取了盆子去大廚房打水。石媽的灶上正在燉著湯，冒著熱氣和肉香，其他灶都清靜地燒著一壺水。那些想來吃紅蛋的人已一哄而散，她的房間是後院第一家，緊靠大廚房。房門未關，她的兒媳婦躺在床上，說話聲極不耐煩，「啷個還沒燉好，人都等成哈巴還得不了吃。」石媽答道：「要等半夜，那種好東西才有效。」

她們在說吃胎盤。這裡人都有這個習慣，從接生站要回胎盤，帶上鹽和堿到江邊用江水洗淨，切成碎塊和著豬肉燉。都說胎盤積聚了孕婦所有的營養，吃了能補產婦的身體。共用的大廚房燉胎盤時，偷嘴婆最多，在自己灶上，用一個長柄勺伸到別人的鍋裡。膽大的，直接到別人的灶前，盛一碗，匆匆忙忙邊吹涼邊喝。碰見了，總有回話：「幫你嘗嘗鹹淡。」

每次一聽到有人興高采烈吃胎盤，我就要作嘔。我記得有一次大姊在家裡生小孩，與母親吵起來。

大姊用筷子敲著只剩少許湯和肉的碗，不高興地質問母親，「這是豬肚，媽，你肯定把我的胎盤扔了？」

母親沒吭聲。

大姊氣憤地嚷起來：「湯像是一樣的白，滋味也差不多，但我清楚得很，這不是胎盤！」她就知道母親不肯燉給她吃。母親不相信吃胎盤，說野蠻得很。母親雖然沒文化，但她有她的原則，人不能吃人身上的東西。

5

但是母親相信巫醫，她認爲巫醫就是比西醫強。我十三歲，挑河沙時，眼花踩空了步子，帶著籮筐從石階跌下去，把左臂拐肘扭了筋，腫得動不得。

痛到半夜裡，母親把我悄悄弄到水溝後面的一條街，神情慌張地敲開一扇門。那門和窗都小得出奇，一個手裡夾著香煙的女人坐在黑洞洞的屋中央。我們進去後，才點了盞煤油燈，燈芯只一丁點，放在屋角單腳櫃上。看不見她的臉，僅看得見她夾著香煙的手，她沒抽，只是拿在手中。她說你們不請就進屋來就不對頭，你們根本付不起錢。

母親問多少？

她扔了快燃盡的煙頭，用手比了個數。

母親二話未說，就點了頭。

她站起身來，讓我坐到床邊。她用一種香味奇特的藥膏塗了手，在我左臂上緩緩地摩娑了幾遍，嘴裡不知叨念著什麼。然後她點起一炷長長的香，細細地燒炙我的拐肘，像有股滾燙的電流傳遍我的全身。

「行了，回家去吧！」她氣喘噓噓坐下。

我跳下床，手活靈活甩，沒事一樣。母親給她錢，她堅決不收，母親不明白了。她說她就要母親那副爽快勁，她知道我們沒錢。但她不許我們說出去，「你們沒見過我，聽到了嗎？」她惡狠狠地說。

就是那一年冬天，血從我的身體裡流出來。我躲在布簾後，不知怎麼辦。四姊懲了許久的尿，覺得奇怪，才發現我在尿罐上簌簌發抖。她把衛生紙遞給我，讓我墊在內褲裡。每年的冬天，遇到來例假的一週，我的神經就緊張，血流得太多，我怎麼詛咒都不肯減少一點，上著課，就往家裡飛奔，內褲、絨線褲，包括罩在最外面的長褲都被打濕了，既丟臉又不舒服，回到家裡，沒多的絨線褲，穿條單褲，守在灶坑前，烤洗了的絨線褲，等著乾了再穿，心裡念叨老師恐怕又要處罰我了。

我的右手心上有顆黑痣，有個算命先生一看見這隻手，表情就不自然，只說「阻切中脈，多紋交叉」一句，就不再多言。我的肚臍右上方有個小時開刀留下的傷疤，像一隻睜著的眼睛，總在看著我，每次脫衣服洗澡，我的手在這個地方就畫著大大小小的問號。

第十三章

1

我拉開閣樓的門，赤腳站在小木廊上。整個院子還未完全從睡眠中醒過來，有人往天井水洞裡解手，那積了一夜的小便，聲音特別響。

總在堂屋右手邊上的一個竹矮凳，被穿過天井晾著的衣服空隙的一束光線照著。背著書包，我準備去學校上課，走到院門口。母親從屋裡出來，邊梳頭邊極不耐煩地叫住我，「今天是星期天，上啥子學？」

我恍然大悟，難怪街上沒一個上學的人經過。母親顯得非常疲倦，像一夜未睡好，眼睛發腫，目光卻很鋒利，彷彿把我身體裡外都看了個遍，我心裡一陣發慌。她的臉色柔和起來，像有話要和我說，但一聲咳嗽後，她轉頭回屋去了。隔壁鄰居在吃餿了的稀飯，碗裡攤了兩根長長的泡豇豆。我從書包裡取了書，下到江邊去背功課。沒有多久，我就明白根本做不到集中精神複習。我回到家，家裡只有父親一人，在洗碗。

「媽媽去哪了？」

「她說去看二姊，」父親想了想，回答我：「好像她說要去城裡羅漢寺燒香。」

這就奇怪了，難道母親遇到什麼難決之事？她逢到大事難決，就要去羅漢寺廟燒香，有時還帶我去。母親告訴過我，我第一次進廟，才三歲。

不過，我記得的第一次，好像是四五歲。安靜的廟內，空氣中有股藕的甜味。見不著人影，幾隻麻雀在啄瓦縫間的青苔。

碎石子小徑，走著喀嚓響。隔四五步遠就有一個石頭人，臉孔風化得沒稜沒角，盡是坑坑窪窪的麻點，跟街上要飯的麻瘋病人差不多。

轉個彎，對直走，到了正大門。母親叫我站好，理平衣服，把耷拉的鞋子撥上。她說一個菩薩一個運，拜準了主命的菩薩，對上了，一輩子就好運不斷。她拍了一下我腦袋。那意思是對菩薩心誠不誠，恭不恭，就看我自己了。

進廟敬菩薩，別想好步子。若是右腳先跨進門檻，那從右邊開始，朝殿內回字形布局豎立的五百羅漢禱告，依你生辰八字，數到一個羅漢，沒挑沒選，就是你的守護神。反過來，若是左腳先進，那就從左邊開始數。

門檻好高，我幾乎是手撐著翻進的，一緊張，早忘了哪隻腳先進的。回字形的殿內，四邊全是些差不多高矮的羅漢，有兩眼怒目的，有大笑不止的，也有莊容正坐懷抱神鳥，手執如意，頭長蓮花的。

「跪下，六六！」母親突然說，聲音低沉，但不容爭辯，只許服從。

我沒看，就嚇得跪在蒲團上，心裡直怕主宰我的菩薩，是個大肚漢或紅臉怪。壯了膽才抬起眼看，這尊塑像險些兒搆著房頂，慈目善眼，青白的臉凝重寬容，手裡是把長長的銀劍，腳下踩著金色鬃毛的獅子，和其他羅漢們不一樣。菩薩的眼睛黑白分明，正瞧著我。我不會算我的生辰八字，母親咋個算的，我也沒問。但我覺得這菩薩早就認識，在哪兒見過？

母親也跪在我旁邊，點上三炷香，叫我跟著她一起磕頭。她的陰丹藍布衣服摩在我臉上，粗粗拉拉的，很舒服。她說：「這是文殊菩薩，你有啥子話，就對祂說，祂會保佑你。你想啥子福氣你就說，別說出口，心裡叨念三遍。」

我頭磕在地上，心裡念著，極快，起碼念了十遍。

回過頭，發現母親看著我，溫柔極了。

我的命從來都沒好過，恐怕一輩子不會好。我當初心裡念叨過的話，後來怎麼想也想不起來。那廟在我們去後不久，就被砸爛了。文革中大門一直貼著封條。聽說恢復了，我還特地去看過一次，重新維修了，一切復原，用了幾斤金子貼的佛面。文殊菩薩也重塑了一尊，差不多是老樣子，可我怎麼看都覺得特別陌生——祂不像能記得連我自己都沒記得的心願。

這是一個令我弄不懂的問題：十幾年前母親爲何就挑中文殊菩薩，給她懷過的第八個孩子、活下來的第六個孩子做守護神，而不是專司理德的普賢，大慈大悲救苦救難的觀音，至高至上無所不能的佛主釋迦牟尼？她的文化程度僅夠讀簡單的信，寫幾句滿是錯別字的問候話。或許她是歪打正著，文殊菩薩那劍是智慧之劍，那獅子是智慧之力量。或許她早就清楚，我一生會受求知之苦。凡事想追個明白，瞭解底細，到頭來只會增添煩惱，並付出慘重的代價。一個人不知不明，一生自然而然，生兒育女，少災少難，平安無事地逝去，化成泥順江流入大海，多好。

可是母親在這之前，在這之後，就沒有關心過任何一個兒女，包括我的知識問題。母親沒心思管，我也從沒有再得到過她在廟裡待我的溫柔。她認爲沒必要讓我知道家裡的祕密，當然我對自己的身世，也不該有知情之權。

2

我想去見歷史老師，非常想。我手忙腳亂找小鏡子，但找不著，乾脆把整個抽屜取在地上，翻找。五屜櫃裝衣服的一格抽屜，有一個嬰兒帽，那墨藍色我從未見過，不把抽屜取下來，不易看見。我伸手拿了過來，裡面有個硬東西，是一支小小的口琴。帽子很舊，還有幾個蛀蝕的小洞，但墨藍得可愛，有朵朵暗花，緞面裡絨，摸在手裡舒服又暖和。這口琴，想起來了，我是見過的，母親當時一把拿走了。一定是她把它藏在這兒的。

我上了樓，找到被四姊放起來的小鏡子。我嫌自己臉黃，像個肝炎病患者，便往臉上撲了點大姊的女兒用剩的痱子粉，用手把粉揉散，抹均勻。看了一眼鏡子，一白遮十醜，覺得自己還瞧得過去了，就反扣在床上，我對鏡子恐懼恐怕不亞於母親。

歷史老師肯定會問，你怎麼臉色這麼蒼白？你害怕？我不安起來，後悔撲了粉。我臉一紅，止也止不住。不知爲什麼，我意識到我的青春年華會非常短暫，像一束光，在一個密匣裡鎖住。

十八歲那年的那一天，我想打開這匣子，想看到這束光，它果然燦燦地閃了一下。

一個人一生很難相遇愛的奇跡，我一直在等待，現在它就出現在我面前，我決不會閃躲開去。我是愛上他了，他是有婦之夫，這完全不在我的考慮之中。也許潛意識中，這正是我愛他的條件。我從來都愛不可能的東西，越是無望，越能燒灼著我的情感。早晨我睜開眼睛，第一個意識就是他，他這個時候在做什麼，我上一次見到他是如何，將見到他會是怎樣？我想我完蛋了，沒救了，還沒開始愛，就一個人把應該是兩個人所擁有的愛之路走掉了一大半。

前前後後我把自己的頭緒清理了一遍又一遍，我罵自己，你是太孤獨了，學生喜歡老師，單相思。沒準等我走到他的門前，便會拔腿逃跑，發現剛才那所有的激情都會煙消雲散。

我的直覺告訴自己，他不在學校。雖然有時星期天他也會一人去辦公室。但這天，他一定在家裡。從石橋廣場坐公共汽車，我嫌車太慢，就下了車，直接挑近路，下坡靠江邊走，過溪橋。江水和泥沙，把江邊一些地方沖積成一個個土垉。蘆葦柔柔弱弱，但坡上坡下都長滿了。我看見了他描述過的那排緊靠在一起的吊腳樓，他的家爲斜上方一所木頭與石灰面牆的平房，木板是長年雨水太陽塗出的黑碣色。

我站在山坡下，心猛地狂跳起來，爲自己的大膽。如果他問我來做什麼？我就說四姊結婚，請他寫一幅草書。

不，我有什麼必要扯謊？我應該告訴他，我就是想見你，就爲這，我來了。海棠溪那坡石階很長，我幾次停下喘氣，但從未有折回去的念頭。他使我潛埋在身體裡的一種東西爆發出來，我瘦削的臉頰，毫無血色的嘴唇，泛出淡淡的紅潤，頭髮在風中飄飛，正在由枯黃變青黑，粗糙的手在脫皮，指甲鮮亮晶瑩。如果我能看見自己，我就會清楚，在十八歲那年的那些日子，我將自己一生應享有的美麗，不想保留地使用了。

來到那條與江面並行的小街，沒按著門牌號數，憑著感覺，我找到了他的門前。

我沒有逃跑，沒有心跳，我冷靜得叫我自己害怕。

我舉起了手，敲門。

3

他拉開門，看見我，很吃驚的一個表情，但瞬刻便鎮靜下來，頭朝房內一偏，說：「進來吧！」

正像我預料的一樣，他妻子和女兒都不在，只有他一人。和我夢裡來時看到的相同，家裡全是書，書櫥將一間三十來平方米不到的房間隔成一大一小兩間，小過道有竹竿曬晾著洗過的衣服。有個旁門，通向後面自己搭的小廚房。床、椅櫃子倒是位置適當，房間顯得不那麼擁擠。果不其然一台舊唱機在獨凳上，和書櫥相連，屋角有個舊瓷瓶。

他沒問我怎麼來了，而是笑了笑，似乎看穿了我所有的想法。我恨這個自以爲是聰明的笑容，一點也不給我面子。我在靠牆的凳子上坐下，他從茶壺裡倒了一杯老陰茶涼開水，遞給我。像想起什麼似的，他彎下身子，從書櫥下面一疊唱片、報紙和書中，抽出一張唱片放在唱盤上。

書櫥上眞的放著他母親的一幀照片，她呆呆地望著我，這個早已不在人世的人想告訴我些什麼呢？「眞像你，」我對他說。

他點點頭，朝我走近了一點。我慌張地把一杯水一口氣喝了一半。他把杯子接過去放在書櫥邊上。他走到我的身邊，停住，看著我，突然俯下身來，在我的額頭輕輕吻了一下。我的身體自動靠攏他，緩不過氣來地微微張開了嘴唇。

我被他抱著站起來，整個兒人落入他的懷中。我的臉仍仰向他，暈眩得眼睛閉上，一時不知身在何處。一點掙扎，一點勉強也沒有，我是心甘情願，願把自己當作一件禮物拱手獻出，完全不顧對方是否肯接受，也不顧這件禮物是否需要。我的心不斷地對他說：「你把我拿去吧，整個兒拿去呀！」他的親吻似乎在回答我的話，顫抖地落在我滾燙的皮膚上。

我突然明白，並不是從這一天才這樣的，我一直都是這樣，我的本性中就有這麼股我至今也弄不懂的勁頭：敢於拋棄一切，哪怕被一切所拋棄，只要爲了愛，無所謂明天，不計較昨日，送掉性命，也無怨無恨。

我感覺我全身赤裸地墜落到床上。他撫摸著我最不能摸的地方，我自己都不敢碰的地方。但他的手和嘴唇突然停下，許久沒有動靜。我睜開眼睛去看他，他好像正在猶豫。

我的臉燒得發燙，爲自己再也無法抑制欲望感到害羞。

他說：「你還是一個處女。」

我說：「我早就不想做處女。」

「以後不會有男人願意和你結婚，即使和你結婚，也會很在意，會欺侮你一輩子。這個社會到今天，男人很少有超脫俗規的。」

「我一個人過，我喜歡一個人生活。」

「因爲你知道我不會和你生活？」

「我沒想過，」我堅決地說：「我只是想今天成爲你的，和你在一起。」

我的話可能使他吃了一驚，但明顯讓他放了心。他叫了一聲我的名字，「你終是要嫁人的。」

我想對他說，從小我所看見的一戶戶人家，我生活的世界裡，我的鄰居，我的姊姊哥哥，沒有一家是眞正幸福的。既然婚姻不是好事，我幹嘛要結婚？而愛對我是至關緊要的，我尋找的就是這麼一丁點東西。

但我沒有說出那麼多的話，我只是一個勁地搖頭。

當時我不過是一個性衝動中的少女，我只知心裡愛他，卻不知怎樣用語言向他表示。我想以後我也許會愛，但那是「以後」。對他的愛必然會專斷一生，不會有第二次。

他把我的手指含在他的嘴裡，接著又放在他兩腿之間，他的陰莖已又硬又燙。我沒料到男人的這東西會變紫紅膨脹，比我想像的大得多，上面有血管在跳動，好像一個放出籠的野獸。我的手發顫著，但沒有縮回來。這麼握著男人的陰莖，是我從來沒想過的。他的雙臂把我抱緊，像要把我嵌鑲進他的身體裡一樣。陽光透過竹葉灑在我赤裸的身體上，光點斑斑駁駁，我覺得自己像一頭小母豹那麼暢快地躍動馳騁，光點連成一條條焰火纏裹著我和他。窗外長江浩浩渺渺，對岸的城市就像海市蜃樓，窗下是陡峭的岩石，岩石底是一個樹蔭遮擋的空壩子，幾個小女孩在跳橡皮繩，邊跳邊唱：

一二三四五六七，

馬蘭開花二十一。

伴著嘻嘻哈哈清脆的笑聲，從低處傳來，江上那種小輪船駛向碼頭在發出歡叫。那個時候，我是第一次明白江上的船，爲什麼要這個停了那個便接上地鳴叫。所有窗外的聲響，像是配合唱機上轉悠的音樂。

我快樂地抓住他的手，俯下身把乳房緊緊地貼壓在他的胸膛上。他的心跳猛烈而有節奏，他親吻我的耳朵，低沉的聲音在說：「你的心比別的女孩子脆，並且還薄，一觸就是一個洞。」

他扳開我夾緊的雙腿，一個東西漸漸挨近，趁我不注意閃了進去，像個可愛的小偷。

他問我痛不痛？我說不是太痛。

他嘆了口氣說，他很痛，下面痛得發脹，心裡痛得懸空。他說痛好，甜不是愛，愛我，他心裡又酸又痛。

他的舌頭捲裹了我的舌頭，他的手指交叉著我的手指。他的身體往壓偏的乳房上一衝，我的下面就被塞得實實在在。我眞的痛了起來，一種嶄新的痛抓牢了我，以至於他輕輕一動，我就想叫，想大聲吼叫。但我不好意思，只是興奮得喘不過氣。我想抬起頭去看他的器官，怎麼會把我弄成這樣一種狀態，可我幾乎睜不開眼睛。我覺得和他互相插得不能再緊，我聽見自己的子宮在咬齧，忽地燃燒起來，沸騰著上升。

江上的景致倒轉過來，船倒轉著行駛，山巒倒立在天空，重疊著他的舌頭、他的手指、他的目光、他憤怒的臉、他歡樂的臉。天空在我的四周，江水在我的頭頂起伏跌盪，無邊無際，毫不顧惜地將我吞沒。

突然，我的淚水湧了出來，止不住地流，渾身顫慄。同時，我的皮膚像鍍上一層金燦燦的光澤，我聞到自己身上散發出來的香味，像蘭草，也像梔子花。最奇異的是我感到自己的乳房，頑強地鼓脹起來。的確，就是從這一天起，我的乳房成熟了，變得飽滿而富有彈性。

4

我們的喘息漸漸平息，我們汗淋淋的皮膚相擁著，久久未說一句話。他親吻著我，問我怎麼沒血？那聲音聽來毫不驚奇。我去察看身體下的麥席，眞是沒一點紅。他沒有問別的男人碰過我沒有，他只是說：「那你是幹重體力活時不當心弄破了。」

他的手撫摸著我肚臍，肚臍上小時開過刀的傷疤，我閉著眼睛，聽著我的心跳和他的心跳協調地響著，我的手攬著他的脖頸，一隻腿靠著他的腿，彎著的一隻腿輕輕擱在他的另一條腿上。我知道每個處女，有一張證明書——處女膜。我從來就沒這張證明？或許我生來就不需要這張證明，也可能我生來就不是處女！

「你很想這樣嗎？」他抱緊我問：「脫光了和我躺在一起。」

我說：「是的。」

他說他也想極了，每次做夢總做到脫去我的衣服，在那一刹那就醒了，懊喪不已。

我問爲什麼？

他說他看見光著身子的我，跪坐在他面前的床上，但腿間有血。

他做不完這夢，是怕傷害我。我感動極了，臉貼緊他的臉，感到自己愛上了一個値得愛的人。

他叫我坐起來。

我很聽話，坐了起來，背挺得很直，手自然地擱在跪曲的腿上，就像他夢裡見到的那樣。

他未穿衣服，比平日顯得高大結實，只是他的陰莖現在垂倒下來。他不知從什麼地方拿來一個夾板，坐在離床不遠的凳子上。他讓我別動，他手裡的鉛筆沙沙地響。幾分鐘後，他走到床邊，讓我看。

我赤裸的身體！乳頭和肚臍的樣子描得格外仔細，陰毛也仔細地描了出來。我認出頭像是以前他在辦公室畫的，新畫的身子，是接上去的。我，竟然是這樣一個女人：赤身裸體，反而本色自然：一頭色情的母獸。我覺得自己應該就是這樣徹底無恥。原來他把我的頭像只畫在紙的上端，就爲了等著畫我的全身，他一開始就在盤算我！眞好，我一開始就引起了他的淫念！

我要這幅畫。

他說：「你不怕讓人看見？」

「這是我，爲什麼要怕？」我說：「最好你簽上名，行嗎？」

他爽快地簽上名字，從夾板上取下，攤開放在枕頭上。我注意到他在看畫時，陰莖一下挺直起來。他大概有點不好意思，背過身去，匆匆穿上了衣服。

我從床上跳下地，去找自己的內衣內褲，套上白花點的布衣布裙。我穿涼鞋時，他已繫好褲子的皮帶。

他朝書櫥走過去，停掉唱機上的音樂，轉過身來時，神情有些異樣。他把我拉在床邊坐下，攬著我的肩，讓我再待一會兒，他說他的妻子和女兒要晚上才回家來。我聽了，一點也沒嫉妒，也不懊喪。我高興自己做了一件一直想做的事，比想像的還美好。

5

我們臉朝屋頂，並排橫躺在床上，他突然撐起身子，開口說話，聲音完全改變了，很疲憊的樣子，「你不用記著我，我這個人不值得，我這個人和其他男人沒啥兩樣，不僅如此，我還特別混帳。」我剛想開口，他的手就捂住我的嘴。「你別說話，聽我的，你記住這些話就是了。」

他站起身，我以為他去取他的茶杯，結果卻是一盒紙煙，他點了一支，抽起來，我從未看見他抽煙。他說，有些文革造反的積極分子已被區黨委通知去學習班，而學校已通知他下週去談話，雖然他不知道學校將和他談的內容，但他的直覺告訴他，他馬上就要進那種私設的「學習班」監牢。

我從床上坐起，搖搖頭。
「你不相信？」
「你決不會的。」
他把煙灰直接抖在三合土的地上，說：「終有一天你會懂的！起碼到了我這個年齡。」如果我仔細一點，就會發現屋子有點亂，氣氛不太正常。但我沒注意，我的眼睛只在他的身上。
「現在就是算清帳的時候了，」他說：「既得利益集團不會放過我們這些敢於挑戰的人。」
我站了起來，對他說：「不會的，你是文革的受害者，沒幹過這些壞事。」大概是我說話的勁頭太一本正經了，他竟停住要說的話未說，來聽我說。而我只能重複相同的話，他坐在床邊的凳子上。
「我算是『殺人犯』。」
「胡說！」
「說我殺了我弟弟，說我是指揮開炮的人。」
「沒有的事，」我幾乎要哭起來。
「這是眞的，我就是殺了親弟弟的殺人犯，」他相當平靜地看著我。「你可以走了！」他說，卻把我的手握在他寬大厚實的手裡。

好一陣後他放開我，到書櫥前，一本書一本書地挑著，一大堆外國小說，有些我未看過，有些我看過，他都要送我。

我伸手去拿枕頭上那張畫，他擋住我的手，抓了過來，看了看，揉成一團，朝廚房門走。我叫起來：「這是我的畫！這是我。」我著急地跟了上去。

他抱了抱我的頭，「你還有一輩子要過，你得清清爽爽走自己的路。」他走了幾步，畫在煤爐上點著了火。

我一個人走出他家，抱著麻繩紮好的一大摞書，心裡還是迷迷糊糊，還是未能從一個少女蛻變爲一個女人的感覺裡掙脫出來。好像他的肉體還插在我的肉體裡，從他那美妙的器官裡噴射出的滾燙精液，隨著我步子加快，慢慢溢了出來，甜蜜地浸滿了我的陰唇，貼著腿滑動。我的手抱著他的這些書，就像抱著他。

但我想起他趕我走時說的話，那些我不太明白的話，心裡突然哆嗦起來。不知爲什麼，我感覺到他跟我做愛時那種決斷，那種不要命似的激情，那幾乎要把我毀掉的瘋狂，是個不祥之兆，前面是一大片黑暗。

他沒有和我談到任何計畫，也沒有約下一次見面的時間。

第十四章

1

我擱下懷裡的一摞書，望望屋裡，聽聽頭上閣樓，問：「大姊走了？」

「走了。」四姊頭也不回地說。

我想這倒很像大姊的個性，來去都不打聲招呼。母親在屋裡罵：「六六你沖瘟去了，喊半天都不見人影，家裡那麼多事！」我走進屋裡去，很親熱地叫了一聲媽媽。

母親蹲在地上，在收拾床底下的瓶瓶罐罐雜物，像沒聽見一樣。過了一會，才站起來，瞟了我一眼，既怪異又冷漠。臉拉著，像在說：我就知道大丫頭回家，沒好事，你成天拉著她說些啥，以爲我不曉得？

我不管母親的反應，問她二姊怎麼樣？

母親說，二姊的小孩拉肚子，害得她去燒香也沒燒成。我知道母親沒有說實話，她過江一定是去辦只有她自己知道的事。

我喝了杯白開水，就拿了擱在堂屋的那一摞書，上閣樓。閣樓裡大姊在床上斜躺著，也像是到家不久，剛洗過臉，有幾綹頭髮濕濕的。她看見我吃驚的樣子，大笑起來說：「要騙你太容易，一騙一個準。」

「騙吧，」我沒生氣，在床邊坐下來。

大姊自己情緒一下倒打了個轉，「哼，這個家，每個人都巴望我早點走。我知道我礙人眼，占人地，讓人擠得慌。」

她說就這二天走，但隔不了太長時間就會回來，永遠回來，再也不在那個鬼山旮旯傻呆了，絕對不幹。

那是個下午，應該是下午，我記不清楚。時間在那一天對我不存在，連我自己是否存在，我也不在意。我的頭腦和心靈正落在喘不過氣的快樂之中，在這以前我從未有過這種感覺。

樓下有人在叫大姊，大姊朝堂屋探了一下頭，馬上回到屋裡，對我說，她得走。

「你走了？」我稀裡糊塗地問了一句。

「出去一陣。放心，大姊今天還不會走，」她拍了拍我的腦袋，還以爲我捨不得她。

我走到小木廊上，見大姊和一個男子邊說邊笑出了院門，大姊是故意的，讓家人和院子裡的鄰居們看。那人有籃球運動員那麼高，我想，這回大姊準又是愛上什麼人，她會眞像她說的那樣，離開煤礦，要飯也要回到這個城市來。

四姊上閣樓來，一臉不高興，說：「你待在這裡做啥？還不去把灶坑下的煤灰倒到江邊去。」她肯定又在和德華鬧矛盾，只好把氣出在我身上。

「那個人是哪個？」我問四姊。

「那個嘛，以前大姊一起下巫山的知青。」

「她回來這些天是不是一直在找他？」

「你啷個曉得？」

「亂猜的，」我邊說邊下樓梯，心裡佩服大姊，她還眞找著他了。

大姊說過他，兩人是老相識，而且早就有點意思。那天大姊讓我去找她的一個女同學，就是爲了找他。這個男人的前妻，是半個日本人。剛解放那陣子一家人住在中學街。一九五三年，所有與中國人結婚的日本人都得離開，孩子不允帶走。兩個公安人員來押解。日本女人不願走，丈夫不肯放她走，三個女兒一個拉著日本女人的手，兩個抱著她的腳。日本女人的眼淚如針線那麼垂落不斷。那是中學街這條街上有史以來，最讓人看了鼻子癢喉嚨哽的一個場面。

哪怕日本母親被趕回去了，一家子還得遭罪，每次運動一來，就得交代爲什麼要當「漢奸」，孩子在街上老挨人罵「日本崽」。那個高個男子，因爲娶半日本血統的姑娘做老婆，跟人打了不少架，動了刀子，被送去勞教過。患難夫妻多年，七〇年代末，突然政府和日本友好了，有海外關係的人開始吃香，半日本血統的老婆身價高了起來，離他而去，只剩下離婚簽字了。

很晚，大姊回來。我說：「你和他倒是一對，離婚冠軍。」

「我小孩都已經一大堆，有哪個男人要嘍？」

大姊把話題轉開，哼起一支四川小曲，她的聲音甜潤，寬厚，她說她根本不在乎男人，男人哪個是好東西？大姊一定是同時在耍幾個男人，她不把自己置於進退維谷的境地，不會安心。

2

我睡得從未有過的沉，無法醒來，第二天很晚才起床。閣樓裡沒人，我奇怪自己第一個動作就是把鏡子拿在手裡，那的確不是我，全變了，尤其是我的眼睛：以往的驚恐，被一種沉靜的色澤覆蓋了，我看著，心裡又快樂起來。我對鏡子的迷戀是從這個上午開始的，一面小小的鏡子，是我居住的世界，隔開了我不喜歡的一切，我走在裡面，穿過霧氣和雨水，我走走停停，打量著熟悉的人影，熟悉的房屋。

水溝那條街上大人在打自家小孩，追著打。「你跑，你跑，看我不砍斷你的狗蹄子！」天窗灌入男人粗聲大氣的謾罵。那個總是喜歡逃到城中心那邊去的男孩又被逮住，套上鐵鍊，餓三天四天，只剩一口氣時，男孩就會服輸，求饒。

但男孩總是逃，這個怪孩子，他到底要逃到哪裡去？

結婚沒幾天，德華已開始不歸家，即使回來，也常常帶一身酒氣，醉醺醺的。下班後，他和廠子裡一幫青工在一起，划拳酗酒，打撲克賭錢。見著四姊，也愛理不理。四姊只有哭，他不在乎，說跟四姊在一起，生活沒勁透了。四姊嘲諷他：一個結婚的男人，你的女同學不會理睬你了。他聽了這話，掉頭就走，索性躲到同事家裡，不僅不回這個家，連他自己父母家也不回。

大姊讓四姊學她，另找一個男人。四姊說她沒有換男人的本領，不能沒有德華，她要大姊幫她去把他勸回家。

我下了閣樓，她倆早就走掉。吃中飯時，父親讓我和五哥不要等母親，一早母親就去城中心二姊家，幫二姊照看生病的小孩。父親說，母親肯定要在二姊那兒吃了晚飯才回來，今天我們三人吃飯。

父親很憂心忡忡，背彎著。他叫五哥去找魚竿魚網，說看能不能補好？

五哥說，魚竿魚網早被三哥拿走。

父親聽了，皺了皺眉頭，在煙桿裡裝了一支新裹的葉子煙，沒點上火，就慢慢朝院門口走去。父親沒說去哪裡，我也沒問，他可能去江邊，也可能去別的地方。這個家現在每個人都偷偷做自己的事。

3

突然的轉折，出現在我背著書包朝學校走的路上。本來應該出現的，早晚會出現的，如果不是我下定決心對直撞過去，可能還會延續一些日子。

穿過馬路，學校大門沒有什麼人，較平時相比，很安靜。因此，我一眼就看見了那個跟著我的男人，站在校門旁邊二十來步遠的牆下。不錯，正是那人，他一見我，就閃進牆旁的小路，那麼迅速，慌裡慌張。

那天學校是否上學，我不清楚。那時我腦中除了想再見到歷史老師，根本沒想別的。甚至忘了盤桓在我心裡問題，關於身世的疑惑和謎團，在那一兩天都暫時閃開了。但在這一刻，又冒了出來。這幾天，我生活中發生的事——大姊講的家史，我的第一次愛，使我不願再做一個被動等待命運的人。

這次，我依然沒看清那個跟著我的男人是誰？他的長相只是在那一剎那間曝光在我的頭腦，我能從一群喬裝打扮的人中一眼認出他，但要讓我具體描繪他的模樣，在此刻，我什麼也說不出。突然我明白了大姊的暗示，我不必去追那個人，我轉頭往家裡走。

天空很紅，朝霞時日落時，天空就這樣，房屋和遠遠近近的山巒都比平日鮮亮。我走在其中，目光虛渺，感覺這是個光彩滿溢的時刻。

我跨進六號院子的大門，母親坐在堂屋我家門口，她手裡拿著一把蒲扇，沒搖動，只是拿著，坐得那麼安詳，就像等著我似的。

4

我不看母親一眼，故意大搖大擺從她面前走過，該她求我了。

從屋頂滾過一聲悶雷，以爲會閃電，跟著會下雨，結果沒有。我坐在家裡那張木桌前，沒拉亮電燈。從窄小的窗子投進屋來的光線，在牆上撒出一道虹彩。牆上掛鐘在耐著性子走，一分一秒，都恪恪守守。

母親不可能坐在屋外一輩子，果然，她推開虛掩的房門進來，坐在架子床檔頭。我對她說：「是你下了禁令不許家裡人告訴我，現在你得告訴我。」

母親從未這麼面對我，她和我相處時，不是在發火，就是在做事，要不，就是累得倒在床上，連眼睛都懶得睜開。長這麼大，我是第一次沒有別人打攪與她說話，我覺得自己的舌頭打結，吐詞不清，喉嚨特別乾渴，想喝水。

「還是那個男的，跟著我。」我狠狠地說。

「不要怕。」母親平平淡淡地說，完全不像上次那麼激動。

「我不是怕，」我說：「我是恨，恨一切，包括你。我無法再忍受。」

母親臉上的肌肉抽搐了一下，她說她知道。「誰也不會在媽的眼皮子底下眞正的傷害你，那個人更不可能傷害你。」

我說：「你這話說得太晚了，早說好些年，我都會相信你。我一直就像一個無娘兒一樣長大，現在，我怎麼相信你？」

母親站了起來，隨即又坐了下去，「聽我說，六六。」

挨餓的滋味，挨過餓的人都不會忘，母親說只有我不會記得，因爲我是在她的肚子裡挨的餓。五○年代末六○年代初那幾年，餓得成天慌得六神無主，有時乾脆兩眼一抹黑，跳過晚飯餓著，睡過這夜，第二天再想辦法騙肚子。忽然有一天政府宣布四川省糧票作廢，以前節省下來的糧票等於廢紙，她急得滿眼金星亂飛。

這時，來了份電報，父親的眼睛出現問題，出了工傷事故：他餓得眼花頭暈，從船上跌下江去，頭摔破了，貨船把他扔在三百里外瀘州的一個醫院。母親帶著四姊乘去上水的船，到瀘州看父親。看見父親瘦成那樣，母親都不忍心告訴他三姨的死，更沒提家鄉忠縣農村大舅媽餓死的事，也不想告訴他三哥差點被江裡的漩渦吞沒，幸虧一個船夫把三哥救上了岸。孩子們爲了弄到一點可吃的，就差沒去街上偷。

母親背過身去抹淚。父親把四姊拉到病床邊，問四姊想吃什麼？四姊說想吃肉想吃雞蛋，想吃蘋果、麻花、棒棒糖。

父親拿出被扣掉工資僅剩零頭的錢，讓母親帶四姊上瀘州街上去。

四姊拿著一個燒餅，剛咬了一口，就被一個頭髮花白的老太婆搶過去。老太婆沒往嘴裡扔，而是從領口塞進自己薄薄的衣服裡，然後雙臂緊抱頭低著，似乎準備好，打死也不會還出燒餅。天氣冷，刮著風，老太婆龜縮著，眼睛不時朝四姊乜斜，臉和脖頸的皺紋垂疊在衣領上，像一圈圈繩子套著。老太婆一定不是爲了自己，而是想弄回家去給孩子。搶餅的兇猛還在其次，這副等著挨刀也不鬆手的樣子，把四姊嚇傻了，大哭起來。

母親跨過街，牽著四姊就走了。

她只能把父親留在瀘州的醫院裡，回到重慶。五張嘴要吃飯，母親照舊出外做零時工。有一天母親給織布廠抬河沙，遇到街上的鄰居王眼鏡，一個胖胖的女人在管稱秤。正在積極要求入黨的王眼鏡刁難母親，說要一百公斤才能稱秤。母親餓得沒力氣，讓大姊三哥兩個擔一些，快到稱秤處才把他們的河沙倒在自己的筐裡，使勁壓，她的腳踝骨受不住，一下扭歪了腳脖子，她忍著痛把一擔沙挑到秤上，一稱九十八公斤。

王眼鏡說母親不能做這份工作，不僅一分錢不給，還收掉母親的工作許可證。母親低聲下氣，「我們一不搶，二不盜，靠力氣養家糊口，求你讓我在這兒繼續抬。」王眼鏡沒有答話，而是彎下身去把母親籮筐裡的沙子倒在地上，用腳猛踢狠踩籮筐。

緊挨街邊有家塑膠廠。聽見街上異常的喧鬧聲，有個管帳的青年走出來，正好看到母親被欺負，在一旁說了幾句話，想調解。王眼鏡認識他，衝著他嚷：「小孫，別包庇反動分子家屬！」那青年不再跟她辯理，只是把受傷的母親扶回家，母親腳踝腫起來，進門就倒了。

他比母親小十歲，母親當時三十四歲，他才二十四歲，沒有成家。繼父是城中心一個小業主，有兩間小作坊，做牛骨塑膠梳子，解放後公私合營，一丁點兒的資產合併到南岸一家塑膠日用品廠，繼父拿的「定息」，和工人的工資差不了多少，卻還算作一個「資本家」。他中學一畢業就到工廠「實習」，地位不清不白，介於資方代理人和小職員之間。他安排零時工搬運組每天的工作，定時向管零時工的幹部彙報。流汗當然比工人少，工作卻勤勤懇懇。他找來傷濕止痛膏，給母親貼到腳踝上，幫她料理一下家務和孩子。

母親腳好後，就到小孫所在的塑膠廠做搬運工。過江抬石棉板，母親比其他人慢幾步，拉下一班輪渡，等船到岸，他就在躉船等著，幫母親挑。

他說他是家中老大，兩歲時喪父，母親在孫家幫人時，被剛喪妻的孫家看中，續了弦。於是他改跟繼父姓，母親在孫家又生了五個孩子。

他在那個家等於一個外人。他沒有姊姊，想有個姊姊，他對母親說，我能不能叫你姊？

母親說，如果你不嫌棄，你就把我當姊姊好了。

一次母親來月經，從江邊抬水泥上坡，吐出一口血來，當場暈倒，只好躺在家裡休息兩天。小孫照顧五個孩子，他節省自己的糧票，給這個家裡。還冒著風險從工廠食堂偷饅頭給這個家裡的孩子吃。這群飢餓了兩三年的孩子，到這時才緩過一口氣，才沒餓出留殘終生的大病。

他去給食堂採購糧食，偷偷留下十斤大米，爲這個家他又幹了一樁迫不得已的事。十斤大米在那時，能使飢餓的一家美得登上了天，孩子們開懷吃了一星期。這個認的弟弟，比親弟弟還親。他來家裡，挑水劈柴、上屋頂補漏雨的瓦，所有的重活都被他包攬了。他來了，吹口琴給孩子們聽，家裡有了笑聲。他喜歡唱川劇，母親愛聽，母親竟也跟著他哼上幾句。她才三十四歲，還是一個少婦，不敢相信自己喉嚨裡還能發出悅耳的聲音。那些日子母親上班不再感到勞累不堪，回到家裡也很少對孩子們發脾氣。

他看著母親以前的一張照片說：「你燙了髮一定不一樣。」他說他家還留有燙髮的藥水，密封好的。

燙髮對母親已是久違的事了，那還是她最初做新嫁娘的歲月，母親一生中不多的快樂時光。在她飢餓冷清毫無盼頭的生活裡，她已經忘了自己的長相。而這個弟弟就像魔術師一樣，把這一切還給她。他爲她燙了頭，生平第一個男人爲她整理頭髮。他的手那麼輕巧，仔細。天下著毛毛小雨，綿綿不盡，屋子裡一盞淺淡的燈，在那時刻溫暖如春。

父親已走船許久未歸，也沒給家裡寫信。母親已很長時間沒有過男人，似乎已忘了男人是怎麼一回事。這個做她弟弟的男人，讓她記起自己是個女人，欲望和需要愛的強烈感覺，在她的心裡恢復，她弄不懂他是怎麼做到這點的。母親沒有轉過臉，他仍然站在她的身後。她只發現自己的身體很自然地與他靠在一起，他們這麼靠在一起僅幾秒鐘，兩人又害怕又驚喜，孩子們沒有回家，家從未這麼空曠，床也從未這麼空曠，將要發生的事，誰也逃不開，誰也掙脫不了，他們的身體在這麼個空曠的世界裡相連在一起。

他們一點也不從容做完愛後，房門就響了，孩子們接二連三地回來，一切都像是注定的、安排好了的。

5

就在母親現在坐著的床上！現在，母親一個人坐在我的對面，她的臉一點不因爲回憶自己三十四歲時而顯得年輕，她還是那個我看慣的疲憊不堪未老先衰的退休女工。

就是說，她和一個不是自己丈夫的男人有了身孕。我，一個非婚孩子——應該早猜到，比如「爛貨養的」、「野種」類似的話，街上人互相也罵，但與罵我時那種狠勁完全不一樣。我得到的暗示已經夠多了！一定是潛意識中的恐懼，讓我從來沒有往那上面想。

「那正是大饑荒時期，」母親談論這個男人時，好像換了一個人，很陌生，平常一貫粗聲兇氣的聲音變得異常輕緩，哪怕激動地爲自己辯護時也沒有高一聲。「你不可能懂，在世人面前，那是最丟臉的事！所以我不肯告訴你。一九六一年，我真不曉得全家啷個活下去。是他支撐了我，他就像老天爺派來的，你不曉得，他救了我們全家，你不曉得他有多好。」

母親說懷上我後，她就不想要。不僅這個家不容，這個家還這麼窮，又在飢餓年代，添一張嘴，日子更難，這孩子不能生下。她有意抬重物，奔山路，想小產，但孩子就像生根似賴在她身體裡不肯下來。於是，她想去醫院打掉孩子。

母親與小孫商量，他不同意。母親非要打掉不可，她覺得這孩子根本不應該存在，純屬誤會，完全不必要讓孩子一生忍受恥辱。兩人爭執不下，無奈中，兩人都同意一起到羅漢寺廟裡去抽籤。說好上簽讓孩子生下來，下簽就不要。

「那中簽呢？」母親說。

「也生下，」他說。

「送人，」母親說。

下簽，他倆誰也未想到。拿到簽，兩人異口同聲說，抽籤不算。「下簽也生，孩子是一條命，」他說：「這是我們的孩子。」是呀，抽籤怎個算呢？兩個人抽的簽，就不是佛意。佛歸一心，歸哪個人的心？

我倒覺得那個下簽，是我抽中的，我不想生下來。

隨著母親的肚子大起來，到底是否要這孩子一事始終沒有決定，直到大姊有天半夜起床解小便。解完小便，口渴，想喝開水，就下了閣樓輕悄悄用手指撥弄開門閂。

她懵懂中看見母親床前有一雙男人的鞋子，以爲是父親回來了，喊父親。結果把小孫驚醒，嚇了一大跳，趕忙起來穿上衣褲跑出院門。隔壁鄰居都拉亮燈起床，鬧哄哄一片。十六歲的大姊當時在跟一個男孩交朋友，學校在懲罰她，母親也不許，兩人正在鬧彆扭。加上她恨母親從未帶她去見她的生父，她剛知道生父已餓死在勞改農場，對此，大姊不肯輕饒母親。她生活中一切不順都是母親一手造成的，她罵母親是破鞋。

母親氣極了，叫大姊滾出去。

大姊不理，拿起碗櫥邊上的切菜刀，她不是要殺母親，也不是自殺，而是嚇唬母親。母親奪過刀來，不小心，刀在大姊的手腕劃了一道口，鮮血濺了出來。家裡其他四個孩子全嚇醒了，小小的五哥哭得最厲害。那夜，鄰居們沒了睡意，他們叫來戶籍，要「教育」母親。大姊沒見過這麼大的陣勢，沒再吭聲。二姊說，這是我家裡的事，她說她要睡覺，就把房門關了。

此後，小孫來，大姊只要在家，背過臉就含沙射影地罵他，小孫只當沒聽見一樣。再以後看見大姊一回家，他就走，母親處在小孫與大女兒中間，左右爲難，不知所措。

大姊看著母親挺著的大肚子，怨氣越來越深，等到聽說父親船要回來了，就趕到江邊，搶著第一個告訴了父親。那天，父親打了母親，兩人吵得很厲害，兩人都哭了。

於是，母親第二次決定去醫院引產，了結這件事。

出乎母親意料，父親沒同意。父親說大人作孽，別殺死孩子，已經這麼大了，有知有覺了，就是一條性命。母親覺得父親是想留著這個孩子，作爲今後在家裡降服妻子的依據。這麼一想，倔強勁也上來了：她就是要生下這個孩子，看今後會怎麼理虧受氣。她又一次打消了去醫院引產的念頭。

父親的回家，沒能止得住母女倆關係惡化，她們越吵越厲害。大姊又去告訴左鄰右舍，還說要去告訴每一個人。在人們眼裡母親成了一個壞女人：不僅和人私通，竟然搞大了肚子，還敢生孽種。

市政府正在搞「共產主義新風尚」運動，這個貧民區風尚實在不夠共產主義，是重點整治區。於是，居委會半慫恿半逼迫父親到法院去告小孫，告他犯了誘姦婦女破壞家庭罪，犯了破壞一夫一妻制的婚姻法。

母親說：「那時你已落地了，那幫人，那幫專門管人的人，要法庭將你罰給小孫，同時又要讓他坐牢，讓他的母親代他撫養你，我和你那陣子眞是到絕路上了。」

第十五章

1

母親生下我後沒足月，就得外出做零時工。只能由患了眼疾病休的父親帶我，他也抱我餵我。父親有權把我弄成殘廢，甚至悶死我，摔死我，就像很多人家對女嬰那樣，諉說不小心就行了，但是他沒有。我生下來還不足四斤，身上盡是皮和骨頭，臉上盡是皺紋，兩隻眼睛顯得極大。經常我一個人躺在冷清的床上，沒人管。無人時大姊故意掐我，把我弄哭，我的哭聲不大，但聲音尖又細，眼淚特多，一哭雙手背蓋住雙眼。五哥還是個小男孩，四歲，不懂大人那麼多怨怨恨恨，到我身邊哄我，和我玩耍。

我尚在襁褓中，在法庭上從母親手中，扔到父親懷裡，扔到生父的手中。擠眉弄眼的鄰居們哄笑著，無事生非就鬧得天翻地覆，有事更往火裡添油，這場笑劇中的道具就是我，一個又破又醜的骯髒皮球，被踢來踢去。

「那麼說，我一落地，就被拋棄了？」我插的唯一一句問話與其說是憤怒不如說是驚異。

「不要這麼說，你父親是個好人，心地善良，官司沒打完就決定留下你。」母親說：「小孫也要你，願承擔一切後果。」

大姊幫父親寫的狀紙，她說她是證人。父親在法庭上，卻變得猶猶豫豫。母親否認小孫誘姦的罪名，說是她的錯，是她一個人的責任，要判罪也是她一個人的事，和小孫沒有關係。

小孫向以前沒見過面的父親道歉，他對法官說，不管母親離婚不離婚，他每月負擔孩子的生活費。而父親本來就不情願打官司，情願撤訴。法院一看這官司沒法打，改爲仲裁解決。

父親一回到家，就說不該聽從別人的主意去法庭告狀。他讓母親做選擇，甚至願意放走她，同意她帶著小女兒一起去跟小孫，自己一個人帶其他的孩子。這也許是父親一時說大話，表示大度，可是母親眞的被父親感動了。她想走，卻怎麼也狠不了心，她離不開其他五個孩子，父親眼睛已不能繼續在船上工作，她必須留在這個家。但是她要這個家，就意味著失去小孫，也不能讓小孫見孩子，這也是她不忍心做的。

小孫知道了母親的痛苦，很絕望，但他們沒有別的選擇。

房子裡沒開燈，暗暗的，幾乎看不見母親的臉，但我能感覺到淚水從母親的眼眶裡往外淌，抽噎使她說話很困難。可是我對她的痛苦無動於衷，我第一次聽到母親坦承我出生的恥辱，又氣又恨，準備把心腸硬到底。

忽然，捲煙廠的蒸汽鍋爐又放餘氣了，轟隆隆地怪叫，震得附近破舊的木板房一搖一晃，好似隨時都可能在聲波衝擊中坍塌或飛升天空。工廠汽笛震耳尖叫，每天會有幾次，半夜也會突然囂叫起來。平時習慣了，倒無所謂，這陣卻像是有意來阻止母親的回憶。

既然如此，只有想辦法把我送掉。第一次送的是母親當年紗廠工友。

母親說：「她家兩個兒子，沒女兒，經濟情況比我家好，至少有你一口飯吃，還沒人知道你是私生的，不會受欺負，起碼不會讓哥哥姊姊們為餓肚子的事老是記你的仇。你不在跟前，他們也會對我好一些，聽話一些，家裡少些吵鬧。」

我好像記得曾經有個女人，深夜為我換內褲，那時我老尿床，她確實比我母親對我好。

「你記得的時候，已不是你送到她家的時候，而是後來，是她想你，把你接回去耍幾天。你只有半歲時才是真送給了她。」母親說。去了沒多久，她丈夫就被抓走了，說是有貪污行為。災荒年人人弄吃的，啥子辦法都想盡，查起來，也是啥子辦法都有。能躲過就躲過，能栽他人保自己就栽害他人。反正，他被人栽準了，判了三年刑，送農場勞教。母親只好把我抱回來，那個女人沒法留我了。

母親不會扔我到山坡上或江邊，但一定還送給這人或那人過，甚至可能把我送到孤兒院去過。都是因爲這樣或那樣的原因，沒送成，最後我才無可奈何地被留在了這個家裡。

彷彷彿彿還記得我很小時，有一次，我到中學街上端去等一週才回家一次的母親，走著走著就迷路了。坐在一坡任何人都能看見我的石梯上，不敢哭，怕一哭，被人知道是迷路的孩子，被弄走。我裝得像沒事似的坐在那裡，結果被三哥瞧見，揪了回去，向已經另路回家的母親告了一狀。我被母親賞了兩巴掌，狠狠罵了一晚。驚嚇代替了早先回不了家的擔憂，一句解釋的話也說不出來，哪怕我會說，也申辯不清楚。回家就行，有家就行，不管這是個什麼樣的家。

我小時那麼怕陌生人，一見陌生人內心就緊張害怕，長大了，還是照舊，想必是小時驚驚恐恐怕失去家的緣故。

這一切實在太淺顯，謎底早就候在那裡，等著我揭來看，只是我傻傻地從未追究到底。於是我說：

「那我要見他。」

母親早就等著我這麼說，她一點沒驚訝，站了起來。

我不知道母親要幹什麼，身體不自覺地往後縮，貼緊牆。母親走到關嚴的門旁，看看是否有人會聽見，然後轉過頭，對著我低聲說：「我已安排好了，明天下午我帶你到城中心裡去見他。」

母親最近幾天來，總以上二姊家爲名去城中心，原來就是這個原因。算起來，母親已有多少年，十六年、十八年，不知有多長的年月沒有見過我生父了？我發現她去開門的手都在抖，接連拉了三下門閂，才把門閂拉開，她的手停在門閂上，再沒有力氣去拉開房門似的。

爲了我，母親才去見一個她肯定很想念但又不能見的人。

2

應當是我的歸屬已定之後，他們決定見最後一面。在江對岸新民街那兩層樓的木板房，他住樓上靠街的一間。他和她相擁在一起，兩人比以前任何一次更難分難捨。街下是一條馬路，過路的人和車，那天像趕集一樣多，喧鬧無比。有人死，在放鞭炮，哭喪婆在喊天喊地，有隊伍敲著鑼鼓打著銅鈸送喜報，表揚城市的人「自願」響應政府號召回到農村去，農村災荒年後人口大減，缺少勞力種地。他們聽不到，他們被彼此的身體牢牢吸住，被彼此的呼吸吞沒，赤裸的身體上全是汗粒。在他們從床上翻滾到地板上時，身體還緊密地連在一起。

那時，我被母親擱置在哪個角落？

竭盡全力，高潮就是不肯到來，第一次如此放任，第一次不怕有孩子闖進屋，不擔心孩子半夜突然醒來，第一次沒有偷偷摸摸，卻如此困難，是他們沒想到的。他從她的身體上滾到一邊去。她掉過臉去看他，眼神好像在說：我們沒有其他的路了。

這已經不是第一回告別了，每一次都是最後，但這次經過他精心安排，趁家人都不在時，卻是一點也不成功，他身上餘存的浪漫氣質，被上法庭之後的種種折難消磨殆盡。這個下午比任何一個下午，都過去得迅速。

當他和她踩著滿地的爆竹紙屑，照舊是一人在前，一人在後，生怕被人瞧見，穿過一個人沒散盡的菜市場，到一家擔擔麵攤去。麵攤很避街，在一坡石階的巷子裡。

熱騰騰的麵條端上來，兩人只看碗，盯著麵吃。屋裡接出路邊來的燈，還沒遠處的路燈亮，兩個人的頭影投在方桌上。麵還未吃一半，她的眼淚如雨珠般往碗裡滴落。「姊，別哭，你這樣，叫我啷個辦？」他說。

「沒事，沒事，過一陣就好了。」她說。

「女兒交你了，」他說：「你看嘛，你今後說不定還得靠她養老送終，我是沒指望的了，法院規定成年前不讓我見她。你看你比我有福氣，起碼得了個孩子，我呢，啥也沒有，人財兩空，一場空歡喜。」

他想安慰她，殊不知說得很糟糕。她一邊忍住眼淚，一邊說：「我不是爲你哭，別以爲我離不開你。」她勉強笑了笑，「離了我，你也能活，我也是，那個小東西，她能活就活吧，看她的命了。我馬上就老了，你還這麼年輕，找個人安個家。」

她見對方未有反應，忍不住說：「你答應呀，好好過日子，」

他是不哭的，總說男兒有淚不輕彈，可這次他做不到了。

識字不多的母親也知道，忍字，是心上一把刀。爲了互相幫助斬斷情絲，她不再在塑膠廠幹活。母親求另一段的居民委員，被介紹到一個運輸班班做零時工，那個運輸班班在爲山上一家工廠幹活，路遠，只能一週回家一次。

在這次告別後，小孫也調到江對岸城市另一頭，市郊火葬場附近的塑膠廠，從小幹部撤職變成工人，在車間做下料工，裁石棉板，那工種帶毒，沒有人願意幹。

母親抬著石頭，有一次就當著建築工地上所有的工人號咷大哭起來。

「你抬不動，就別來吃這碗飯！」

「抬累了休息一陣就好了。」

哪樣話在母親耳邊都等於白說，她根本未聽。她的一身都被汗水濕透，用她的話說，腰帶上下的衣服從來沒有乾過。她一天只吃兩頓，肚子餓得咕咕怪叫，臉上被蟲子咬得斑斑紅點。她拒絕著聽空中隱隱傳來的他的聲音，他在說他在想她，他要見她，他不能沒有她，她也不能沒有他。她拒絕聽，如果她性格軟弱一些，狠不下心腸，如果她不強迫自己耳朵聾，她就能聽到，她會立即扔掉扁擔，比任何一個熱戀中的女人還要瘋狂，不顧一切地衝下山去，衝過江去。

母親會的，但她更明白，她的生活中沒有自行其是的權利，必須對子女負責任。她的頭髮在脫落，腰圍在增大，背在彎，肩上的肉皰在長大，她的臉比她猜測的還飛速地變醜變老，她很快變成了我有記憶後的那個母親。

這個被母親用理智撕毀的場面，需要我以後受過許多人生之苦，才能一點一點縫補起來。在當時，我怨母親，我不願意理解她。母親給我講的一切，沒有化解我與她之間長年結下的冰牆。可能內部有些開裂，但牆面還是那麼僵硬冰冷，似乎更理由十足，這是我一點也沒辦法的。

3

這個城市大部分街道是坡坎，不適合騎自行車。於是歷來就有手握一條扁擔兩根繩子的「捧捧」，站在車站碼頭主要交通路口，耐心等著人僱用。

除了出大力流汗的挑運捧捧，這城市也有不少閒人，於是也就有了茶館。差不多每個地段便有一個，主要大街上能數出好幾家老字號大小的茶館。文革中禁開茶館，現在又遍地都是。泡茶館的人並非一律老人男人，半大青年也有。人一進茶館，一壺熱茶暖融融，便有了幾分生機，嗑嗑瓜子剝剝花生嚼嚼辣椒豆腐乾，與人天南地北地瞎聊一陣，磨蹭夠了，伸伸懶腰，拿起自個煙袋，慢悠悠走著，是一種享受。重慶人再窮，也要想辦法弄幾個辣椒來吃，吃得滿嘴滿臉紅漲，這點享受，是對命運的不服氣，是一種自我傷感的放縱。

在上半城一個臨街口的茶館，我和母親隔著方桌相對坐在長條凳上。沒兩分鐘，蓋碗茶還未送來，一個瘦瘦的中年人，逆著光從門口走進，個子較高，但背有點佝僂，對直朝我們坐的桌子走過來，在我和母親間的位置坐下。我警覺地看著他，心跳得眼睛幾乎看不清了。他雖然刮過鬍子，襯衣乾淨，外面套了件顏色快褪盡的中山裝，也掩不住一臉的滄桑。不用辨認，就是那個總跟在我身後，偷偷盯著我的人。

他眼中出現了笑意，大概希望我喊他一聲父親。我喊不出來，不知該說什麼才好，臉通紅。母親沒有看我，她臃腫的身子微微偏了偏，讓夥計提著長嘴壺，站得遠遠的，準確無誤地往裝了茶葉的蓋碗裡沖滾燙的水，她把三碗茶一一蓋好。

三人誰也未開口說話，他看著母親，母親看著他，只幾秒鐘，母親就站了起來，說她得出去一會。他沒有動，他的目光跟著又老又難看的母親，那目光是我從未見過的，又濕又熱，家裡那個父親從未用如此的目光看過母親。母親走了後，他的神色反而放鬆了，在我面前不像剛進來時那麼呆板，不自然，不知不覺之中，他的面容活了起來。

茶館裡有人開著半導體收音機，正放著川劇，像是《秋江》，那個古代女子，坐在過河船上，心急火燎地追趕意中人。街上一個穿喇叭褲燙鬈鬈頭的小流氓，賴皮地提著三洋走過門口，輕輕飄飄的港台流行歌曲，與牽腸裂心裂肺的一聲聲呼喊般的川音高腔互不相讓。靠門邊的一桌，四個人邊喝茶邊打長條牌。

我朝門口看第二下時，他說：「你媽媽不會回來了。」

我沒理他，仍朝門口看。

結果我們一口茶也未喝，就出了茶館。從街上跨出來，就是大馬路。他把我帶進一家百貨商店，徑直到布料櫃台。他把我的心思揣摸得很準，他明白，即使問我，我也不肯回答。他選了一種藍花的混紡布，那是母親最喜歡的顏色。他把布塞到我手裡，說我穿得太舊，叫我去縫一件新衣。我穿的是四姊的一件算不上襯衫也算不上外套的衣服，沒式樣沒花案。不過他自己穿得也比我好不了多少。拿著花布，我連句謝謝也沒說。我掃了他一眼，他眼裡沒有了笑意，不知為什麼，有些緊張。

4

下午四點多鐘，還不到晚上吃飯時間，兩路口一帶許多餐館都未重新開張，一家家問過去，終於找到一家，那家館子場面挺唬人，他猶豫了一下，不過還是帶我進去，跟著服務員上了樓。

我坐在桌子一邊，聽著他叫菜，麻辣紅燒豆瓣魚、清水豆花、芹菜炒牛肉絲。

他很少吃，不斷地往我碗裡夾菜，我扒著米飯，米飯太硬，就喝豆花水，喝得太急，嗆住了，他伸過手來拍我的背。我一停住咳，便擱下了筷子。

他的臉怎麼看，也不像我，怎麼看，對我也是個陌生人。顯然此刻他全部心思都在我身上。有人如此看重我，想讓我高興，想和我熟悉，想和我交談，有這麼多好吃的魚肉堆在我面前，沒有人和我搶，沒人怪我貪吃，給我臉色看，而我竟然一點也沒胃口，也高興不起來。我的情緒在驚異憤慨之間跳動，我的腦子飛快地轉著連我自己也弄不清楚的一些怪念頭，一句話，要想我認你做父親，沒門！

他要了一小杯白酒，我們倆心裡都在發顫，可能我身上眞的流著他的血，他需要給自己壯膽。喝了一口酒，他才對我說：「今天是你的生日。」

「我生日？」我重複一句，心裡冷笑，「我生日早過了，早過了九月二十一日。」

「舊曆八月二十三嘛，我是在醫院看著你生下來的。」他說，他不用想就明白我記得是新曆，而他和我母親一直記舊曆，十八年前新曆舊曆同一日，十八年後，舊曆在新曆後好些天。

原來是這樣！不是我一再費盡心機追逼的結果，而是他們的安排，早就準備在我十八歲生日這天告訴我一切。原來是這樣，原來就是因爲這樣呀，這麼多年！爲今天，這個人等了十八年。

他還挺守法的，說好成年前不能見，就始終等著這一天。不，不對，母親當然想保住這個祕密，一定是她覺得保不住這個祕密，才選擇了這個特殊的日子，讓我和他見面？這個時候，我才承認自己同樣很緊張，很惶惑。

5

我很少到城中心去，從未見過那麼多的人在街上走，彷彿屋子裡的人都走出家門來了，汽車在有坡度的馬路上必須接連不斷地按喇叭，才能行駛。到處飄揚著旗幟，什麼色彩都有，繫在一些高層建築物上的汽球，繽紛晃眼。街道變得太乾淨，許多房子還專門粉刷過，門面新配了紅色對聯，拉了金光銀光閃閃的紙條，裝飾得一點也不眞實，就像有人爲了顯派，把自己僅有的最好的壓箱衣服取出。這一天很像一個什麼節慶。

生父在這個下午和傍晚百般照顧百般討好我，對此，我一點也不感激，這所謂的父愛，太遲了，我已經不需要，我只是由著他做。吃過飯，他說：「去看電影？」

我有點驚訝地看著他。

「你媽媽說的，你最喜歡書、電影，還有想吃好的。」

我當即點點頭。

電影院裡放兩部連場電影。進去頭一部國產片已放了一半，打仗打得烏七八糟，槍炮聲滿銀幕爆炸，衝鋒號的的達達地吹個不斷，機槍一掃，國民黨的士兵死得黑壓壓滿田野。革命戰士犧牲一個卻要好幾分鐘悲壯的音樂，加入戰友們的哭喊悲慟宣誓復仇。第二部是外國片，講一艘裝滿旅客的船撞上冰山，沉到海裡去了。他沒怎麼看銀幕，老是轉過臉看我。我說不看了，想早點回家。他低下頭去看手錶，說時間還早，等一會送我到車站，送到渡口，送過江去，讓我放心。見我沒有作聲，他說：「不是你要見我的嗎？」

「我已經見過你了。媽媽說不定在家等。」

「現在你已是成人了，法院也管不著我見你。」他霸道的口氣一點不像做父親的人，倒像我的一個哥哥。看完電影，他固執地領我上了城中心的最高點枇杷山公園。

在公園的最高點紅星亭裡，我想同他一起上這兒來是對的。夜幕垂下後，公園裡的人比在街上逛商店的人減少些，山城燈夜，從城中心這邊來看，完全不同。

上半城下半城萬家爍爍燈火，一輛輛汽車在黑夜裡，只看得到車燈的亮光，如螢火蟲，斷斷續續地繞著的馬路盤旋，點綴著起伏跌盪的山巒、高低不一的樓房，長江大橋兩排齊整的橋燈橫跨過江，伸延進黑壓壓一片的南岸，船燈映著平靜下來的兩江江水，波光倒影，風吹得水波顫顫抖抖，像個活動的舞台。

6

我生父對我說了很多話，我聽著，抱著那段藍花布，與他保持著距離。而他總想離我近一些，表示親昵，但手卻不敢眞的伸過來握住我。當我們坐在一個稍微清靜一點的石頭長凳上時，我仍盡量與他隔開一段距離，我對他身體的親近很反感，他不久也放棄了這打算。他身上酒味不多，隨風吹過來的，是一種便宜的硫磺香皀味。說實話，我喜歡這氣味，不好聞，但清爽。他的手指專門修剪過，長長細細的，跟我的手指幾乎一模一樣，手背上有一些疤痕，指甲也不如我的規整。他的頭髮不多，白髮隱在黑髮裡，不注意就看不出來，細算一下，他不過才四十三歲，怎麼就很顯老了？他說話時眼睛有神地看著我，聲音清晰。我把眼睛轉開，單聽聲音，可以認爲這個人還年輕。

他與母親分開後，找了個近郊縣份上的農村姑娘草草成了個家。在結婚之前，他找到母親做工的地方，母親不願見他，關著宿舍門。他和她一個在門外，一個在門裡，隔著一層門板說話。他說了個日子地點，說他必須見女兒一面，以後他就做農村人家的上門女婿，離城市遠了。沒見得成面，他留下一個洗得乾乾淨淨的蚊帳，還有一袋吃的，就走了。

母親背著兩歲的小女兒，下渡船，爬上沙灘上面那坡長長的石階。看見他站在朝天門廢棄的纜車道邊。他說他找了個農村姑娘，沒啥話可說，只求個老實厚道。那意思是如果母親還對他有半點留戀，如果母親說個不字，他就打消結婚的念頭。但母親只是連連說：「好呵好，好好去過日子！」母親很客氣地謝謝他送到山上去的蚊帳和食品，然後背著小女兒就要走。他伸過手握住母親的手，他想讓母親和他一道走，到那個新民街的房間裡去。

母親不去，不僅不去，而且解下背帶說：「你不是要看這個小人嗎，你看好了，不僅看，你拿去，你也沒有理由要求見面了。」

母親把小女兒放到他的手裡。轉過身就走，連頭也沒回。

他把女兒擱在枕木凸凹的纜車道上，女兒哇地一聲哭了起來，聲音尖細充滿恐懼，邊哭邊喊媽媽，在地上拚命往母親走的方向爬。他就看著女兒哭，不理睬。那麼喧鬧人來人往的地方，那麼多輪船汽笛鳴叫的地方，母親也聽見了小女兒細微的哭叫，趕緊走回來。

他笑了。

母親生氣了，從地上抱起小女兒。

「你看，女兒根本不要我，她只會喊媽媽，不會喊父親。我想要也要不成，」他打趣地說。把女兒重新抱上母親的背上，替母親理好背帶，他把一頂嶄新的墨藍花外綢內絨的帽子戴在女兒小腦袋上，說：「風大，不要讓她著涼。」

母親說：「你放心，再大的風也吹不壞她，她命又賤又硬，不會死的。」

這才是母親與我生父的最後一次見面！不可逆轉的命運，用我的淒慘的哭聲打了個句號。母親再一次放棄了選擇，其實命運沒有提供任何選擇，她知道。她背著我下石階去渡口，正是長江枯水季節，江不寬，沙灘和石礁漫長地伸展到天邊，泥沙灘一踩一個坑，沙粒往鞋子裡灌。她抓緊背帶，彎著身子，步履艱難，江邊的風刮著沙粒撲打著她的臉她的頭髮，這是一個不能再冷的冬天，比沒有吃的最飢餓的那幾年，比她的第一個丈夫餓死的那個冬天還要寒冷，還要絕望。

而我的生父這時站在石階頂端，冷風刮著他瘦瘦高高的身體。那麼多人從他的身邊上上下下，急著去趕車坐船。他的身影消失了，再也看不到了。他其實是個缺少疼愛的小青年，從母親那兒他得到了感情，加上他救了這一窩飢餓得發瘋的孩子，得到由衷的感激。他可能一生從來沒有覺得自己如此重要，如此被需要，於是他讓自己陷入戀情中，不能自拔。

誰又能說得清楚，一個人喜歡另一個人，喜歡就是喜歡，有時候就是沒有任何具體的理由，更不用說愛一個人了，愛就是愛，別的人不可能理解。包括我這個做女兒的，我不也正在偷偷愛一個男人，愛得同樣無情理，不合法。別的人會認爲很骯髒。

可是連我這樣一個不願循規蹈矩的人，也沒能理解他們的偷情。我、母親、生父，我們三人在茶館坐一起時，在我眼裡是那麼不和諧，尷尬極了。他和母親使我出生在世上，卻給了我一生的苦楚，他們倆誰也未對我負責。

我和他走下枇杷山陡峭的石階，漆黑的夜空升起漂亮的焰火，若隱若現地映出山上山下樹木房屋，簇簇團團的流星雨，像天國裡奇異的花瓣花蕊，向這座城市墜落下來，向我們頭上拋撒下來。順著馬路，一直往兩路口纜車站走，滿天都是焰火，鞭炮炸得轟響。這時，我對他說：

「我不願意你再跟著我，我不想再看到你。」

他沒想到我會說這樣的話，臉上表情一下凝結住了，看起來很悲傷，就跟那部外國電影裡那些面臨船沉，逃脫不掉，注定要死在茫茫大海中的人一樣。

我不管，我要他做出保證。

他保證了，他點頭的時候，眼睛沒有看著我。

經過剪票處，他要送我，我堅決地說不用了。隨著人群跨上纜車，我坐在靠後邊一個位子，手裡緊緊抓住他為我扯的那塊藍花布。纜車座位都朝上，我看到他仍站在剪票口的鐵欄杆前。載滿人的纜車沿著軌道徐徐下滑，他向我揮手，我想對他揮手，卻止住了自己。為了不去看他，也不讓他看到我的臉，我掉過臉去瞧纜車道旁山腰上怪模怪樣的吊腳樓、歪歪斜斜的木板房，那些窗子裡透出的燈一閃一眨，隨時都會熄滅似的。纜車不一會兒就到了山下，出口對著這城市最大的一個火車站，人山人海，一個喧騰的大火鍋。

母親沒有睡，她在等我，給我開了門，放心地舒了一口氣，重新回到床上。父親的布鞋在床下，臉朝牆躺著。看見他，我心裡突然很衝動，很想走過去。我想起了與父親相依為命度過的所有日子，我是那麼想擁抱父親，那麼想被父親擁抱。至少仔細看看父親，我覺得自己從來都沒有像一個女兒那樣端詳過他。

架子床只有母親翻身的響動，父親一定睡著了。我在堂屋盡量輕手輕腳擦洗臉和身子，去天井倒掉水後，母親從床上抬起身，低聲對我說：「早點睡吧。」我就出了房門，穿過堂屋上了閣樓。

第十六章

1

我一直都有記日記的習慣，記的都是我第二天就不肯再讀的東西，在我看來記日記不過是懦弱者的習慣，孤獨者的自慰，便把日記本拋開了。可是沒過多久，又開始舊病重犯。

但是我在閣樓裡，記昨天見生父，只有兩行字：茶館，館子，電影院，枇杷山公園，纜車，過江，回六號院子，睡覺。

沒有提一個人，記日記保密是無意中學會的，不是由於文革中許多人因爲「反動」日記送了性命，而是我知道這種見面不能讓家裡人知道。父親知道了，怎麼想？姊姊哥哥們知道了，怎麼想？母親知道我對待生父的一些細節，怎麼想？

避開總是對的，反正我也不想記住那些細節。

第二天，我見著父親，什麼也沒表示，什麼也沒說，昨夜那股衝動早沒了。睡眠眞是個奇怪的過程，像一次死亡接著一次新生，過濾掉了痛苦，榨乾這種那種的欲望和情感。我把藍花布拿下樓交給母親，母親接過去後，我就做自己的事去了。家裡哥哥姊姊都回來了，房裡房外擠進擠出。院子裡的鄰居，似乎每家都來了親戚，熱熱鬧鬧。母親心神不安，好不容易瞅到一個只有我和她在屋子裡的機會，她說：「那布，等一會，我帶你去石橋廣場，找裁縫給你做件新衣服。」

「那是他給你扯的。」

「不要騙媽了，我當然曉得，」

我不理母親，專心剝大蒜皮。

「他對你好不好？」母親與我提生父總是用「他」，母親不會不知道他對我怎樣。她這麼說，是要我承認生父，是想與我談他，現在終於等到一個人和她說她心裡的人了。她熱切地望著我，等著我回答。

我說：「一般。」一副不屑談，也看不上的樣子。我並不惶惑，一個提供精子的父親，一個提供撫養的父親，我知道哪個更重要。

母親在屋子裡東磨磨西蹭蹭，過了好大一陣，說不帶我去找裁縫做衣服了，裁縫收費貴，還做得不滿意。她拉亮燈，將桌子擦得很乾淨，把那塊布鋪平，灑上水。拿出剪子尺子粉餅後，她嫌桌子不夠寬，又把布移到架子床上。

給我比了尺寸後，她問我做襯衣呢或是做套冬天棉襖的對襟衫。不等我說話，母親自作主張，說夏天已過，還是做對襟衫吧！她仍舊是那個一意孤行，不用聽我想法的母親。

母親一邊用白粉餅在藍花布上畫著線條，一邊說，你大概不知道，他當時在法院認了每月給你十八元，每個月付，直到你十八歲成年爲止。每月按時寄錢來，沒拖延過，後來二姊教書了，就把錢寄到二姊那裡。二姊單位和我們院子鄰居一樣，有人匯錢，總有人問來問去，二姊怕引起麻煩。他就把錢送到他老母親——你婆婆那兒，我再過江去取。你婆婆是個老實人，每次見到我總留我吃飯，說她兒子命苦，連親生女兒也不能認。他是個窮光蛋，哪個城裡姑娘肯嫁他？不得已到農村做了個上門女婿。

這麼些年母親沒見生父，通過我的婆婆，她對生父的情況應該是知道一二的，同在一個城市，卻要強行自己做得如路人一樣，我覺得母親是中了魔。

「他從不要求見你，他知道一個私生子在人們眼中是怎樣一種怪物，」母親說：「這個社會假模假樣，不讓人活也不讓人哭。」

看見我沒搭話，母親又說：「六六，你不曉得，他自己過得又窮又苦，這十八元錢不僅養活了你，在最困難的時候還幫了我們全家。」

2

那麼我的學費不也在其中？我想，但我不願再問。

母親的話沒有使我感動。他是我親生父親，他該撫養我。給我的錢，你們用了，你們也從未告訴我。這個朝夕相處的家根本就不是我的家，我完全不是這個家裡的人，我對家裡每個人都失去了信任。

母親告訴我的有關生父的一件件事，他的農村妻子，兩個兒子——我的兩個從未見過面的弟弟——我的婆婆等等。我不歡迎這些人湧入我的生活，我自己的生活已夠亂的了。

生父一直住在廠裡集體職工宿舍裡，一週或半月才回一次家，他是個好父親，也是個好丈夫。一個人省吃儉用不說，他收廠裡食堂工人倒掉的剩菜剩飯，收沒人要的潲水，擔回家餵豬。爲怕潲水蕩出，先用一個扎實的塑膠袋繫好，再裝在桶裡。爲了搭到農村去裝貨的卡車，他挑著潲水桶，常常站在馬路邊上，一站就是好幾個小時，碰到好心腸的司機，能搭上車；碰上不客氣的，遭人臭罵：「挑髒東西的龜兒子，滾遠點！」這時，就只能去乘悶罐車。

挖地種菜澆糞施肥，哪樣都搶著做。兩個兒子背著背簍出去打豬草，他和妻子一起蹲在地上切斬豬草，煮豬飼。豬吃得快，長得慢，到年終夠重量送去屠宰場殺，賣豬的錢，那是家裡的生活開銷，包括兩個孩子一年的學費和衣服。他深夜還在野外池塘邊洗滿是泥土的蔬菜，準備第二天趕場賣幾個錢。

他的生活境況如此窮慘，母親也是前二年才知道，此後母親就未再去我婆婆那兒取我的生活費。「他以前假若穿了件像點樣的衣服，就在我面前虛榮兮兮地說，你看我像不像個少爺？我笑他臭美，說他當少爺的舊社會早過了。」母親心疼地說：「他落到那種地步，也從來沒遲給過你的生活費，每月十八元，那差不多是他一半的工資！」

我說：「我才不信，我誰也不信。」我的意思是說，父親夠好的了，母親你不該老是牽掛一個早已是別人的丈夫別人的父親的男人。起碼我就不想，只有父親才是我心裡唯一的父親，父親對我比家裡其他人對我要好得多。看到母親站著發愣，我直截了當地對母親說：「你該忘掉那個男人，他的一切和我們家沒有聯繫。」

母親瞧著我，半晌，才說：「六六，你恨他，我以爲你只恨我一人呢。」她把已剪了一隻袖子的布一揉，一屁股坐在床上，氣得不停地搖頭。

3

送大姊到輪渡口，我倆站在江邊一個岩石上。大姊說：「我問你一件事，你一定要回答我。媽是不是帶你去見了那個姓孫的？」

我很吃驚。

「我就曉得，你倆都不在家，你還抱了塊花布回來。這麼十多年媽都熬過去了，但終於還是忍不住，還是沒忘他。」大姊得意地笑了，「他啷個樣嗎？」

「是我要見的，」我平淡地說：「他早安了家，有孩子了。」

「他肯定記著我當年的仇。」

「他沒提起你。」

大姊背了一個大背簍，裡面塞滿了從家裡取走的一些對她有用的東西，她每次回家，空手歸來，滿載而去，歷來如此，就差沒把這個破家全搬走了。她拉拉背帶，眼睛盯著我說：「你不要幫他說，你不要忘了你是在這個家裡長大的，別吃裡扒外，沒我們，你早就死了，你兩歲時肚子上生杯口大膿瘡，靠了父親和二姊照料你才沒丟命。」

大姊的大女兒僅比我小六歲，我記得自己抱不動她，還要去抱，我只是想討大姊歡喜。但大姊一把奪過她女兒，好像認定我不懷好意似的。這個外侄女還很小，就知道我在家中的地位，每次絆倒一個掃帚，打破一個碗，都說是我幹的，讓我受罰，外公外婆都信她。

「算了吧，連你女兒都可任意爬在我頭上。」我不客氣地說：「媽為你賣過血，讓你生小孩坐月子，吃雞補身子。」

「那是一家人，老養少，少養老，你懂不懂？」大姊吼了起來，見我臉色陰沉，她便停住了。

我不會主動去激怒任何一個人，當別人對我耍態度時，我盡量保持沉默，除非萬不得已，才去回答。輪船從江對岸駛過來，江水退了點，也不過只退下幾步石階，還未露出大片的沙灘。

她把我手裡的行李包接過去，讓我繼續陪她，到石階下面，等過江來的人從船上下來後，她上跳板後，我再走。

她轉到自己題目上，一回去，她就要去找第二個前夫，她得分財產，哪怕分一隻鍋一個碗。大姊說她已想好，她咽不下這口氣，要把事情鬧大。

我厭煩大姊又要鬧事，我想勸阻，但她不給我一點兒機會。她說她已打定主意回到這城市來做黑戶口。「你放心，」大姊拉了拉我的手，「我們倆在這個家情形一樣，我們倆要團結一致，我不會把你的事告訴別人的，你也不會把我的事告訴別人的，是不是？」

4

回家的路上，我一直在回味大姊的話，我的情形和她的確有些相似，但又很不一樣。還沒容得我想個清楚，晚上，我被四姊叫了出去，到離六號院子不太遠的一個小空壩上。我驚奇地發現，除父母大姊外，家裡哥姊嫂子姊夫都到齊全了。昏暗的路燈，每個人的臉都不清楚，但他們表現出來的情緒是一致的：怒氣沖沖。

我在小板凳上坐了下來。頭一個感覺就是，自己怎麼又落入讀小學初中在班上被孤立遭打擊的地步，那種革命群眾一個個站起來指責的批鬥會？我的哥姊嫂子姊夫圍在我四周，我到底做錯了什麼？

三哥一開口，我就明白大姊在離家前，把我給出賣了，她把我這段時間問她家裡的事，以及她的種種推測全都抖了出來。大姊在上輪渡前對我說的那些話，也就是家裡其他姊姊哥哥們的態度。我早就應當知道大姊是個唯恐天下不亂的人物：共產黨的天下，她自己的生活，還有這個家，都得天天亂，她才舒服。

「你做個選擇，你要哪個家？」

「你吃我們家，穿我們家，吃的甚至是從我們的嘴裡硬拉出來的東西。我們不怕你走，你走也要把這些年的生活費，還有住房錢看病錢學雜費弄個清楚。」

「我們沒虧著你，你倒好意思去見那個人。爲了你，我們吃了好多苦，爲了你，我們背了十多年黑鍋，讓人看不起。」

「把你養大了，快能掙錢了，你想一跑了之？」

二姊一直沒說話，這時打斷他們，「讓她自己說。」

「說啥子？」我只裝不懂，這是以前在學校挨批評學會的策略，不過在這種場合我的腦子確實轉不過來，連委屈也說不清道不白。

「他是不是要你離開我們家，跟他走？」

「說話呀。」

我站了起來，三哥把我按到凳子上，不說清他們不會放我。我看了過路的幾個小孩幾眼，他們拿著毛皮球。

我既不喜歡這個家，也不喜歡別的家，我根本就是沒家的人。不管誰欠誰，你們都離我遠一點！但我只是回過頭來，截釘斬鐵地說：「我不離開家，你們想趕我走，我也不走。我只有這一個家。」

他們都一下愣住，原準備著我大哭大鬧跟他們算誰欠著誰。他們沒有想到，我完全沒有打算切斷和這個家的維繫。我也絲毫不提我生父對這個家所做的一切，包括他們一口一聲的錢。人都有個毛病：容易記仇，難得記恩。他們認爲虧了，也有道理：在最難受的災荒年，因爲我挨了餓；由於有我這麼個私生妹妹，他們在鄰居街坊面前抬不起頭來、夾著尾巴做人。我情願承認自己是欠了這個家，我永遠也還不清他們的情。

「好吧，」三哥說：「今天晚上我們在這裡說的，不准講給媽聽，不准讓父親曉得你已明白身世。記住了？」

「記住了，」我點頭。「我不會讓父親難過的。」

我想對他們大叫，叫出我的憤怒，我的委屈。但我沒有說話，我眼睜睜瞧著他們對我嘮嘮叨叨一陣威脅之後，一個個走掉。從小到現在，我從骨子裡怕我的姊姊哥哥，跟怕老師同學一樣，我不敢對他們吵，我總是讓著他們，避著他們，總情願待在一個他們看不見我的角落。

他們端著凳子回家後，我一人坐在空壩裡，腦子轟響，我感到有金屬鏟金屬的聲音兇猛地響在耳朵口上。

我起身，拿起小板凳，慢慢地朝家的方向走，突然，我放下小板凳，我像童年時一樣飛快地跑起來，往中學街那坡石階跑，跑到長滿野草的操場上。我跑呵跑，直跑到更空蕩蕩更漆黑的山上，到最後一步也挪不動，就停在一棵粗脖子樹前，靠著樹，才沒有癱倒。一個防空洞正陰森地對著我，不是說國民黨到處埋下炸藥嗎？那麼這座城市就是一個大定時炸彈，它爲什麼不在這一刻轟隆隆地爆炸，讓這座城市只剩茫茫一片廢墟？

第十七章

1

我有好些日子未去學校，哥姊審問我的那個晚上以後，我的身體變得很虛弱，總是頭痛，發低燒，渾身癱軟無力。母親已從廠裡退休回家，她對我比以前好，但我看著家裡每一個人都比以前更不順眼，他們的臉跟這條街所有的房子一樣歪歪扭扭，好像家裡什麼事都沒發生過。鄰居們爲庸俗不堪的話大笑，或爲了小事吵鬧，在街上追來追去打架。這一切對我來講，全都成爲我生活之外的東西，喜怒不往心頭去。

家裡人依然把我支來喚去做事，空下來的時候，我就把自己關在閣樓裡，不見人，也不願被人看見。

這天我正挑著一籮筐垃圾，往坡邊去倒。回來的路上，碰到一個同學。她問：「你生病了，啷個不來上課？」

「上課？」我的聲音沙啞。

「是呀，上課。」這個同學平日不搭理我，這天忽然跟我說話，可能她認爲我眞是病了。

「你不想考大學啦？」

我呆呆地看著她，我眞的忘了考大學這事。她笑了，露出不整齊的牙齒。她突然想起什麼似地，笑容收斂，「那你肯定不曉得，歷史老師死了。」

「你在說啥子？」我的聲音大得出奇，幾乎吼了起來。

她嚇了一跳，「你做啥子驚驚咋咋的？他自殺了。」

2

我趕快把籮筐往院子裡一擱，就往學校跑。

那些天事情發生得太多太快，是我一生度過的最莫名其妙的日子。我的精神像被截了肢，智力也降低了。才沒多久歷史老師就變得很淡薄，我前一陣子對他狂熱的迷戀，好像只是一場淫猥的春夢。此時，歷史老師一勒脖子又冒了出來，切斷了我自憐身世的傷感，我的腦子整個迷糊了。

我往學校去，我不是想問第二個人。不是不相信我的同學，我相信她說的都是真的，的確已經發生了。回想歷史老師說過的話，我應當早就想到會出現這種事，他早就想了結自己。

他拿著繩子，往廚房走去，他不願在正房裡做這事，害怕午睡的女兒醒來嚇壞：吊死的人，舌頭吐出來，歪嘴翻眼，陰莖朝前沖直，屎尿淋漓。他不想在她幼小的純潔的心靈上留下一點兒傷口。他拿著那根讓他致命的繩子，推開廚房的門，從容地將繩子扔上不高的屋梁，他站在一條獨凳上，使勁繫了個活結，拉拉繩子，讓結滑到空中，他才把腦袋伸進繩套裡，腳一蹬，凳子倒地，他整個人就懸在了空中。

這一剎那，他的身體猛地抽緊，腿踢蹬起來，手指扣到脖頸上，想扳開繩子，但那只是自動的生理反應。繩子隨著身體的重量搖晃了幾下，梁木吱呀地叫了一陣，他的雙手垂了下來，就永遠靜止了。

我看見了，你就這樣靜止了，連一個字也不願留下。當然你沒留話給我，我對你來說算得上什麼呢，相比這個總難掙脫厄運的世界，我不過是一個普通的學生，匆匆與你相遇過，什麼也不算。

是的，就是什麼也不算，你連再見我一次都不願意。不過哪怕你來找過我，我正在一個昏昏沉沉的世界裡，我正在出生之謎被突然揭開的震驚中，就是找到我，我又能幫得上你什麼呢？哪怕我心裡想起你，也覺得無妨再等幾天，等我靜下心。或許我認爲要不了太久，我還會和你見面，起碼在學校上課時，我們就能見到。回想那些和你在一起的時候，一開始我就忽略了眼神與眼神融合的一瞬刻，我是能夠抓住那些眞正相互溝通的時機。如果我那麼做了，此刻心裡就會平靜得多，可我沒能那麼做。

是的，我有責任，如果我多一些想著你，應該是有過一個挽救你的機會，至少是死前安慰你的機會？但我沒顧得上你。

可是見了面，也沒用。我從你身上要的是安慰，要的是一種能醫治我的撫愛；你在我身上要的是刺激，用來減弱痛苦，你不需要愛情，起碼不是要我這麼沉重的一種愛情。是的，正像你說的，你這個人很混帳，你其實一直在誘惑我，引誘我與你發生性關係，你要的是一個女學生的肉體，一點容易到手的放縱。

我們兩個人實際上都很自私，我們根本沒有相愛過，就像我那個家，每個人只想到自己！

推開那間熟悉得不能再熟悉的辦公室門，我停住腳步。辦公室其他桌子如往常零亂，堆著一些報紙和學生作業本之類的東西，這個下午四五點鐘該有教師，也該有學生分科幹部來交作業。可我在那裡時，沒有人進來，過道和樓梯不時有吱吱呀呀的腳步聲。

我靠近歷史老師的辦公桌，桌上的茶杯、作業本、課本、粉筆紙盒等等全部沒有了，還是那張桌子，那張椅子，還如他生前那麼乾淨，我坐了下來。

他的抽屜沒上鎖，裡面沒有筆、本子，只有些白紙片，截得方方正正，我一頁一頁翻看，沒有他寫的那種詩一般的文字，更沒有給我的信。他眞了不起，眞能做到一字不留！

我想起他說過「報紙和書是通向我們內心世界的橋梁」，要明白他爲什麼自殺，或許只消看看報紙。後來我去了一次圖書館，歷史老師自殺前幾天的報紙，上海、江蘇等省市鎭壓了文革打砸搶分子，判處武鬥頭子死刑。早在這一年九月五日，《人民日報》上就有最高人民法院院長講話，要求及時懲治一批文革中殺人放火強姦犯和打砸搶劫分子。在十月初的全國各種報刊上，連篇累牘反反覆覆的社論及報導，主旨相同：要實現四個現代化，就必須發揚社會主義民主，健全社會主義法制，以法治國。

目的是治，法不法是無所謂的事。

這樣的宣傳轟炸之下，他精神再也承受不了。是害怕判刑坐牢，還是眞覺得他罪有應得，害了弟弟？還是他有更深的失望，更充分的理由？我不知道。也無法想個水落石出，他自殺了，他再也不需要呼吸。

我對他充滿了蔑視，甚至在幾秒鐘裡產生著和上當受騙差不多的感覺。他値不得我在這兒悲痛，這麼一個自私的人，這麼個自以爲看穿社會人生，看穿了歷史的人，既然看穿了，又何必採取最愚笨的方式來對抗。他的智慧和人生經驗，能給我解釋一切面臨的問題，就不能給他自己毅力挺過這一關。

也許我冤枉了他，我不該這麼看待他。他們家，他本人，不斷挨整，命運從來沒讓這一家喘過氣來。只有文革造反，好像給了他一點掌握命運的主動權，其結果卻是更可怕的災難，更大的絕望。爲弟弟的死母親的死，他一直精神負擔沉重。

我想起那次與他談到遇羅克，說遇羅克爲了說眞話被槍斃的事，他突然不許我說下去。那副神色，眼睛很亮，實際是一片空白，是他深藏的恐懼。當時，我認爲他不該那樣粗暴對待我，還爲之暗暗傷心。

他對自己的命運一直是病態地悲觀，但我卻偏愛這種病態。將同病相憐，自以爲是地轉化爲愛戀，製造出一種純潔的，向上的感情，把我從貧民區庸俗無望中解救出來。有那麼幾天，我以爲自己做到了，現在我明白自己徹底失敗了。

好像我是他，而對面那張凳子坐著的是我，一個不諳世事的黃毛小姑娘，她說著，而我聽著，不時插上幾句話，鼓勵她繼續說下去。沒有說話聲，這個房間多麼可怕，沒有說話聲，這個孤獨的世界，末日般的黃昏正在降臨。他的開水瓶，依然在靠牆的地方立著。窗外仍然是下課後學生的喧鬧，遠處打籃球的人在搶球，投球，在奔跑，從左邊跑到右邊，從右邊跑到左邊。生活照常，日子照常，不會因為少了他這麼一個人，誰就會在意差了一點什麼，早就有另一個教師在教歷史課。好像只有我感到生命裡缺了一塊，但是天空和樹木照舊蔚藍蔥綠。因此，他要走，要這麼走，就由他走好了，他該有決定自己命運的自由，對不對？

我朝自己點頭，在我點頭之際，一種聲音從我心裡冉冉而升，就像有手指很輕地在撥弄我的心一樣，這種有旋律的聲音，就是我和他在那個堆滿書的房間做愛時，他在舊唱機上放的音樂。江水在窗外涓涓不息地流淌，稀稀密密的陽光映照在我一絲不掛的身體上。他的臉貼著我的乳房，他含著我的乳頭，牙齒輕輕咬著，叫我又痛又想念，我的眼睛既含羞又充滿渴望，像是在祈求他別停下，千萬別鬆開。他的手放在我的大腿間，那燃燒的手，重新深入那仍舊飢餓又濕熱之處，僅僅幾秒鐘，我的陰道就向他難以抑制地展開。這身體和他的身體已經結成一個整體，就算周圍站滿了指責的人，我也不願他從我的身體裡抽出來。我記不清那樂曲叫什麼名字，但那音樂美而憂傷，那音樂讓我看到在人世的荒原之上，對峙著歡樂和絕望的雙峰。

到這時我才想到，他爲什麼做到一字不留，不只是爲了照顧我的反應，或是怕給我的名聲留下污點，而是因爲他清楚：他對我並不重要，我對他也並不重要，如果我曾經瘋狂地鍾情於他，他就得糾正我，用他沉默的離別。

那天傍晚，我一個人走到江邊，把我日記中與他有關的記述，一頁頁撕掉，看著江水吞沒，捲走。

這城市的風俗認爲，吊死的人是兇鬼，和餓死鬼一樣，得不到超度，也得不到轉世，去不了天堂，而河流是通向地獄的唯一途徑。無論在人世或是在陰間，他都是一個受難者，如果這江水眞的流向地獄，他能收到由江水帶去的這些他從未讀到過的文字，他還會這樣說嗎——「終有一天你會懂的」？

3

近半月時間中，一個男人早就離開現在卻突然進入，另一個男人一度進入現在卻突然離開，好像我的生活是他們隨時隨地可穿越的領地。

我是在這個時候堅定了要離開家的決心。

我知道自己患有一種怎樣的精神疾病——只有弱者才有的逃離病。仰望山腰上緊緊擠在一塊的院子，一叢叢慢慢亮起的燈光，只有逃離，我才會安寧。

輪渡停在對岸，遲遲不肯過來。守候在躉船裡的人異常多。我在一個不顯眼的角落站著。不知要到哪裡去，也不知以後怎麼辦，更未去想我將去追求什麼。離開就是目的，我背著一個包，裡面有幾本書和換洗衣服。我對自己說，你只要渡過江去，其他什麼都不要多想。慢慢的，我眞的安靜下來。一旁一對看上去像老熟人的男女的說話聲傳入我的耳朵，東家長西家短，婆婆媽媽的事一大堆。

聽說了嗎？有兩個勞改犯跑出來了。

不止這回了，想跑，又跑不脫，結果被逼到管教幹部家屬區，將就門口現成的劈柴斧頭砍死人。

不對頭，是專門跑去砍管教的，連家裡的小孩也砍了。

逮到了沒有？旁邊有聽者插話。

那還用得著說，早敲了沙罐！

不過這下子管教得對勞改犯好一點了。

不能手軟，要管得更緊才對。「對敵人慈善就是對人民殘酷。」政治口號很自然地從那男人嘴裡滑了出來。

粗大結實的纜繩套在躉船的鐵樁上，水手吹響了哨子，等對岸過來的客人下船後，我隨躉船裡的人一窩蜂地湧進船艙。那對男女搶到座位，仍在嘰嘰咕咕說著什麼，他們的聲音被機艙的馬達聲淹沒。

渡船搖搖擺擺地等著，大輪船經過，濁浪捲上船面，人們驚跳著避開湧過甲板的水。我站在船舷邊。艙裡人眞多，不時還有人從躉船裡走進艙內。該是退水季節了，可江水還是浩浩蕩蕩，淹沒了泥灘和陡峭的山腳，我剛剛下來的幾步石梯，被浪拍擊著。江水不像有退的意思，人都說很久都沒有過這麼兇猛的一江水了。沿江低矮傾斜的房屋，又靜又害怕地聳立著。

渡船的錨從江裡升起。水手又吹響了哨子，他跳到船尾，把纜繩從躉船上收回。

輪船離開躉船，掉頭朝對岸駛去，船燈打在江面上，船像剪刀剪開江水，剖開的白浪翻卷，光束沒照著的地方江水昏黃黝黑，波濤起伏。

4

母親說我占三則順，四川話裡三和山同音，我生肖屬虎，有山而居，大順大吉。一旦出走，虎落平陽遭人欺。母親還說好多算命先生都一致認爲我八字不順，陰氣足，若不靠山，諸事不利，災厄難解。也許她是爲了嚇唬我，她可能比我更明白我的脾氣。

但我喜歡三這個數字，包括所有三的倍數的數字，我相信我的生命和這個數字有某種祕不可宣的聯繫，十八歲就是三個六，我意識到這裡有密碼，卻不知保存的是什麼機密。

於是我又回到老問題上：當初，在我三歲時，母親爲何就挑中文殊菩薩，作爲我的守護神？或許她早就清楚，我一生會受的最大的苦，就是「想知道」，知而無解救之道，必會更痛苦。

母親可能比任何一人都瞭解我，她眞是爲我擔心。

當天夜裡我頭枕包，睡在朝天門港口客運站擁擠的長條木椅上，周圍全是拖包帶箱的旅客，我蜷縮身子，一合上眼，幻象就跟上來：江上結滿冰，我在城中心這邊，就從上面走過去。想回到南岸去，但走了一半，冰就開始融化，冰裂開，格格格響，白茫茫一片，竟沒有一個活人，只有些死貓死狗從江底浮上來，我趕緊睜開眼睛，不是怕一年又一年死掉的人浮上來，而是怕我的家人追來。

已經是深夜了，如果他們今天沒注意，那麼第二天就會知曉。對於我的出走，他們會怎麼想？母親會痛罵，咒我，她不會茶飯不思的，她只會一提起我，就把我的背脊罵腫，她比家裡任何一個人都更失望；很少發作的父親，也會覺得這是種不容原諒的傷害，他白養白帶大了我；四姊和德華一定幸災樂禍，一邊嘲笑父母餵了隻沒心沒肝的小狼崽，一邊高興再也沒人和他們共居一室，弄得他們過不了夫妻生活，或許，他倆已鬧得一團糟的關係，會因爲我的離去而緩和起來；三哥，長子，以一家之主自居，會暴跳如雷，認爲我背叛了這個家，欺騙了這個家，會把與我有關的東西都扔到門外或江裡，甚至會跑到生父那兒去鬧，向他要人？而我生父，這個該爲我的出生負一半責任的人，我再也不想見到他，他做我父親的心性被我挫傷，不會再跟在我的身後，現在想跟也跟不到了。

你們鬧去吧，我是不會在意的。

或許這都是我心地狹隘，只想別人對我不好的地方。但是無論他們高興還是傷心，總之，不久他們就會習慣這個家沒有我這個人。

行了，我在心裡對自己說，不管他們現在怎麼想，該是我另找棲身之地的時候了。想起晚上我往野貓溪輪渡去的時候，路過廢品收購站，看見黑暗中站在小石橋上的花癡，她沒有穿上衣，裸著兩只不知羞恥的乳房，身邊一切的人都不在眼裡，雖然整張臉的髒和手、胳膊的髒一樣，眼睛卻不像其他瘋子那麼混濁。江風從橋洞裡上來，把她那又肥又長的褲子鼓滿了，她不冷嗎？我走近她，有種想與她說話的衝動，她卻朝我露出牙齒嘻嘻笑了起來。

我沒有笑，我笑不出來。

我在長條椅上再也睡不著，微微依椅背坐了起來，大睜著眼睛。

到處是紙屑、口痰，也有不少外地逃荒要飯的人，白天上街要，晚上就上這兒來占著木條椅或一角牆過夜。客運站門口，一個鬍子頭髮一樣長、花白的乞丐，實際上不過只有四十來歲，流著鼻涕，涎著口水，不斷地說：

「做點好事嘛，求求你了，」他逢男人喊叔叔，遇女人喊娘娘，還下跪作揖。

看著乞丐，我打了個冷顫，莫非這是我的明天不成？我開始害怕。但不一會兒，我就否定了這種可能，我能使自己活下來。不管是誰，是男是女，都可以把我帶走，我已經學會了誘惑與被誘惑。這個想法，讓我最瞧不起自己，但這樣做需要勇氣。

他或她對我好，那是我好運；反之，算我倒楣，反正我對倒楣也不會不習慣。只要離開對岸山坡上那個家，只要一刀斬斷以往的生活，就行了。在這一刻裡，什麼樣的代價，我都甘心情願。

我想得幾乎腦袋炸裂，馬上就要飛離我的肩頭，就乾脆盯著一隻嗡嗡叫的蒼蠅，幾秒鐘後，眞做到了什麼也不想。再幾秒鐘後，我倒在長椅上睡著了。

第十八章

1

隨著秋日越來越深，天氣逐漸轉冷，我的健康情況日益變壞，睡不好已是常事，特別奇怪的是開始吃不下，經常噁心。在街上，只要看見有油腥的食品，就頭暈，想吐。肚子餓，卻不敢吃，吃什麼吐什麼，只能喝白開水，沖下小半個饅頭就足夠，不能再多吃了。兩個月內，我瘦成了皮包骨。

我想我是支撐不下去了，只有去看醫生。一位老醫生摸了我的脈，稍稍檢查了一下，就問我上個月來月經是什麼時候？

他的大褂，一片白色拂過我的眼前，我搖了搖頭。

「多久了？」他眼光馬上變了，鄙夷地盯著我，花白頭髮的頭怏昂得往後折過去了。

我低下頭心算，一個多月，不對，早過了兩個月。我的聲音呑呑吐吐，「大概兩個月。」這的確是我未想到的，我緊張加害怕，額頭上沁出汗珠。

「你才十八歲，」他轉頭看著病歷卡，搖著頭說道。他提起筆想寫字，想想又擱下筆，向我說了兩個字。

我是怎樣走出那個房間？我不知道。中醫院大門只有幾步又寬又長的台階，我站在馬路邊的人行道上，一動不動，「未婚先孕」！從來，在我從小所受的教育裡，比任何罪惡更恥辱，比死亡更可怕，我眞想一頭向行駛過來的公共汽車撞去，就在這時，一輛小車刷地一下停在面前，是送病人進醫院的。我還是沒動，車玻璃映出我的模樣，那決不是我。於是我走到車前鏡邊，看清楚了：臉生了層霜似的灰白，頭髮鬆散，脫落了不少，眼睛凹下去，出奇地大，不知是由於妊娠反應或是其他什麼原因，兩頰出現了斑點，老年人才有這樣的斑點，我看不下去，掉轉過頭。

我不能死，我必須活，我的生命本不應該存在於世上，我不能結束自己。並且，我才剛開始明白自己想要什麼樣的生活。

我和歷史老師一上床就懷孕，僅一次就有了小孩。

母親當初懷我恐怕也是這樣，一和男人睡覺，就懷上孕，她和袍哥頭子是這樣，和我生父是這樣，莫非我繼承了母親特別強的生育能力？是我們母女的基因如此，還是越貧窮的女人生育能力就越強，大自然給我們格外補償？飢餓的女人，是不是自然就有個特別飢餓的子宮？母親當初也想把我打掉，但最終還是生了下來。

這麼說，我是不想要這小孩？

這念頭一冒出，就讓我吃了一驚。這是他的孩子，最好是個男孩，我希望是個男孩，長得和他一模一樣，貌不出眾，平平常常，但不要他那種近乎藝術家的神經氣質，不要寫詩，也不要會畫一點畫，不要沾上他父親的任何命數，也不要學我幻想能寫小說，夢想成為一個作家。讓他成為一個最普通的人，越普通越滿足於生命，越容易獲得幸福。

我自己連基本的生存保障都不具備，更談不上可靠的安全幸福，我能保證肚子裡的孩子健康長大？

不用裝傻了，我正在想法逃脫這個世代貧窮痛苦生活的輪迴，為此目的，我必須傾注全部身心，決不能有任何拖累。一旦要孩子，我必須馬上為他找一個新的父親，將將就就成家糊口，我為之所做的努力不就全白費了嗎？孩子會毀了我的一生。

又將是一個沒父親的孩子！無論我多麼愛他，生活也是殘缺的，這個社會將如不容我一樣不容他，從我自己身上就可以看到他痛苦的未來。總有一天，我不等他問，就會告訴他，關於他父親的一切，包括我。那時，他會仇恨整個人類整個世界，就像我一樣。孩子有什麼過錯，要來承擔連我也承擔不了的痛苦？

下這個決心的時候，我才突然明白，我在歷史老師身上尋找的，實際上不是一個情人或一個丈夫，我是在尋找我生命中缺失的父親，一個情人般的父親，年齡大到足以安慰我，睿智到能啓示我，又親密得能與我平等交流情感，珍愛我，憐惜我，還敢為我受辱挺身而出。所以我從來沒有感到歷史老師與我的年齡差，同齡男人幾乎不會引起我的興趣。

但是，三個父親，都負了我：生父為我付出沉重代價，卻只給我帶來羞辱；養父忍下恥辱，細心照料我長大，但從未親近過我的心；歷史老師，在理解我上，並不比我本人深刻，只顧自己離去，把我當作一樁應該忘掉的豔遇。

這個世界，本來就沒有父親。它不會向我提供任何生養這個孩子的理由，與其讓孩子活下來到這個世界上受罪，不如在他生命未開始之前就救出他。

2

第二天，我起了個早，到市婦產科醫院門診排隊掛號。那個傾斜的小馬路是卵石鋪的，從大馬路上分岔繞向醫院，很陡，實際是一條不寬不窄的巷子，路兩旁排滿了小吃攤水果攤，摩托車、滑竿與行人擠成一團。

雨飄了起來，街上頂塊布、報紙的人在奔跑，雨點變大，人們慌忙地跑到屋簷下躲，但也有人什麼也不遮，步子穩定地走著。我拿到了掛號單，在熙熙攘攘排隊的人叢中，望了望門外，雲層下的天空十分陰暗。當街的小吃店點起了蠟燭，燭光灼灼，煤爐上的熱氣映著人臉模糊地閃動。

我走到牆邊的桌子前，拿起麻繩繫住的圓珠筆往嶄新的病歷上塡。臨時取了個名字，歲數當然不能寫十八，十八歲墮胎，不找家長，也要找戶籍，查出是誰把我的肚子搞大，要判誘姦罪。年齡必須塡二十五歲，反正這張臉，已人不人樣，鬼不鬼樣。眼睛更沒了任何稚氣。

位址單位兩欄，也用假的。從頭到尾撒謊，就我這個人是眞的，就我肚子裡孩子是眞的。

坐在婦科門診室外長凳上，我就明白自己剛才的作法並不多餘，也幸虧在中醫院挨過那個老醫生一頓羞辱，受了教育，學乖了。
診室有門卻大敞著，掛了塊布簾，那塊布原先白色，不知用了多少年，暗灰了，也沒換。進出門簾都是女人，男人都守在走廊長凳上，或在過道裡來回走著抽煙。布簾不時掀開，想往裡面看的人能看得一清二楚：有三張病床在同時檢查，脫掉褲子的女病人躺倒在床上張開腿，每個床前也沒個屏遮擋，大概覺得妨礙操作。
看到這情況。我臉通紅，眼睛只能盯著我的膝蓋，在長凳上坐立不安。
叫到我時，過道牆上鐘已快到十一點，四十多歲的女醫生取掉塑膠薄膜手套，往床邊垃圾桶裡一扔。她匆忙地問我情況，我裝得若無其事，說兩個多月沒來月經，懷疑懷孕了。她沒多問什麼，讓我脫掉褲子檢查後，說看來是懷孕，讓我去抽血解小便化驗。
「今天可不可以做手術？」我問。
「可以，」她低著頭寫病歷，不耐煩地說：「去化驗了再回到我這兒來。」
再多問一句，她就會高聲訓斥。
繳過費，等取了化驗單重新回診室，拿到醫生同意下午做手術的意見書，我心裡鬆了一口氣。在走廊裡沒走幾步，一個燙頭髮的年輕女子從長凳上趕到我身邊，問：「要你證明沒有？」

「沒有。」

「你運氣眞好，看你樣子老實，遇上龜兒子養的醫生心情好。」她的眉輕描淡畫過，長得漂亮又善打扮的女人到這裡一定會倒楣。她說，每回醫生都要她出示單位證明，或者結婚證，每次她都要費盡腦汁弄張別的單位的證明。她說她已做過三次人工流產，她的男朋友不肯戴避孕套。

醫院牆上張貼著計畫生育的宣傳畫，包括避孕知識、性病等等狀況。等這位像找不到人說話的女子離開後，我就站在牆前，像是在等人，卻是很仔細地看起來，再也不像不久前看《人體解剖學》時那麼不好意思。

雨停了，天色依舊灰暗，手術室在另一座兩層樓的房子裡。我去的時候，那兒已等候著三對人，女的都有男人陪，走廊口寫著「男同志止步」的木牌，不過是個樣子，沒人遵守。我找到對面一個位子坐下時，感到他們乜視的眼光，好像我是個怪人。男人在這兒，是一個必需，這是我未料及的。沒過幾分鐘，又進來一個姑娘，臉長得圓圓的，頭髮剪得短，顯得年齡很小，陪她的是個年齡大一些的女人，交手術單時，值班護士像個實習生，最多十八九歲，態度卻學得極壞。那個由女人陪的圓臉姑娘問什麼時間輪到她？護士眯了她一眼，吼道：「到一邊去，這陣著急，亂搞時啷個不著急？」有女人陪也沒有用。

萬一要刁難，問我為什麼男人沒陪，我怎麼回答呢？其她女的，臨時還能拉一個來冒充，而我連假的也拉不到。那我就說，我是單位派到這城市培訓學習，所以丈夫不在。他們才不在乎你要不要小孩，「計畫生育」，打掉的孩子越多越好。同時他們又想維持道德，對非婚性行為必須羞辱，要你明白是沾了政策的便宜，中國式「共產主義」道德正在由於你打胎而敗壞。

殺豬時才有那樣尖利的叫聲，裡面像是在活割活宰人，我嚇得毛骨悚然，眞想拔腿就跑。

「圖痛快，就莫叫，想舒服呀，就莫哭。」

「到男人那兒去哭，莫在這兒撒嬌，噁心不噁心呀！」

醫生不緊不慢的聲音傳出來。不打麻藥和止痛針就把子宮裡孩子的胚胎，生拉活扯刮下來。暴力是最有激情的形式，男人們在手術門外手足無措，任何愛情在這種時候都沒了詩情畫意。當做完手術滿臉淚痕的女人踉蹌出來時，她的男人就一把將她扶住。女人有了男人這一扶，就是幸福的了。長椅上已經有幾個在男人懷裡哭泣的女人。

我的手裡全是冷汗，心想，換一種死法或許比這強。護士到門口對著過道叫：「楊玲。」沒人應。她叫第二聲時，我醒悟過來，這是上午我給自己取的名字，趕忙起身，往屋裡衝去。「聾子呀，這邊走，」她讓我脫掉布鞋，換上門後的塑膠拖鞋，每雙拖鞋，不僅舊，而且髒得可疑。我猶豫了一秒鐘，就換了。

門裡左邊抵牆，一條窄長板凳上趴著一個剛從手術台上下來的姑娘，下身未有任何遮蓋的衣褲。兩個不知是護士或是醫生的女人坐在一張桌子前，管著病歷，管著收錢，說街上賣的月經紙不衛生，得買醫院的紗布棉花，說是消過毒的。

「脫掉褲子，上那張床去躺好！」收錢的護士命令道。

打著寒顫，我剝下長褲，脫掉裡面的短褲時，我的手指像凍麻了一樣，半天脫不下來。

「快點，裝啥正經？」退去內褲後，我看了那人一眼，她連眼皮也未抬。

我躺在高高的鐵床上，覺得這間屋子極大，天花板和牆上都飛掛著牆屑，長久沒粉刷過了。三個像中學教室裡那樣的窗，玻璃裂著縫，沒掛窗簾，外面是院牆，沒有樹，也看不到一角天空，哪怕是黯淡的天空。長日光燈懸在屋中央，光線刺人眼睛地亮。兩張床，另一張空著。鐵床上油漆剝落，生著鐵鏽。這個市婦產科醫院據說抗戰時就建了，怕是真給好幾輩女人使用過。

「張開雙腿！以前刮過沒有？」一個戴著口罩的女醫生坐在凳子上，一邊問一邊將一堆用布包起來的重物往我身上一放。那布的顏色和搭在我下半身上的布同樣，是洗不乾淨的髒灰色。

「沒有，」我說。

「把腿張開點！往邊上些！」

她的每個不耐煩的命令都叫我心驚膽戰，我看著天花板，手抓緊鐵床冰冷的邊。她打開壓在我身上的布，叮噹響起亮晃晃的手術器械。我不敢看那些鉗子刀夾子剪子。突然我想，現在翻身下手術台還來得及，我是要這個孩子的，不管我將要爲這個孩子付出多大的代價，我是要他的，就像那天我想要他的父親，把自己毫無保留地交給他的父親一樣，淚水順著眼角往我兩鬢流。醫生身子移開，我突然看到房間一角，桌子上一個搪瓷白盤，擱了好多形如豬腰血糊糊的肉塊，那上面也會放上我的孩子。是的，我這刻跳下來逃走，還不晚，擁有了這孩子，就等於擁有了他的父親，等於他的父親復活。我的雙腿剛一動，一件冰冷的利器刺入我的陰道，我的身體尖聲叫了起來，淚水從我的兩鬢流進頭髮。這第一聲自發的尖叫後，我就咬住牙齒，手抓緊鐵床。

母親說過她抬不動石頭，快倒下時，就念毛主席的語錄「下定決心，不怕犧牲，排除萬難，去爭取勝利」，要不然念佛，求佛保佑，就能挺住。我沒有念語錄的習慣，也沒有念佛的本領，我只能更緊地咬著牙齒，雙手抓牢鐵床。醫生連個幫忙護士也不用，把用完的器械扔到一個大筐裡，從我身上的布取過來又一件器械，搗入我的身體，鑽動著我的子宮，痛，脹，發痲，彷彿心肝肚腸被挖出來慢慢地理，用刀隨便地切碎，又隨便地往你的身體裡扔，嚎叫也無法緩解這種肉與肉的撕裂。

知道這點，我的嚎叫就停止了。我的牙齒都咬得不是我自己的了，也未再叫第二聲。我的眼睛裡，屋中央的長日光燈開始縮短，縮小，成爲一點，旋轉起來，像個巨大的又白又亮的球向我垂直砸下來，我的眼前一團漆黑。

睜開眼睛，我看到了那個醫生站在我面前，她取掉口罩，她長得其實挺漂亮，下巴有顆痣，很顯年輕，最多也不過三十來歲，脫掉白大褂，她可能也是好妻子好母親。她沒有說話，她在想什麼，我不知道。我的臉上和身上一樣全是汗，嘴唇都咬破了，雙手離開鐵床，還恐懼得握成拳頭，我覺得房間冷極，像有很多股寒風朝我身體湧來。

我從床上滑下地，穿上塑膠拖鞋，那被我自己殺死的孩子，我不忍心去看。我有一個強烈的預感，我不會再有孩子，一輩子不想再要孩子。沒有一個孩子，會比得上這個才兩個多月就夭折的孩子在我生命中的分量，我這樣的女人，生出來的孩子只會比我更不幸，更難過長大成人這一關。

我一步一步往那條長板凳走，誰也沒有扶我一把，我挨近長板凳，就側身倒了上去，蜷成一團，手捂緊下部。

一個護士朝門外大聲叫下一位做手術的。她對那兒的女人們訓斥道：「剛才這人就不叫喚，你們學學她不行嗎？」

「肯定腦子有問題。」另一個坐在桌子邊年紀大的護士，「去，叫她快點穿好衣服走。要裝死到馬路上裝去。」

「讓她待著，等我寫完手術情況再叫她走。」

不知過了多少時間，可能就三四分鐘，我覺得手裡多了幾張紙，就盡力在長板凳上撐起身子看。子宮深度：十。有無絨毛：有。失血多少：多。有無胚胎：有。我看到這兒，還未看完，便刷刷幾下把病歷撕成碎片，目光發直，那些紙片跟著我的身體站起，掉在地上。我什麼也沒說，穿好褲子襪子，換上布鞋，也沒看屋子裡人的反應，扶著牆慢慢挪出了手術室。

3

溫暖的水從頭髮淋到腳心，我擦著肥皂，不時望望牆頂那個桶的玻璃管水位到哪。公共浴室，一人一格，半邊木門擋著，衣服放在門上端水泥板上。

也許是中國女人的體質，生小孩後要坐月子，必須躺在床上休息一個月，吃營養食品。流產等於小產，也一樣得包頭或戴帽子一個月，不能讓風吹，風吹了以後就要落個偏頭痛。這一個月漱口要溫熱水，不吃生冷食品，不然牙齒要難受；即使偶爾下床不要拿重物，不然腰和手腿都要痠痛。若要洗澡，得等月子結束。

我顧不上這些規矩，沒幾天，就跑上了街，直奔公共浴室去。

生平第一次化錢進浴室的我，在淋浴時，感到一種說不出的安慰，好比親人愛護著我照顧著我。裸著身體在水流中，哪怕瘦骨伶仃，也無比美好，我已好久不撫摸自己了，我從沒撫摸那從未隆起過的肚子，待肚子裡什麼也沒有，我才感到裡面眞的太空。

聽說男浴室是一個大盆塘。女浴室卻有二十個淋浴，管理人員是個胖胖的女人，一件薄汗衫短褲，穿了雙雨靴，總在格子間的空道上走來走去。檢查誰的水已完，就叫這人動作快點，到外屋穿衣，因爲有人候著要洗。誰的水燙需要加冷，誰的水涼，需要加熱，她就那麼跑來跑去調水溫，地上滑溜溜的，雨靴踩著水叭嗒叭嗒響。浴室裡熱氣騰騰，未遮全的格子門露出女人漂亮或不漂亮的腿和腳。

在這段時期，只要手裡有了幾文錢，我就拿了乾淨衣服，往浴室跑，去排隊。好像是讓我身上流過的水，沖走我要忘卻的事，讓它們順著水洞流進溝渠，流入長江。

4

第二年夏天我臨時決定參加高考，根本沒有準備，卻也去試了。這樣的考試當然失敗，最後兩科，我都只答了一小半。我知道自己無望，我家的血液裡早已注定我不可能和大學沾上邊。

高考落榜之後，一所輕工業中專學校錄取了我，專業是僅比當工人好一點的會計助理。學校在嘉陵江北邊的一個鄉鎮。去或是不去？已嘗到自由滋味的我，不願被一個所謂的「專業」束縛，但兩年學習畢業後，我就可以有一個穩定的職業，有一份三十多元的工資，生活也暫時有了保障。

去報到註冊時，學校已開學兩週。

兩年時間很快過去。母親在一次春節時往學校寄來一封信，裡面夾了紙幣，從不寫信的母親附了一張紙條：「六六，回家來過年。」就這麼幾個字，寫得歪歪扭扭，「家」字還少了一撇。我收了做路費的錢，沒有回家，也沒給她回信。

畢業分配後，我有了一個工作，與兩個姑娘共居一室，安放一張窄窄的床鋪。我盡量爭取外出，出差、請事假，後來乾脆請了病假，說回家休養，實際上是隻身逛蕩在這個廣袤無邊的土地上。北方，走得最遠是瀋陽和丹東，靠近朝鮮，南面是海南島、廣西，瀕臨越南，東邊是長江下游一帶，一個個城市，無目的地亂走，有目的地漫遊。

我僅與二姊保持偶然的通信聯繫。她來信說，四姊夫德華死了，晚上肚子痛，發高燒，到南岸區醫院，開刀以爲是闌尾炎，打開才知是腹膜大面積感染，一開刀就沒治了，死時很痛苦。

我很怕收到她的信，信裡沒有什麼好消息。她的信說大姊已回到山城，和那個高個男子住在一起。回來前大姊和前夫打了一架動了刀子，小女兒嚇得上去擋架，臉被前夫劃了一刀，破了相。大姊痛哭數日，精神崩潰。前夫告她，說是由於她上門打架，才導致他誤傷了女兒。她被公安局抓去，在拘留所裡關了兩個月，出來後依然原樣。三哥有了個女兒，五哥和一個農村女孩結了婚。

「前兩天張媽死了，被丈夫氣死的，」二姊寫道：「你記不記得，就是那個當過妓女的？」

我當然記得。二姊的信從不問我在幹什麼，也很少提母親父親。她不必提，我清醒時更不想知道，我在夢裡卻不斷回去，我看得見那個位於野貓溪副巷，和其他房子相連在一起的六號院子。

堂屋連接天井的門檻可能爛掉被扔了，天井青苔更多，兩旁的屋簷下依舊掛晾著衣服，陰鬱的天空，站在天井裡才能望見，大廚房坍了，屋頂成了兩大窟窿，灶神爺石像的壁龕剩個黑糊糊的坎。我家的灶上堆滿了瓦片、磚和泥灰，已經無法生火了。有一天屋梁傾塌，整個大廚房幾乎成了廢墟。還好，自來水管接到院子裡，再不用去挑水了。鄰居差不多都是新面孔，一年又一年，有點辦法的人家都搬離了，留下的原住戶，他們的孩子長大，成家，也養了孩子，卻沒能力搬離。原住戶，加上一些毫無辦法立即搬進這兒的住戶，依然十三家。

沒了廚房，我家在堂屋用小煤爐燒飯。對門鄰居程光頭在往一個瓦罐澆水，瓦罐裡堆了泥巴，有幾株蒜苗，他嘴裡念念有詞，默坐運氣。之後對我父親說，那些蒜苗會生出延年益壽的花籽。

那間閣樓還是兩張床，但布簾沒了，一張床用席子蓋著，不像有人睡的樣子，我以前睡的靠門的一張床，鋪著乾乾淨淨的床單，放的卻是父親的藥瓶衣服和小收音機。父親怕吵，圖樓上清靜，非要住上面。小桌子移到床邊，放著茶杯。沒有葉子煙，父親抽了幾十年的煙不抽了？

四姊又結婚了，住在婆家，新丈夫也是建築工人。

野貓溪副巷整條街，各家各戶的房門，白天仍不愛關門，家裡來了客，門前照舊圍一大串嘰喳不停的鄰居，看稀奇。若某家房門關，一定在吃什麼好東西，怕人碰見來分嘴，吃完門才打開。

一下雨，所有洗澡洗衣的木盆木桶，都移到露天蓄雨水。鐵絲箍的木盆木桶，本來就得經年泡在水裡，積下的雨水用來洗衣服，洗桌椅碗櫃，最後洗髒臭的布鞋膠鞋。自來水還是金貴的。

還是那一條江，那一艘渡船，那些連雲疊嶂的山，那些蒼白發著霉味的人，新一代工人頂了舊一代工人，生活一點也沒有改變。

我聽見自己的聲音在說，你必須背對它們。大部分時間我埋頭讀書，什麼書都讀。也一個勁地寫詩寫小說，有正二八經的拿去發表，賺稿費維持生活，歪門邪道的收起來，不願意給人看，更多的時候寫完就扔了，不值得留下。

一段時期我沉溺於煙與酒裡，劣質煙與廉價白酒，八〇年代中期南方各城市冒出成批的黑道詩人畫家小說家，南來北往到處竄，我也在裡面胡混。什麼都不妨試試，各種藝術形式，各種生活方式，我的小包裡或褲袋裡始終裝著安全套，哪怕沒能用上，帶上它，就感到了性的存在。愛情在我眼裡已變得非常虛幻，結婚和生養孩子更是笑話，我就是不想走每個女人都得走的路。我一次又一次把酒當白開水似地喝，我很少醉倒，裝醉佯狂，把對手，有時是一桌子的男士全喝到桌下去。

我結交女友大都是在貼面舞會上。我們爲彼此裝扮，爲彼此剪奇特的短髮式，穿著和男孩子差不多的最簡單的衣服，夏天裙子裡很少穿內褲，結伴而行去熟人和非熟人家的聚會。關上門拉下窗簾，黑了燈，圖方便，也圖安全。我從來沒被警察抓去關上幾天幾月，也算夠幸運的。偶爾也有公安局來查，被抓住盤問的人不多，大部分人翻窗奪門逃走。反正過不了多久，在另一城市又會碰到熟面孔。

西方的流行音樂成了八〇年代中國地下藝術界的時髦。我們跟著鄉村音樂的節奏，懷裡抱著一個人，慢慢搖，不知時間地搖，逃避苦悶和壓抑。這時我可以過過幻覺癮，好像快樂已抓在手中。

另一曲開始，聽到猛打猛抽的迪斯可，一把推開對方，兇猛地扭動身體，鞋跟要把樓板踢穿，好像只有這麼狂舞掉全部精力，才能催動我繼續流浪。我的臉，早已失掉青春色澤的臉，只知道及時行樂的笑，已經不會爲任何人，也不會爲自己流一滴淚了。

有天晚上我喝得比以往任何時候都多，酒燒焦了我的身體，房間小而擁擠不堪，音樂聲雖不太吵，但是空氣混濁，我從雙雙對對相擁在一起的人裡往門邊擠，奔出房間，一個女友跟了出來。

黯淡的路燈照著亂糟糟的街，沒有人走動，我只想一人待著，我膩味所有的人，包括我自己，我跑得很快，那位女友沒能跟上。

穿過一條巷子，拉糞的板車從我身邊的馬路經過，灑水車的鈴聲在愜意地響著。我走下兩步石階，扶著一間房子的牆壁，突然瘋狂地嘔吐起來，酒混合著酸味的食物碎屑，從我嘴裡往外倒。好一陣，等喘氣稍定後，我從口袋裡抽出一張紙，想擦擦嘴，卻看到這是一首在地下油印雜誌上的詩：

在災難之前，我們都是孩子，
後來才學會這種發音方式，
喊聲抓住喉嚨，緊如魚刺。

我們翻尋嚇得發抖的門環，
在廢墟中搜找遺落的耳朵，
我們高聲感恩，卻無人聽取。

災難過去，我們才知道恐懼，
喊聲出自我們未流血的傷口，
出自閃光之下一再演出的逃亡。

要是我們知道怎樣度過來的，
靠了什麼僥倖，我們就不再喊叫，
而寧願回到災難臨頭的時刻。

我一邊讀，一邊覺得舒服多了。這首詩，就像是專爲我這樣靠了僥倖才從一次又一次災難中存活下來的人寫的，我記得作者姓趙，或許命運眞能出現奇遇，讓我碰見他，或是一個像他那樣理解人心的人，我會與這樣的人成爲莫逆之交，或許會愛上他，愛情會重新在我心裡燃燒。或許，我的寫作，早晚有一天能解救我生來就飢餓的心靈。

第十九章

1

離家多年，當我決定走得更遠的時候，在一九八九年年初我回了一次家。

快到六號院子門口時，我才有點忐忑不安，不知家裡人會怎樣對我。父親坐在堂屋家門口一小爐子邊，他把幾層外套重疊著穿，縮著腰，怕冷似地雙手插在袖子裡，正對著院大門。眼睛已完全看不見了，但能感覺是我，能聽出是我的聲音在叫他父親，他笑了。

母親從屋裡走出，手裡的一節藕掉在地上，她變得很老，背更駝了。她說：「你回來做啥子，你還記得這個家呀？」話很不中聽，但她看著我的神情告訴我，對我的回家她又驚又喜。

我把隨身帶的帆布小旅行箱放下，目光四下望著。這兒的一切，包括父母，與我想像的一樣，只不過更爲朽敗，毫無新奇之處，也沒有親切的感覺。而我回來也不過是瞅上一眼，對自己曾經那麼多年在這地方生活做個交代，有幾分是爲了看父母呢？

最多後天，說不定明天，我就走。

吃過晚飯，天就完全黑了。在屋子裡，不管怎麼彎著頭，也看不到一點窗外掉盡葉子光禿禿的黃桷樹。我脫了衣服上床，母親在給五屜櫃上的一尊佛規規矩矩作揖，嘴裡輕輕念叨著什麼。那是個和喝水杯子差不多大的瓷人，瓷人的面前放著一個小香爐。母親信佛比以往更爲虔誠，已把佛請到家裡來。

母親上床後，與我的身子挨得極近，我很不習慣往裡面挪了挪，她扯過她的棉被給自己蓋上。架子床靠牆一邊橫擱了一個窄窄的木板，上面放了夏天衣服，和一個個用布包起來的小包袱。弄得一張床不倫不類的，而且稍不注意，一抬頭，就會撞上。我忍不住說：「床下有箱子，還有五屜櫃，都裝不下了？」

「這你就不曉得了，把東西包起來，隨時就可以走，」母親說。

還不等我問她走哪兒，她就說，她準備好了，一失火，就可以拎走，先牽走我父親，再拎包。

呼吸著母親的氣息，我想，她不過才六十二歲的人，腦子卻眞是老了。

我眼皮開始打架，黏在一起。奇怪，我在外每夜靠安眠藥才能入睡，一回到家，不必服藥，腦子馬上昏昏沉沉。

母親關了燈，她說這個月退休工資沒領成，幾家造船廠都發不起工人工資，退休工人連領一半退休金也不行。大冷天她去了好幾次都白跑，有幾百個退休老年人在公司大門口靜坐。她怕冷，怕心臟犯病，沒有去。公司若再不發退休工資，他們說要到朝天門港口去靜坐。「那麼冷，都是上了年齡的人，活不了幾天，朝死裡奔。」黑暗中，母親自言自語：「我現在就是去一趟石橋廣場買菜，人就累得不行。」

這幾句我聽清楚了，我對母親說：「我要睡著了，明天我給你錢就是了。」

母親想說什麼，果眞停了嘴。她那麼說，不過是提醒我應當養家一種方式罷了。

母親也不問我的情況，在外邊幹些什麼，她依然不把我當一回事。不過她問，我能說什麼呢？假如我告訴她，她的第六個女兒靠寫詩寫小說謀生，她一定不會相信也不明白。我已經二十六歲，往二十七歲靠了，她也沒有問一問我有沒有談對象，什麼時候結婚？也可能她明白，我這種女兒的生活方式，還是不問爲好，省了焦心。

2

第二天我醒來，就聞到燒香敬佛的大眾牌衛生香，氣味刺鼻。香爐上彎彎曲曲冒著三根白煙。父親早起來了，摸下樓。面朝我站著，他喘得很厲害，在喝一種顏色很濃的藥水。他看不見我，只是感覺到我站在門檻邊。

母親提著菜籃回來，她把白蘿蔔，還有幾兩豬肉一束蔥，放在門外靠牆放的竹桌上。我過去幫母親理蔥上的鬚和黃葉，掏出錢給她。母親把錢仔細地數了數，還了兩張給我。我沒推辭，就收下了。我對母親說，我以後還會寄錢給她。

「一籠雞不叫，總有隻雞要叫，」母親說：「我知道你會最有孝心。」

「我明天一早就走，」我打斷母親。

母親臉上的笑容頓時沒了，嘴裡卻說：「你昨天晚上講，我今天就多買點菜呀，你啷個不早點說嘛？」

父親把爐子邊上的扇子拿著，在對著爐子煽。母親走過去，一把奪了下來：「火燃得又不是不好，搧啥子，瞎起個眼睛，盡添事！」

她是有氣想對我發，但又不能朝我發，就對父親發。人還是得長大，我想，起碼長大了，母親不能隨便朝你發火。

整個下午和傍晚家裡空氣都異常沉悶。晚飯時，五哥回來了一趟，他變得很瘦，人矮了一截，見了我僅說了句：「你回來了。」連他都變得如此陌生，那麼不用說其他姊姊哥哥了，我決定明天走是對的。我只想等到黑夜來臨，盼望這一天儘快結束。

母親洗了腳，遲遲不上床，牆上掛鐘都快夜裡十二點，整個院子的人都睡了，她還在翻箱倒櫃，找什麼東西似的。她一定是記憶出差錯了，總找不著。

看著她著急的樣子，我躺在被窩裡說：「你要找的東西說不定就在我頭上的包裡。」她拍了一下自己的頭，就爬上床，把邊上一個布包取下。

我懶得看她，乾脆閉上眼睛，準備入睡。

母親叫我，我張開眼睛，見她手裡拿著一支口琴，攤開的布包上是墨藍色兒童絨帽。口琴和帽子都是我曾徑見過的，她把口琴遞給我。「你再也見不到他了，」她說這話時好像帶著一種莫名的快感，彷彿是一個擊中要害的報復。

「爲什麼？」我問，我知道母親在說誰。

「他得肺癌死了。臨死前他希望見到你和我，讓他的老母親去找你二姊，好不容易找到二姊，二姊卻沒有過江來叫我，即使叫了，你也不在。」母親拿準我地說：「即使你在，你也不會去的。」

「我不在，」我喃喃重複母親的話。在一九八六年四月二十日生父咽氣的那一刻，三年前，二十四歲的我在哪裡？在哪個城市瀟灑地打發時光？可能和一群人在喝酒閒聊，哈哈大笑，正把身體倒向一個自認爲愛我的男人的懷裡？我想不起來，感覺腦殼上開始有東西在敲，我從被子裡坐了起來，語氣平淡地說：「人要死了，我還是得去的嘛。」

母親俯下身的臉，我看不清楚，覺得她在冷笑，但是她的手抹了抹臉，那麼說，她在流淚？

二姊寫信從來沒提這事，我相信她今後也永遠不會給我講這件事：生父的母親，我的婆婆，爲了兒子臨死前想見我一眼，來找二姊。二姊卻直截了當地說：「你不要來找我們家，不要來找我們家六六六，我們家六六六不會認你們的。」

二姊會一直守住這個祕密，如同她守著另一個祕密一樣：曾代母親收我生父按月寄來給我的十八元生活費。

母親後來知道了，也沒有一句話責怪二姊。在這件事上，母親心裡一直很虛，她對我們家其他的孩子都總是採取一種卑微的姿態，把一腔委屈和悲痛留給自己。

母親說她有感覺，連續好些天夜裡做夢，都夢見我生父像個小兒哭啼，責怪她不去看他。以前他在她的夢裡不是這副樣子，母親便知道他已走了。

癌症晚期，沒有醫院肯收他，集體所有制的塑膠廠付不出醫療費，家裡人抬著他，一家家醫院走，只有幾張病床的一個鄉鎮小診所算是開恩，收下他等死。他的妻子伺候了一段時間，也不幹了，連火葬場都不願去，她心裡明白自己在他心裡的位置。

「死的時候，他就叫我和你的名字，求他的老母親再來找我們倆。」母親停了停，說我生父平常連個雞蛋都捨不得吃，他得肺癌是由於缺營養，身體差，在廠裡長年做石棉下料。婆婆拉住母親的手哭著說：「他才四十九歲，我這種活夠了的白髮人不死，他啷個死了，老天爺長的啥子眼睛嘛？」

3

或許從那以後，母親就開始把佛請到家中，父親和母親也分開睡，母親可能每夜哭醒？但她比以往更細心周到，照顧著比她大十歲的父親，天一亮就上閣樓去，倒掉父親的尿罐，提著燒開的水，爲父親泡上一杯茶，因爲父親的支氣管炎，她硬是把父親的葉子煙扔掉，讓父親戒了煙。父親生病臥床不起時，母親就把做好的飯菜送上樓，餵父親，睡在父親身邊，怕父親一口氣喘不過來。她寧願自己走在父親後面，哪怕到時她一人無人照顧，若她走在父親前頭，沒她，父親怎麼辦？

她不愛父親，卻爲父親做從未爲我生父做的一切，她的孤獨，她的心事，只能向佛訴說，她沒有一個聽眾，連她這刻對我說的，也是聲音輕得不能再輕。知道眼瞎耳聰的父親未睡著，聽力神奇地好，隔著一層薄薄的樓板也沒用，她不願意傷害父親，她認爲自己傷害父親已經夠多的了。

口琴的冰涼，刺激著我好不容易在棉被裡暖和過來的身體。我這個冷心人，不，一個冷血動物，伸過手去拿那頂墨藍色的小帽，摸著面上的絲綢，裡面的絨，帽子上被老鼠或蟲咬壞的小洞。我閉上眼睛，想像當年生父怎樣從他的褲袋裡掏出這頂帽子，然後把它戴在我的小腦袋上的一串動作；站在嚴冬寒流中，他對母親說風大，不要讓我著涼了；我十八歲時，我們一輩子唯一的一次會面，他那副小心翼翼百倍討好，想討我喜歡的種種情形。

他在城中心的最高點枇杷山公園，對我說過的話，當時我根本不在意，這時我卻一字一音記起來了。

他說：「尤其是你未來的丈夫，絕對不能讓他知道，你的身世，你千萬不要透露給任何人。不然你丈夫公婆會看不起你。以後一生會吃大苦，會受到許多委屈。」

他說：「在他跟著我時，他看到我受人欺侮，又不能奔過來幫我，心裡直恨自己。」

他說：「你得原諒我沒有盡到一個做父親的責任，你得原諒你媽和我，你得對你媽好點，爲了你，她太受苦了。」

那個焰火齊放的夜晚，想起來眞是燦爛。我當時感覺到那是一個節慶，不明白這座山城有什麼可喜氣，想必是國慶日。爲了確認，我在圖書館翻到一九八〇年舊曆八月二十三日，母親和生父記在心頭的我的生日。原來那天正是十月一日，這個國家在慶祝人民共和國成立三十一週年的大喜日子。那天晚上最高級領導人在人民大會堂設宴請外賓，柬埔寨諾羅敦·西哈努克親王和夫人，以及越南共產黨親華派流亡領袖黃文歡，儼然還是番王來朝的宮廷氣派。

我把裝訂好的一冊冊報紙逆時翻，手指一觸，泛黃的紙，一不小心就脆開一條縫。越接近一九六二年九月二十一日——我出生的那天，我的手越抖得厲害，紙的裂縫也就越大：那是個星期五，爲舊曆壬寅年八月二十三日。那天發生最大的事，是聲討美帝國主義侵略罪行，我空軍擊落U－2美蔣間諜飛機，毛主席接見空軍英雄。讚歌頌曲一片，雲南煙區精選煙種，江西旱煙收成也好極了，我的家鄉四川提供耕牛兩萬五千多頭給缺牛區，廣西中稻豐收等等。越往我出生前大饑荒那些年翻，消息越是美好，生活越是美麗。這樣的報紙太有價值，任何人想瞭解自己的祖國，想瞭解歷史，應當經常翻閱。

天已開始有點發亮，捲煙廠又雷鳴般放蒸汽。我毫無睡意，索性起來。母親從布包底抽出疊得整齊的藍花布衫，說：「你試試。」我生父九年前為我扯的那段布，母親已把它做成一件套棉襖的對襟衫，一針一線縫得扎實均勻。

我站立床前，把衣服穿在身上，一顆顆布鈕扣扣好，母親呆呆地看著我。如果她這時，對我說一句：「六六你留下，多住幾天，」我會改變主意的。她沒提出，我就堅持原來的打算，一早就走。

我讓母親躺到床上，她很聽話，就躺了上去。我穿著衣服在她身邊躺了下來，把房間裡的燈熄掉。

母親的眼睛閉著，呼吸變得均勻，但我知道她沒睡著。

雞叫第一遍，江上輪船的鳴叫零零落落，傳到半山腰來，像有人在吊嗓子那麼不成調地唱著，一遍又一遍，都不滿意，又重新起頭。我下了床，穿上皮鞋，這時，聽見母親輕輕地說：

「六六，媽從來都知道你不想留在這個家裡，你不屬於我們。你現在想走就走，我不想攔你，媽一直欠你很多東西。哪天你不再怪媽，媽的心就放下了。」她從枕頭下掏出一個手帕，包裹得好好的，遞給我。

我打開一看，卻是一元兩元五元不等的人民幣，厚厚的一疊，有的新有的皺有的髒。母親說：「這五百元錢是他悄悄爲你攢下的，他死前交給你的婆婆，讓你的婆婆務必交給我，說是給你做陪嫁。」看見我皺了一下眉，母親說：「你帶上！」她像知道我並不想解釋爲什麼不嫁人，她沒有再說話。即使我想說點什麼，她也不想聽。

那天清晨霧很大，重慶層層迭迭的房子很快消失在霧幛後面。

我提著小箱子走到江邊，江上霧好像是專爲我而散開，好讓我坐輪渡過江，我一直來到江對岸，走過沙灘，上了一坡長長的石階，站在朝天門碼頭頂端，四十六年前我母親從鄉下坐船來到這個城市的地方，江上沒有一聲汽笛，像啞了一樣。

這麼說，我「成年」後每月十八元不要他付了，他看到我成人了，飛走了，他還是每月成習慣地把錢省出來留給我。沒有機會再偷偷跟在後面看我，他可能心裡空得慌。他的情感專注，到死還想著我，沒有一點改變。而我呢？連一聲父親也不願喊，我看不起這種情感，我鄙棄地把他推到一邊，絲毫也不猶豫，連轉過頭去看他一眼也不肯。

突然淚水湧滿我的眼睛，我竭力忍住，想呑回肚子，但淚水不再聽我使喚，嘩嘩往外淌著，我身子痛得站不住，依著石牆直往台階上滑。

4

一九八九年二月，我乘火車到了北京，在魯迅文學院作家班讀書。三月份，一些小型或不太小型的聚會已在大學校園裡舉行，學生們在熱情地辯論中國應當成爲什麼樣的國家。四月，北京學生開始走出校門，上街遊行，反對政府腐敗，要求民主和言論自由。口號聲高昂的歌聲此起彼落，到處是旗幟和標語，到處是激情澎湃的人群。

我和同學們一起，走在悼念的人群中。人們在給一個剛去世的共產黨改革派領袖送花圈。

我想起離開重慶時，特地轉道去郊區看生父的墓。墓在一片只種雜糧的荒野嶺上，不過是在埋他的骨灰的土上面，堆了些石頭，一些大大小小的亂石，壘成一個小堆，算是標記。連個起碼的碑石、連個名字也沒有，旁邊亂堆了一些南瓜藤玉米稈，山坳下種了紅苕高粱。看來他的農村妻子和兩個兒子，也想把他忘掉。當然，多少年來每個月他得給另一個非婚生的孩子十八元錢，這麼大筆錢，誰能抑制得住怒氣？還不用說他的心從來都未眞正屬於這一家，儘管他拚命勞作幹活，履行一個丈夫和父親的責任。

我的那兩個從未見面的弟弟，會問姊姊在哪裡嗎？也許我和他們一生都不可能見面。寬闊的馬路，人行道兩旁全是人，牆上樹上也有人。他們從立交橋穿過，沿著長安街方向行進。許多大學教師和新聞記者、報紙編輯也匯合進來。這麼多人，這麼整齊的呼喊，這麼蔚藍的天空，祖國首都的天空，在這個我從小嚮往的地方，聖地一般的地方，上百萬人在熱情地奉獻出自己，要求說眞話的權利和尊重人的價値，想改變命運重複的輪迴，改變一代代的苦難。隊伍靠近天安門廣場，我的心跳在加快，跳得迅猛而有力。

我看見一個小女孩在南方那座山城的長江邊，在暗沉沉的雨雲下飛快地奔跑。那是五歲半的我，我一邊跑，一邊想，儘管我不認識路，但只要我順著長江往下游跑，就一定能找到在江邊造船廠做搬運工的母親，把五哥腿被纜車壓傷的消息告訴她，叫她趕快回去救五哥。雨越下越沒完，密密地鋪灑下來，江岸翻成一片泥漿，在我的腳下濺起。我跌倒了，馬上爬起來，繼續跑。

一陣口琴聲，好像很陌生，卻彷彿聽到過，這時從滔滔不息的江水上越過來，傳到我的耳邊，就像在母親子宮裡時一樣清晰。我掛滿雨水的臉露出了笑容。

文學叢書 335

飢餓的女兒

作者	虹影
總編輯	初安民
責任編輯	鄭嫦娥
美術編輯	陳淑美
校對	鄭嫦娥
發行人	張書銘
出版	INK 印刻文學生活雜誌出版有限公司 新北市中和區中正路800號13樓之3 電話：02-22281626 傳眞：02-22281598 e-mail:ink.book@msa.hinet.net
網址	舒讀網 http://www.sudu.cc
法律顧問	漢廷法律事務所 劉大正律師
總代理	成陽出版股份有限公司 電話：03-3589000（代表號） 傳眞：03-3556521
郵政劃撥	19000691 成陽出版股份有限公司
印刷	海王印刷事業股份有限公司
港澳總經銷	泛華發行代理有限公司
地址	香港筲箕灣東旺道3號星島新聞集團大廈3樓
電話	852-2798-2220
傳眞	852-2796-5471
網址	www.gccd.com.hk
出版日期	2012年 10月 初版
ISBN	978-986-5933-31-9

定價 350 元

國家圖書館出版品預行編目(CIP)資料

飢餓的女兒／虹影著. - -初版. - -
新北市：INK印刻文學，2012. 08
352面；15×21公分. - -（文學叢書；335）
ISBN 978-986-5933-31-9（平裝）

857.7　　101014026